文春文庫

平蔵狩り

逢坂剛

文藝春秋

目次

■江戸時代の時刻（中央標準時）

		冬至一一月中（一二月二二日）	春分二月中（三月二一日）	夏至五月中（六月二一日）	秋分八月中（九月二三日）
明	六つ	午前六時一一分	午前五時九分	午前三時四九分	午前四時五四分
昼	九つ	午前一一時四〇分	午前一一時四九分	午前一一時四二分	午前一一時三四分
暮	六つ	午後五時八分	午後六時二九分	午後七時三六分	午後六時一三分
暁	九つ	午後一一時四〇分	午後一一時四九分	午後一一時四三分	午後一一時三三分

■江戸時代の単位

距離・長さ

一里＝三十六町（約三九三〇メートル）
一町＝六十間（約一一〇メートル）
一丈＝十尺（約三メートル）
一間＝六尺（約一八〇センチメートル）
一尺＝十寸（約三〇センチメートル）
一寸＝十分（約三センチメートル）

時間の長さ

四半時＝約三十分
半時＝約一時間
一時＝約二時間
一時半＝約三時間
二時＝約四時間

貨幣の目安（江戸後期）

一両＝四分（約十万円）
一分＝四朱（約二万五千円）
一朱＝約六千円

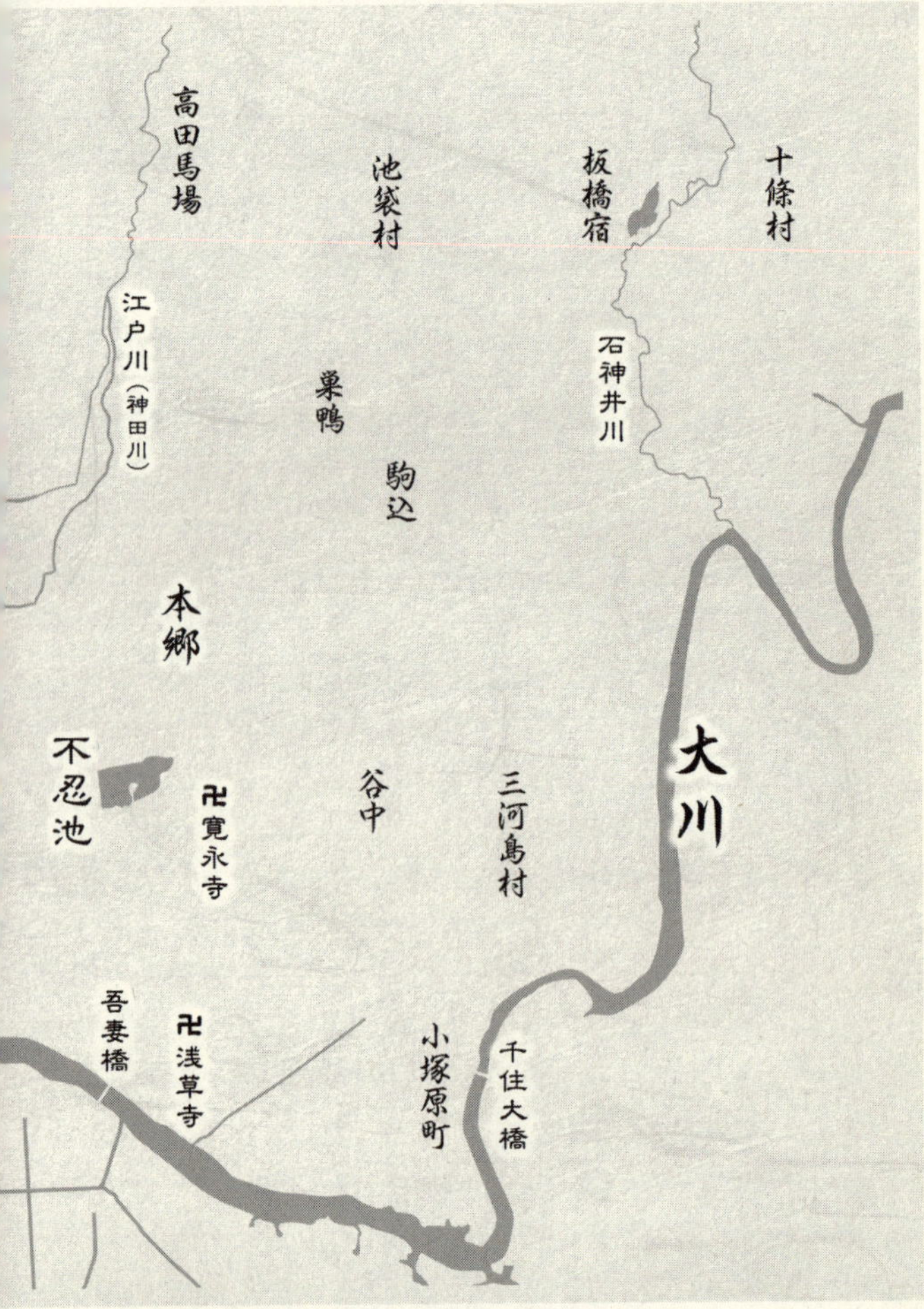
十條村
板橋宿
池袋村
高田馬場
石神井川
江戸川（神田川）
巣鴨
駒込
本郷
大川
不忍池
卍寛永寺
谷中
三河島村
吾妻橋
卍浅草寺
小塚原町
千住大橋

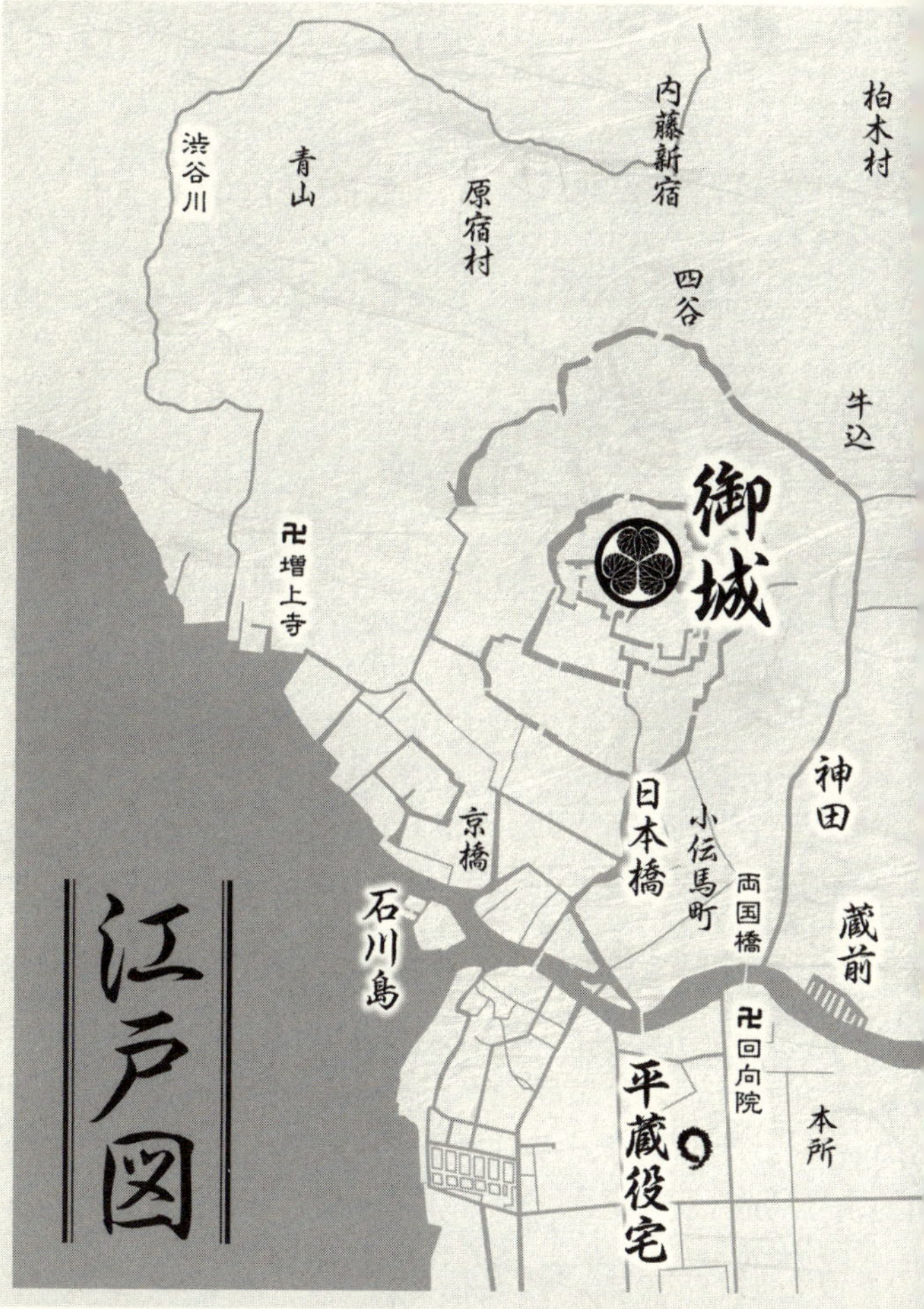
江戸図
御城
柏木村
内藤新宿
渋谷川
青山
原宿村
四谷
牛込
増上寺
神田
日本橋
小伝馬町
京橋
石川島
両国橋
蔵前
回向院
本所
平蔵役宅

平蔵狩り

題字／章扉画・中　一弥

寄場の女

一

美於《みお》は、鉄砲洲本湊町の船着き場から、猪牙船《ちょきぶね》に乗り込んだ。

この日は、ほかに人足寄場《にんそくよせば》のかよい医師の一人、河野道隆《こうのどうりゅう》が同乗した。道隆は、越前堀に治療所を構える、五十がらみの小柄な外科医師だ。もう一人の、本道（内科）の医師と一日交替で、寄場にかようと聞いている。

船は、船頭二人の二挺立てで、水上を滑るように走った。

人足寄場は、火盗改《かとうあらため》の長谷川平蔵《はせがわへいぞう》が松平越中守定信《まつだいらえっちゅうのかみさだのぶ》に建言し、その意を受けて設置されたものだ。

鉄砲洲から、ほんの二町ほどの沖合に石川島と佃島《つくだ》が並び、そのあいだに寄場がある。

越中守は、大川の下流にあった繁華な中洲を、風紀の乱れを理由に取り崩しを命じ、その土で二つの島のあいだを埋め立てて、寄場を築造したのだった。

寄場は無宿者と、敲《たた》きや入れ墨などの刑を終えた軽罪の者を収容し、正業に立ち返らせるのを旨とする。

収容された者のうち、腕に業《わざ》のある者はその仕事に精を出し、出所後の生活資金を稼ぐことができる。手業《てわざ》のない者も、いろいろな作業に従事することで、性根を叩き直されるのだった。

寄場の船着き場に上がると、帰り船に乗る人足差配人の丹治《たんじ》が、好色そうな目を光らせながら、声をかけてきた。

「いつ見ても別嬪《べっぴん》だなあ、お美於さんはよう」

五十がらみの、暑さ寒さにかかわらず尻はしょりした、がに股の男だ。

「見え透いたお世辞は、よしておくれよ」

そっけなく応じて、美於は開いた門をはいった。

背後で、道隆が媚びるような笑いを漏らし、それがまた気に障った。

門のすぐ右手の、見張り番所から門詰めの寄場下役、九鬼《くき》織部《おりべ》がのそり、と出て来る。

美於は、胸元にかけた鑑札を示しながら、頭を下げた。

「お勤め、ご苦労さまでございます。おりんに、差し入れにまいりました」

道隆も、同じように挨拶する。

織部は、美於と道隆の鑑札をひとしきり睨み、それから二人の頭の先から足元まで、すばやく目を走らせた。

相手がだれであれ、また何度顔を合わせていようと、その応対は常に変わりがない。

仕事がらとはいえ、人に気を許すことがないとみえる。

三十を出たばかり、と思われる織部は引き締まった体つきの、目元涼しい精悍な面構えの男だ。

いかにも、女に好かれそうな風貌の持ち主だが、実際には浮いた噂一つ立ったことのない、極めつきの堅物といわれている。

この男の目には、美於も道隆もそのあたりに立つ石地蔵と、変わりがないようだ。

織部は、無言で詰所の小屋に顎をしゃくり、先に立って中にはいった。

美於と道隆も、あとに続く。

詰所は板囲いの粗末な小屋で、壁に刺股《さすまた》や袖がらみなどの捕物用具が、かかっている。入り口の、引き戸の横に半蔀《はじとみ》式の格子窓があり、その下に長腰掛けが一つ。板張りの床の中ほどに、三尺四方の脚付きの台が置いてある。

奥の板壁に、真新しい筵《むしろ》のかかったくぐり口が切られ、一尺ほどあいた下から土間がのぞく。

道隆は、織部の検分を受けるため、置き台に薬箱を載せた。

織部が、奥の筵に向かって、声をかける。

「おしづ」

筵の横が少し持ち上がって、しづが色白の顔をのぞかせた。

「はい」

「出入り改めだ」

「かしこまりました」

しづが答えると、織部は美於に向かって、うなずいた。

これも、いつものやり取りだ。

美於は、織部と道隆をその場に残して、筵の奥にはいった。

小さな格子窓から、わずかな光がはいるだけの狭い部屋で、広さは畳一枚分もない。

壁に奥行き一尺、幅二尺五寸ほどの腰棚が、取り付けられている。

その棚の上に、美於は持って来た風呂敷包みを置き、しづを向いて立った。

しづは、美於よりやや小柄な女で、すでに四十歳を過ぎていよう。人妻らしく、眉を剃り、鉄漿《おはぐろ》をしている。

しかし、ただの人妻ではない。

しづは、鍛冶橋御門外に町道場を開く、虚空真剣流苫篠一剣斎《こくうしんけんりゅうとましのいっけんさい》の妻だ。

苫篠道場には、番方の御家人やその子弟が、大勢かよっている。

美於が聞いた話では、一剣斎の弟子の中に寄場元締役の与力、大里左馬之助《おおさとさまのすけ》の息子がいる、という。

左馬之助は一剣斎と親しく、寄場元締役を申しつけられたおり、出入り改役にしづを出してもらえないか、と持ちかけたそうだ。

出入り改役は、寄場に出入りする娑婆の者たちの所持品、身体をくまなく検分する。

禁制品の持ち込み、持ち出しを防ぐためだ。

出入りする外部の者には、寄場に必要な食料や用具を扱う諸職のほか、丹治のような使い走りを引き受ける差配人、医師などがいた。月に一度、面会を許された人足の親兄弟、妻子もその中に含まれる。

出入り改めは、男については門詰めの下役が担当するが、女に対しては女の改役を当てねばならない。

そこで、左馬之助は親しい一剣斎に頼み込んで、しづを勤めに出させたのだという。人足寄場は、火盗改たる平蔵の取り扱いになるので、改役に町方の女を使うわけにいかず、かといって旗本、御家人の妻女を出すこともできない。

その点しづは、浪人者とはいえ武家の妻女なので、別段差し障りがない。それで認められた、という話だ。

面会は、偶《ぐう》の日の昼八つから七つまで、と定められている。

しづは、女の面会人があると決まった日だけ、その一時のあいだ寄場に詰めるのだ。

収容者のうち、差し入れを受けられるのは、罪を犯したものの改悛の情が著しく、ふだんから寄場内での素行がよい者で、しかも寄場入りして半年以上過ぎた者に限る、という条件がついている。

しづは、土間に立つ美於の回りをゆっくりと回り、体のそこここをなで回した。かたちばかりのようにも見えるが、しかるべきところはきちんと指先で探っており、ぬかりはない。

しづが言う。

「両の腕と足を広げて、腰を少し落とすように」

それもいつものことで、美於は言われたとおりにした。

調べがすむと、しづは腰棚の上の風呂敷包みを解くように、美於に指図した。

美於は包みをほどき、重箱の蓋をあけてみせた。

いくつか仕切りをした中に、ぼた餅や佃煮、魚の干物や味噌漬け、筍と人参と芋の煮つけなど、寄場ではふだん口にできないものが、いろいろとはいっている。

しづは竹串を取り出すと、そうした食べ物のあちこちをつつき回し、あるいは突き刺したりして、丹念に調べた。

それが終わると、懐紙で汚れた竹串をていねいにぬぐう。

美於は、手に隠した南鐐《なんりょう》（二朱銀）をその懐紙の中に、すばやく落とした。

しづは眉一つ動かさず、それを竹串ごと懐紙に包み込んで、胸元にしまった。それもまた、いつものことだった。

筵をくぐると、道隆の姿はすでになかった。

しづが、腰掛けに腰を下ろした織部に、声をかける。

「いかがわしきものは、何もございませぬ」

織部はうなずき、行ってよしというように、また顎をしゃくった。

めったに口をきかぬ男だが、このところずっと愛想が悪い。

寄場には、下役として小普請組から十数人の同心が、補任される。それを、三人の与力が元締役として、差配する仕組みになっている。

下役は鍵番、見張り番、米舂掛《こめつきがかり》、手業掛、畑掛、門詰めなどを、交替で勤める。

織部は、そうした下役の一人だった。

美於は織部に頭を下げ、しづについて詰所を出た。

「わたくしから、離れぬようにな」

しづはそう言って、右手奥の中庭へ向かった。

美於も、その後に続く。

少し行くと、ずらりと並ぶ作業小屋の脇に出た。そこで人足たちが、紙漉《す》き、鍛冶、桶作り、たばこ刻みといった作業に、従事しているのだ。

二人に気づいたのか、人足たちがにわかに小さな格子窓に、寄って来る。

格子のあいだで、柿色に水玉模様のついた半纏の肩が重なり合い、物欲しげな目がいくつも揺れた。

寄場の年季は三年で、一様に柿色の半纏が仕着せとして、支給される。一年目は、細かい水玉模様が染め出されるが、二年目は水玉の数が減って、三年目は無地になる。

美於は、人足たちの目に気づかぬふりをして、足ばやにしづのあとを追った。

見張り番の、下役のどなり声が響き渡って、窓格子から人足たちの姿が消える。

縄で囲われた、炭団《たどん》の製造場の前を通り過ぎた南の一郭に、病人と老人、子供を入れ置く小屋と並んで、女置場の小屋があった。

人数こそ少ないが、そこでは無宿や軽罪の女たちがわらじ作り、縄ないなどの軽い仕事に、従事している。寄場の食事の支度や、給仕の手伝いも女たちの仕事だ。

ただし、ふだんは男の人足たちと顔を合わせないように、高い板塀で仕切られた女置場に、囲い込まれているのだった。

しづがくぐり戸をあけ、美於を中に入れる。

女置場は、男たちの作業場と同じ作りの粗末な小屋だが、扱いはだいぶいい。男たちは、板の間に敷かれた茣蓙《ござ》の上で寝るのに、女たちの部屋には縁なしの琉球畳が敷かれ、楽に寝起きすることができる。

窓から、二人がはいって来るのが見えたらしく、引き戸をあけてりんが出て来た。

「お美於さん、いつもすみません」

ていねいに頭を下げるりんに、美於はしづの手前もあってわざと他人行儀に、言葉を返した。

「気にせずとも、ようござんすよ、おりんさん。わたしも、おまえさんに会うのが楽しみで、顔を見に来るんだから」

しづが、紋切り型の口調で、二人に言う。

「わたくしは、四半時《しはんとき》ほど中にはいっております」

美於もりんも、しづに頭を下げた。

「恐れ入ります」

しづはうなずき返し、女置場の小屋にはいって行った。

二

置場にはいっている女は、わずかに十数人だった。

百人近い、男の人足に比べて数はずっと少ないが、女の無宿者やすり、かっぱらいも、いることはいるのだ。

りんはその置場で、世話役の仕事を務めていた。

男たちの方にも、部屋ごとに人足たちを仕切る、古顔の世話役がいる。

世話役は、小伝馬町の牢名主ほど専横ではなく、せいぜい琉球畳の使用が許される、といった程度のものだ。

りんは、寄場入りして二月もしないうちに、世話役を任された。

きっぷもめんどう見もよく、気働きが人一倍優れているりんに、それまで世話役を務めていた女が、みずから席を譲ったのだという。

美於とりんは、小屋の横手に作られた小さな菜園に足を運び、休憩用の丸太の腰掛けにすわった。

美於は、手にした風呂敷包みを、りんの脇に置いた。

「あまり、変わりばえのしないものばかりだけれど、お仲間と食べておくれな」

「すまないね、お美於さん。おまえさんが、ここへ来てくれるようになってからこっち、みんなこれを待ちかねるようになってね。わたしが、世話役に祭り上げられたのも、お美於さんのおかげだと思っていますよ」

「わたしはただ、長谷川のお殿さまのお言いつけで、あんたに差し入れをしているだけだよ。お礼を言うなら、お殿さまに申し上げておくれ」

「長谷川さまは、どうしてわたしのような者に、肩入れをしてくださるんだろう。おまえさんも知ってのとおり、わたしはもと繭玉《まゆだま》おりんとひとに呼ばれた、盗っ人だよ。これまで、さんざん悪事を働いてきたこのわたしを、なんだってこんなに」

言葉を切り、涙ぐんだ目に指をすべらせるりんに、美於は笑いかけた。

「悪事を働いてきたのは、このわたしも同じだよ。でも、今はお殿さまのために働きながら、いくらかは償いをしてきたつもりさ。あんただって、あと一年もしないうちに、ここを出られるだろう。そうしたら、お殿さまのために、働くがいいよ」

「わたしのような者が、お役に立てるだろうかねえ」

「わたしだって、いくらかはお役に立ってるんだ。おまえさんに、できないわけがないじゃないか」

長谷川平蔵が、りんを手先の一人に仕立てるつもりなのは、承知の上だった。

美於は表向き、不忍池のほとりの料亭〈清澄楼《せいちょうろう》〉で働く仲居だが、時に応じて火盗改のために、手先を務めている。

りんも、寄場に送られるまでは〈清澄楼〉に近い、下谷広小路の一膳飯屋〈しのばず〉で働く、通い女（給仕）だった。

「あんたが出て来たら、お殿さまは〈しのばず〉の亭主に因果を含めて、また働けるようにしておくれだろう。わたしと同じように、働きながらお殿さまの仕事をすることになるのさ」

「そうしていただけるなら、わたしにはなんの異存もないけれど」

美於は、話を変えた。

「そう言えば、三吉《さんきち》は元気にしているのかい」

りんの腹違いの弟、三吉はすでに十五歳を越えているため、男人足の方に入れられている。昼間は作業場に出るが、寝起きはすぐ隣の病人、年寄りと一緒の小屋だ。

「はい、元気にはしていますよ。ただ、男人足たちの悪い気風に染まらなければいいが、とそれだけが心配でねえ」

りんはそう言って、眉根を寄せた。

「三吉は、年のわりにしっかりしているから、その心配は無用さ」

「というか、あのとおり顔立ちのいい子だから、妙な風にかわいがられたりしたら、どうしようと」

そこで言いさして、くるりと瞳を回す。

美於にも、りんが何を言おうとしているか分かり、ちょっと困った。

「そのときは、相手の金的を握りつぶせばいいんだ、と言っておやりよ。三吉とは、ときどき話をするんだろう」

りんがうなずく。

「月に三度、ここへ来るのを許されているから、そのたびに四半時ほど、話をしていきます。そんなことができるのも、たぶん長谷川さまのお心遣いのおかげだ、という気がするよ」

「そのときにでも、よく言い聞かせておやりよ」

「はい」

「ついでに、このぼた餅も少し取っておいて、食べさせておあげな。一日おくと、少し固くなるけれど、食べられないこともないだろう」

「そういたします」

美於は、置場の小屋にちらりと目をくれてから、声を低めて言った。

「ところで、おしづさんというのは、どんな人なんだい。町道場主のご新造《しんぞ》だ、という話は聞いたんだが」

りんは首をかしげ、少しのあいだ考えた。

「何を考えているか、よく分からないお人さ。ふだん、わたしたちにつらく当たることはないけれど、ご禁制のものを持ち込もうとしたり、決まりをおろそかにしたりすると、きっちり罰をくれます」

「ふうん。こうした差し入れの、上前をはねたりはしないのかい」

「それはないよ。わたしだけじゃなく、ここにいる女子衆はだれも上前など、はねられていません。むしろ、こちらからおすそ分けしようとしても、お断りになるくらいさ」

美於は、首をひねった。

「それは、妙だねえ。実は、ここ三度ほど出入り改めのおりに、おしづさんの手に南鐐を握らせてみたんだ。そうしたら、はなっからためらいもせずに、受け取るのさ。どんな顔をするか、見てみようと思ったんだけれど、拍子抜けがするくらいあっさりと、しまい込んじまうんだよ」

りんが、不審げな顔をする。

「お美於さんは、おしづさんに袖の下をわたして、何をさせるつもりなのさ。まさか、わたしに手心を加えてもらおう、と」

美於は、それをさえぎった。

「そんなんじゃないんだ。わたしは袖の下を渡すだけで、何も頼んだりしてないよ。ふつうなら、はなから受け取るのを拒むか、せめて何が望みか聞くのが、筋だろう。それを、当たり前のように受け取って、顔色も変えないところが憎いじゃないか。おしづさんは、あれでなかなかの玉だよ」

りんが、もっともらしくうなずく。

「そう言われてみれば、おしづさんはめったに気持ちをあらわにする、ということがないお人だね。町道場とはいえ、やはりお武家育ちの女子衆は違います」

「あるいは何か、裏があるのかもしれないよ」

りんの目が、きらりと光った。

「裏と言うと」

「それはわたしにも、分からないよ。ただ、俵井《たわらい》の旦那からおしづの様子を探ってみろ、と言われたものだから」

俵井小源太《こげんた》は、召捕廻り方与力の柳井《やない》誠一郎《せいいちろう》の配下で、美於とのつなぎをしている同心だ。

しかし、それは小源太ではなく、誠一郎の考えかもしれない。

あるいはまた、平蔵じきじきの命によるもの、ということもありうる。

どちらにしても、美於は言われたとおりにするだけだ。

「あんたも、それとなくおしづさんの振る舞いに、目を配っておくれな。わたしも、お殿さまにお願いして、ここへ来る日を増やしてもらうから」

「分かりました。女置場に、子供のころのおしづさんを知っている、というこそどろの年寄りがいたはず。聞いてみることにしますよ」

そのとき、小屋の引き戸が開いて、しづが出て来た。

二人に近づいて言う。

「そろそろ、四半時になりますよ」

三

丹治は、野菜や小間物のはいった籠を、背負い直した。

久富文五郎《ひさとみぶんごろう》の屋敷を出ると、持筒組の大縄地をあとにして、本郷の往還を南へ向かう。

文五郎は持筒組の与力で、二年ほど前長崎奉行所手附出役の勤務を終え、江戸へもどって来た。丹治との付き合いは、まだほんの半年ほどだ。

半時ほどのち。

丹治は、鉄砲洲の船着き場に着いて、寄場へ渡る猪牙船に乗った。もう一人の差配人久三《きゅうぞう》と、身寄りの面会に来たらしい小太りの年増女が、一緒だった。

差配人は、元締役や下役の雑用をこなすほか、人足たちが作った草鞋《わらじ》や元結、刻みたばこ、桶などを卸問屋に納めて、手間賃をもらう。

外へ出られぬ人足に頼まれ、寄場では口に届かない食べ物、手にはいらない小物などの買い物を、引き受けることもある。

人足は、日常の作業で稼いだわずかな賃金、差し入れされた小金をやり繰りして、差配人からそれらを買う。

差配人は、買値に上乗せして金を取り、その差額を懐に入れるのだ。

寄場に着くと、入れ替わりに鉄砲洲へもどる男が二人、待ち構えていた。

丹治は、久三の手を借りて籠を船から下ろし、かわりに久三がかついで来た大工箱を、一緒に運び上げてやった。

久三、年増女と一緒に並んで、詰所の前で九鬼織部に鑑札を見せる。

織部は、丹治と久三をその場に待たせて、年増女を先に小屋に入れた。

しづが、奥の小部屋で待ち構えており、女の体を改めるのだ。

間なしに引き戸が開き、丹治と久三は一緒に呼び込まれた。

「丹治。おまえは、そこに控えておれ」

織部が、長腰掛けに顎をしゃくったので、丹治はそこに腰を下ろした。

織部の検分は、しつこいので知られる。

当初は、水のはいった竹筒に二重底の仕掛けを施し、禁制品の酒や茶、たばこなどを持ち込もうとした面会人が、何人かいた。

しかし、ほかの下役をごまかすことはできても、織部の目をかすめることはできなかった。

そういう悪巧みが見つかると、三月のあいだ面会停止を食らうことになるので、今ではだれも小細工をしなくなっている。

ちなみに、水の差し入れが多いのは、寄場の水がひどいからだった。

寄場の水で飯を炊くと、せっかくの米が赤黒く染まってしまい、食えたものではなかった。はいりたての人足が、それに慣れるまでに一月はかかる、といわれた。

むろん、飲料にも適さないので、役人たちは向かいの鉄砲洲の水屋から、自用の水を取り寄せていた。

織部は、大工道具を一つずつ入念に調べたあと、蓋を閉じて久三にもどした。

同時に、奥のむしろが持ち上げられ、年増女が襟元を直しながら、出て来る。

その後ろから、しづが姿を現した。

「いかがわしきものは、何もございませぬ」

「よし。女置場へ、案内してやれ」

久三としづ、年増女が順に詰所を出て行く。

丹治は、下ろした籠の中から中身を取り出し、置き台の上に並べた。

人足たちに頼まれるのは、野菜と果物、魚の干物がほとんどだ。そのほかは、歯を磨くための楊枝や塩、紙と矢立てくらいしかない。

「よいぞ」

織部の許しが出て、丹治は置き台から中身を取り上げ、籠にもどした。

織部に向き合い、小さな声で言う。

「例のものは、懐にはいっておりやす」

織部は、無言で丹治の懐に手を入れ、小さな革袋を取り出した。

「あけておらぬだろうな」

あわてて、手を振る。

「めっそうもねえ。お調べになってくだせえ」

「よし。行け」

そのまま、自分の懐に入れる。

丹治は、籠を背負い直して、詰所を出た。

人足部屋へ向かいながら、少し汗をかいているのに気がついて、苦笑する。

あの下役は、まったくうたぐり深い男だ。毎度のように、同じことを聞く。

革袋の中に、何がはいっているか、丹治は知らない。

革袋の口は、革紐で固くくくられている上に、蠟が垂らしてある。勝手に開けば、すぐにそれと分かってしまう。

外から触った感じでは、中身はざらざらした粉のようなものだ、と分かる。

ざらめの砂糖かとも思ったが、それなら安価とはいえないにせよ、後生大事に持ち運ぶほど、高価なものではない。

ともかく、油紙にくるまれた感触からして、よほど貴重なものらしい、と見当がつく。

どちらにせよ、何がはいっているかを知る必要はないし、知りたくもない。

ある日織部から、文五郎の居宅に酒を届けてもらいたい、と頼まれたのが事の始まりだった。

あとで知れたことだが、それは桐箱にはいった銘酒の大徳利で、ひどく重かった。落として割りでもしたらと、運ぶのにひどく気を遣ったものだ。

そのとき、受け取った文五郎はよほどの酒好きらしく、縁側へ通された丹治の前で桐箱をあけ、さっそく一口飲んでみせたほどだ。

しばらくして、二度目に酒を届けに行ったとき、今度は文五郎から織部にお返しを渡してくれ、と例の革袋を託されたのだった。駄賃として、南鐐銀を一枚もらった。

それから、ときどきそういうやり取りが繰り返され、今日で五回目になる。

いつの間にか、酒の返礼に革袋を受け取るのではなく、革袋をもらうかわりに酒を届ける、という具合に順序が逆になった。

途中から、織部も使いの駄賃として南鐐銀を一枚、くれるようになった。

丹治にすれば、二重の小遣い稼ぎができるわけで、これほどありがたい話はなかった。加えて、人足たちの買い物で手間賃を取れば、ますます懐がうるおう。まったく、笑いが止まらなかった。

丹治は、もともと駕籠《かご》かきだったせいで、足腰が強い。遠くへ使いに走るのも、市中を歩き回って買い物をするのも、まったく苦にならない。

寄場の差配人に雇われたのは、その足のおかげだと思っている。

これまで、何度か夜鷹を買いはしたものの、一度も吉原へ繰り出したことがない。太夫とまではいかぬまでも、切見世か端女郎くらいは味わってみたい、と思う。

このままうまく立ち回れば、近いうちに夢がかないそうだ。

丹治は、一人ほくそ笑みながら歩いていたので、しづとぶつかりそうになるまで、分からなかった。

あわてて足を止めると、しづはすばやく脇へ身を引いた。

上目遣いに、丹治を見て言う。

「どうかなさいましたか、丹治さん」

「いや、どうもいたしやせんよ」

「何か、いいことでもあったように、歩き笑いをしていましたよ」

丹治は、頬を引き締めた。

「おしづさんにあっちゃ、かないませんや。それじゃ、ごめんなすって」

話を打ち切り、しづの横をさっさとすり抜けて、人足部屋へ向かった。

これだから、武家の女は油断がならぬ、と思う。

整ってはいるが、何を考えているか分からぬしづの、能面のような顔がうとましい。

それだけに、あの小柄な体を自分の下に組みしだき、顔を歪めさせてみたい気もする。

とたんに、美於のことを思い出した。

何日か前、船着き場で行き違ったきり、顔を見ていない。どうせねんごろになるなら、あの女の方がずっといい。

丹治は雑念を振り切り、人足小屋にはいって行った。

一時のち。

ちょうど、暮れ六つの鐘が鳴り出した頃、丹治はからになった籠を物置小屋にしまい、詰所へもどった。

詰所にはいると、中にいた織部が待ち兼ねたように、長腰掛けを立った。

「少し待っておれ」

そう言い残して、詰所を出て行く。

いつものように、また船頭部屋に預けてある酒の包みを、取りに行ったのだろう。

案の定、織部は風呂敷に包んだ桐箱と一緒に、もどって来た。

「これを、文五郎のところへ頼む」

そう言って、酒と一緒に裸の南鐐銀を、差し出した。

四

小窓から、明かりが漏れている。

俵井小源太は、茶室のにじり口の前に、片膝をついた。

「殿。小源太にございます」

「おう、もどったか。首尾はどうであった」

長谷川平蔵の声が、障子越しに返ってくる。

「歌吉《うたきち》と二人、午の刻に日本橋橘町の善兵衛店《ぜんべえだな》から、丹治のあとをつけました。丹治は、神田の青物市場などで買い物をしたのち、八つ過ぎに本郷の持筒組の組屋敷へまいり、与力の久富文五郎の居宅を訪ねましてございます」

「また、久富か。これで、二度目だな」

「さようでございます。丹治は、野菜籠を背負っておりましたが、出て来たあと何度か懐を押さえるような、妙なしぐさをいたしました。何か、だいじなものを預かってきたという、そんなしぐさでございました」

「さようか。懐にはいるほどの大きさならば、さほどかさばるものではないな」

「いかにも。それに、重さで前が垂れ下がる様子もないゆえ、金子《きんす》ではなさそうでございます」

「だいじなもので、しかも軽くてかさばらぬものというと、なんであろうな」

　小源太は、少し考えた。

「たとえば、高麗人参のような高貴薬、でございましょうか」

「やもしれぬな。して、それから丹治は、どういたした」

「半時ほどで、本郷から鉄砲洲の船着き場へ回りまして、寄場へ渡りました。寄場には、およそ一時ほどとどまっておりましたが、暮れ六つの鐘が鳴った少しあと、船で鉄砲洲へもどりましてございます。前回同様、木箱らしきもののはいった風呂敷包みを、下げておりました」

「風呂敷包みとな。その届け先は、こたびも久富のところか」

「さようで。また、どこぞの高価な酒でございましょう」

前回、丹治が久富文五郎に包みを届けた翌日、歌吉はその居宅から出たごみ屑の中に、〈銘酒　千早鶴〉と墨痕鮮やかに書かれた、桐の箱の蓋を見つけた。

千早鶴は、将軍家や大名家ご用達の銘酒として、広く知られる高価な酒だ。

平蔵が言う。

「しかし、いくら値の張る酒と申しても、高麗人参とは釣り合うまい」

「さようでございます。あるいは、酒と一緒に桐箱の底に、金子がはいっていたやもしれませぬ」

「うむ。とりあえず、その詮索はあと回しにしよう。ほかに、なんぞ変わったことはなかったか」

平蔵に促されて、小源太は話をもどした。

「鉄砲洲から、本郷の組屋敷へ丹治のあとをつけるあいだ、われらのほかにお供がつきましてございます」

「ほかに、丹治のあとをつける者がいた、と申すか」

「は」

「何者だ」

「寄場の出入り改めを務める、しづでございます」

「しづ、とな。苫篠一剣斎の妻女か」

「さようでございます。元締役の大里さまのご嫡男が、苫篠道場にかよっておられる関係で、出入り改役を仰せつけられた、と聞いております」

「そのとおりよ。おれの、あずかり知らぬことだがな」

平蔵は、人足寄場を建言して受け入れられたが、元締役をはじめ寄場内の役職方については、松平越中守の一存で人選びが行なわれた。

したがって、寄場の取り扱いは平蔵の手の内にあるものの、火盗改のように気心の知れた配下を、送り込んでいない。実のところ、日ごろ火付盗賊の追捕《ついぶ》に忙しく、寄場の差配まで手が回らないのだ。

とはいえ、寄場にからんで何か不祥事、変事が出来《しゅったい》した場合、平蔵がその責めを負うことになる。

小源太をはじめ、火盗改の配下はだれもがそのことを、気にかけている。

平蔵が続ける。

「して、おぬしらはしづに気づかれずに、久富の居宅までつけたのか」

「さようで。歌吉とわたくしと、ときどきあと先を交替しながら、つけてまいりました。日が暮れておりましたゆえ、丹治にもしづにも気づかれませなんだ」

「丹治は久富の家に、長居しなかったであろうな」

「は。たばこ一服するいとまもなく、出てまいりました。そのあと、稼いだ駄賃で一杯やるつもりか、昌平橋の居酒屋にしけ込みました。それを見届けると、しづはつけるのをやめて、道場へもどりました」

「道場まで、つけたのか」

「は。念のため、居酒屋の前に歌吉を残して、わたくしがしづをつけましてございます」

「歌吉はどうした」

「丹治が、善兵衛店へ帰宅するのを確かめてから、役宅へもどると申しておりました」

少し間をおいて、平蔵がまた口を開く。

「久富文五郎は、長崎奉行の手附として二年ほど、長崎へ出役していた。そのおり、オランダ通詞《つうじ》の今林錦吾《いまばやしきんご》と申す者と、親しくなったらしい。錦吾は今、浅草の天文台に勤めているが、二人はときどき会っているようだ」

唐突な話に、小源太は驚いた。

「殿は、何ゆえさようなことを、ご存じなので」

「おれのおやじが、京都奉行をしていたことは、知っておろうな」

「存じております」

平蔵の父親、長谷川備中守宣雄《びっちゅうのかみのぶお》も明和から安永にかけて、火盗改を務めた。その後、京都奉行に任じられたものの、九月務めただけで病死している。

そのときは、平蔵も父親と一緒に京都にいた、と聞く。二十年ほど前のことだ。

「短期間ではあったが、在職中同じ遠国奉行のよしみもあって、おやじと長崎奉行とのあいだに、つながりができた。おれは、それを引き継いだのだ。長崎に関わりのある話は、おおむねおれの耳にはいってくるのさ」

なるほど、と思う。

「さすれば、今林錦吾と申す者は唐通詞とも親交があり、高麗人参などをひそかに手に入れることも、むずかしくないと存じます」

「うむ。今少し、調べてみよう」

平蔵はそう言ってから、話を少しあともどりさせた。

「ところで、しづは何ゆえ丹治のあとをつけた、と思う」

「分かりませぬ。まさか、呼び止めてとがめるわけにもまいらず、そのままにしておきましたが」

「おまえと歌吉は、しづのあとからついて行ったのだな」

「さようで」

あとをつけるとは、そういうことではないか。

小源太は、平蔵が何を言うつもりか、と思った。

「ならば、おまえたちのあとをだれかがつけて来ても、気づかなんだであろうな」

虚をつかれる。

「さ、さようなことは、考えもいたしませなんだ。丹治をつけるしづを、われらがつけて行くそのあとをまた、だれかがつけて来たとの仰せでございますか」

言ううちに、舌がもつれそうになった。

「いや、それは分からぬ。だが、そういうことがあるやもしれぬ、と思うただけよ」

「かと申して、何者が何ゆえに、さようなことを」

平蔵は笑った。

「それが分かれば、苦労はないわ。今後は自分の背後にも、気をつけるがよいぞ」

小源太は、その場に平伏した。

「恐れ入ります」

「ともかく、引き続きしづと丹治から、目を離さぬようにいたせ。人手が足りねば、歌吉のほかに手先を使ってもよいぞ」

「かしこまりました」

冷や汗をかきながら、同心の溜まり部屋に引き返す。

そこへちょうど、歌吉がもどって来た。

「どうした、丹治は」

「一杯機嫌で、ねぐらへもどりやした」

「そうか。おれたちも、その辺で腹ごしらえをしよう」

小源太は、歌吉と前後して別々に役宅を出ると、南側の深川富川町にある居酒屋、〈めぬきや〉へ行った。

表口からはいり、二階の小座敷に上がる。

歌吉は少し遅れて、裏階段を上がって来た。できるだけ、一緒にいるところを人に見られぬよう、気をつけているのだ。

一杯やりながら、芋の煮転がしと菜飯を食う。

「長谷川さまから、引き続き丹治としづをよく見張れ、との仰せだ。おまえ一人では、手に余るだろう。友次郎《ともじろう》と小平治《こへいじ》にも、助けてもらえ」

「分かりやした」

「ただ、長谷川さまのお見立てでは、おれたちのほかに丹治やしづを見張る者が、いるやもしれぬということだ。気をつけろよ」

歌吉の、鋭い目が光る。

「どこのどいつが、なんのために、そんなことをするんで」

「それが分かれば、苦労はないさ」

小源太は、平蔵のまねをして答えたあと、すぐに続けた。

「ともかく、まわりによく目を光らして、怪しげに見える者がいたら、そやつの素性を洗うのだ。取っつかまえて、吐かせるのが早いかもしれぬ」

「のみ込みやした」

そう言って、歌吉は盃をあけた。

五

大縄地につながる、本郷の往還に面した路地の出入り口に、人影が現れる。

野菜籠を背負った、がに股の丹治の姿だった。

歌吉がささやく。

「出て来やしたぜ」

俵井小源太はうなずき、腰掛けに茶代を置いた。

歌吉に言う。

「昌平橋を渡るまでは、おれが先に立ってあとをつける。橋を渡ったら、おまえが先になれ。十分に間をあけて、怪しいやつがあとをつけて来ないかどうか、よく見るのだぞ」

「へい」

小源太は腰を上げ、丹治がいつものように足を止めて、懐をおさえるのを見た。

それから丹治は、体を一揺すりして籠を背負いなおし、往還を南へ向かった。

十間ほど離れるのを待って、小源太もさりげなく周囲の様子をうかがい、茶店を出た。

先ごろ、長谷川平蔵に注意を受けて以来、丹治をつけるときはかならず前後左右に、目を配ることにしている。

この日も、日本橋橘町からつけ始めて、先に立つ歌吉と十分に間をおき、ほかにあとをつける者がいないか、目を光らせた。

いつものように、丹治は青物市場で買い物をしたのち、本郷へ回った。これまでのところ、そのあとを追うような怪しい者の姿は、目につかなかった。

あるいは、平蔵の見立て違いではないか、とも思う。

重たげな籠を背負っているのに、丹治はまるで羽でも生えているように、足が軽い。もとは駕籠かきだったというから、それも当然だろう。

左へくだる坂のとっつきで、丹治は右にはいる道筋をとった。前もそうだったが、まっすぐ神田川沿いの道へ出て、湯島聖堂の脇から昌平坂をくだり、昌平橋へ抜けるらしい。

本来なら、軽い籠を背負って先に本郷へ回り、それから青物市場で買い物をした方が、楽なのではないかと思う。

そうしないのは、本郷で預かったものを市場で落としたり、すられたりしない用心のためかもしれぬ。

丹治は、人けのない神田川沿いの崖道に出ると、聖堂の方へ曲がって姿を消した。

小源太は、けどられぬように少し遅れて、曲がり角に着いた。

角から、そっと目をのぞかせたとたん、息が止まるほど驚く。

丹治が籠ごと道に倒れ、転がり出た野菜があちこちに、散らばっていたのだ。

その先に、道を左へ曲がり込む男の後ろ姿が、ちらりと見えた。

浅葱《あさぎ》色の小袖に、白っぽい帯をきりりと締めた、一本差しの浪人者だ。

小源太は、倒れた丹治のそばに駆け寄り、顔をのぞき込んだ。

どこにも血は流れておらず、歪めた口からせわしない息遣いが漏れる。当て身でも食らって、気を失っただけらしい。

懐に手を入れると、何もなかった。

背後に足音が聞こえ、歌吉が駆けつけて来る。

「だんな。丹治のやつ、どうしたんで」

「浪人者が、丹治を襲って懐の中のものを、奪って行った。丹治は、気を失っているだけだ。放っておいて、そいつのあとを追おう」

そう言い捨てて、小源太は駆け出した。歌吉も、あとを追って来る。

息せききって、浪人者の曲がった角を折れたが、だれの姿もない。

さらに足を速め、また本郷の往還に駆けもどって、左右を見渡した。

すると右手に、坂を悠々とおりて行く浅葱色の背中が、目にはいった。

「あいつだ。浅葱色の小袖の、あの男だ」

歌吉ともども、あとを追い始める。

「間違いございやせんか」

「間違いない。あの白い帯が、目印だ」

「それにしても、やけに落ち着いていやがる。物盗りならもっと急いで、逃げるんじゃござんせんかね」

「急ぐのは、その場を離れるときだけよ。広い往還に出て、やみくもに走り続けたら、かえって人目を引く」

「それにしても、肝のすわったやつでござんすね」

歌吉の言うとおりだ。

「丹治の格好からして、とても金目のものを持っているようには、見えぬはずだ。ただの物盗りではないな。はなから、懐の中のだいじな何かを狙って、待ち伏せしていたとしか思えぬ」

「となると、あの浪人者がそれをどこへ持って行くか、見ものでござんすね」

「そうだ。気づかれぬよう、おまえが先に行け。おれは、あとからついて行く」

小源太は足を緩め、歌吉を先に行かせた。

浪人者は昌平橋、筋違橋《すじかい》のたもとをそのまま通り過ぎ、神田川沿いに和泉橋の手前まで歩いた。

そのすぐ左手にある、神田佐久間町一丁目の居酒屋〈さくま〉に、はいって行く。

歌吉が振り向き、小源太の指図を待った。

小源太は軽くうなずき、中にはいって見届けよ、と目で促した。

歌吉が中にはいるのを待って、川っぷちの柳の陰に身を引く。

四半時もしないうちに、例の浪人者が一人で店から姿を現し、もと来た道をもどり始めた。

それをやり過ごすと、少し間をおいて歌吉が出て来る。

歌吉は、さりげなく小源太に近づいて、ささやいた。

「あの男を待っていたのは、おしづでござんすよ」

ぴん、とはじけるものがある。

「しづか」

「へい。浪人者は、小粒と引き換えに茶色い革袋のようなものを、おしづに渡しやした」

「革袋。すると、しづが浪人者を金で雇って、丹治からそれを奪わせたわけだな」

「そうなりやす」

小源太は、遠ざかって行く浪人者を、目で追った。

「あの男の身元を、突きとめてくれ。おれは、しづを追う。あとで、役宅で落ち合おう」

「へい」

歌吉は、そのまま小源太のそばを離れ、浪人者を追い始めた。

二人の姿が、筋違橋の方へ消えてほどなく、しづが〈さくま〉から出て来た。

しづは小源太に背を向け、和泉橋の方へ歩き出した。

しかし橋は渡らず、逆に北へ向かう道にはいった。十四、五町も行けば、不忍池の東側の下谷へつながる、長い道だ。

夕暮れが近づき、あたりがしだいに暗くなる。

二町ほど歩き、藤堂和泉守の上屋敷に差しかかったとき、にわかにしづが振り向いた。

見失うまいと、われ知らず背後に近づきすぎていた小源太は、しづとまともに目を合わせてしまい、あわててしゃがみ込んだ。

とっさに、雪駄《せった》の鼻緒の具合を直す思い入れで、ごまかそうとする。

ちらりと上目を遣うと、長い練り塀の先を急いで右へ折れる、しづの後ろ姿が見えた。

小源太は体を起こし、小走りにそのあとを追った。

練り塀を曲がったところに、和泉守の辻番所が置かれていたので、小源太はさりげなく足を緩め、前を通り過ぎた。

しづは、十四、五間前を足ばやに歩いていたが、すでに自分がつけられていることに、気づいた様子だった。

小源太は後ろを見返り、辻番がそっぽを向いているのを、確かめた。

上屋敷の北側は、さらに長い練り塀が続く薄暗い道で、次の辻番所まで三町はたっぷりある。左手も、別の大名屋敷の練り塀が延びており、人影はない。

思い切って駆け出し、しづとの差を詰めた。

つけているのがばれたからには、もはや遠慮することはない。

足音に気づいたとみえて、しづはいきなり駆け出した。

しかし、男の足にはかなわぬと悟ったか、すぐに立ち止まって向き直る。

小源太は足を止めず、一気にしづのそばに駆け寄った。

しづは片足を引き、半身になって小源太を見返した。

「何用でございますか。かような場所で、女子のあとをつけ回すとは、穏やかならぬお振る舞い。その分には、差しおきませぬぞ」

道場主の妻女だけあって、口調にも身構えにもいささかの油断もなく、きつい目に負けぬ気が漂っている。

「そなたの方が、かような暗い場所を選んで、逃げ込んだと見たぞ。何か、後ろ暗いことがあるのではないか」

「これは、覚えませぬ。この上は、どうかつけ回すのを、おやめくださいませ」

「そなたの、懐の中にあるものをこちらによこせば、見逃してやる」

しづは、ぎくりとした風情で、半歩引いた。

「何を仰せでございますか」

「とぼけなくともよい。その革袋は、先刻浅葱の素浪人が町方の者を襲って、奪い取ったもの。それを、そなたがそやつからひそかに受け取るのを、見届けた者がいるのだ。恐れながらと訴え出れば、そなたもただではすまぬぞ」

しづはたじろぎ、胸元を押さえた。

「おまえさまは、どこのどなたさまでございますか」

「名乗るほどの者ではない。おとなしくよこせばよし。いやだと申すなら、一緒にこの先の辻番所へ、行くだけのことだ」

しづは唇を引き締め、小源太を睨み返した。

ふっと肩の力を抜き、開き直ったように言う。

「それほどお望みなら、差し上げましょう」

胸元へ手を差し入れ、茶色の革袋を引っ張り出すと、無造作に投げてよこした。

小源太はそれを受け止め、すばやく目と手で確かめた。

革紐の結び目が、蠟で封じられている。袋の中は、がさがさしたものにくるまれた、細かい粒らしきものの手ざわりがある。

しづの目が、自分の背後に移るのに気づき、小源太は振り向いた。

三十五、六に見える侍が、刀の柄に手をかけながら足音も立てず、近づいて来る。

「いかがなされた、お女中」

男は、小源太を油断のない目で見ながら、しづに話しかけた。

背は低いが、がっしりした体つきの男だ。

しづが、落ち着いた声で応じる。

「わたくしが、ひとさまからお預かりしただいじな品を、このお侍さまに奪われましてございます。そちらの手にある、革袋がそれでございます」

男は、ちっと舌を鳴らした。

「けしからぬ。すぐに返すがよい」

小源太は、革袋を懐にしまった。

「そうはいかぬ。この品は、おんなが不逞の浪人者を使って、町人から奪い取ったもの。本来ならば、自身番へ突き出すところを、見逃してやろうとしたのだ」

男は、刀の柄から手を離さず、小源太をじろじろと見た。

「おぬし、何者だ。名を名乗れ」

「御先手弓組、俵井小源太」

「弓組。組頭は、どなたでござるか」

「長谷川平蔵さまだ」

それを聞くと、男は驚いたように顔色を変え、柄から手を離した。

「火盗改か」

「そうだ。当方が名乗ったのだから、そこもとも名乗られよ」

小源太が切り返すと、男はにわかに挙措《きょそ》を改め、頭を下げた。

「これは、ご無礼いたしました。お勤め中とも知らず、よけいな口出しをして、まことにあいすまぬ。拙者、ただの通りすがりの者ゆえ、姓名のほどはご勘弁いただきたい。ごめん」

そう言い捨てるなり、小源太の脇をさっさとすり抜けると、しづに目もくれずに歩き去った。

しづも、小源太を火盗改と知ってひるんだか、あとじさりして言った。

「失礼の段、お許しくださいませ」

小源太の返事を待たず、身をひるがえして駆け出す。

立ち去った男に追いつく前に、しづは左手の道へ曲がり込んで、姿を消した。

六

本所《ほんじょ》の役宅の茶室。

長谷川平蔵は、俵井小源太が差し出した革袋を、ためつすがめつした。

小源太の隣にすわる、与力の柳井誠一郎が一膝乗り出して、平蔵に言う。

「粒の粗い粉のようなもの、という手ざわりでございます。高麗人参を、粉にしたものでございましょうか」

平蔵は、首を振った。

「これは、人参ではあるまい」

そう言い捨て、無造作に蠟をこそげ落として、革紐をほどいた。

中から、油紙に包んだものが、滑り出てくる。

小源太も誠一郎も、平蔵の手元をのぞき込んだ。

平蔵が油紙を開くと、薄茶色をしたざらめ糖のような、粗い粉が現れる。

平蔵は、その粉を油紙ごと鼻先に近づけて、においを嗅いだ。

誠一郎が問う。

「何でございましょうな」

平蔵は答えず、薬指の先をなめて少量の粉をつけ、舌先に載せた。

小源太は、平蔵がかすかに眉根を寄せるのを見て、つい喉を動かした。

「な、何でございますか」

平蔵は、小源太を見た。

「これは、マンドロガという、オランダ渡りの秘薬だ」

「マンドロガ」

小源太がおうむ返しに言うと、平蔵は油紙を畳んで革袋にもどした。

「さよう。どのような意味かは知らぬが、この秘薬はおよそ痛みという痛みならば、どのような痛みでも抑える作用がある、と聞いておる」

少し、拍子抜けがする。

「ただの、痛み止めでございますか。高麗人参のような、高貴なものではないので」

「いかにもこの薬は、病をもとから治すものではない。しかし、痛み止めというだけでなく、これにはもう一つ別の効き目がある。多めに服用すると、幻を見たように気分がこころようなって、すぐにも床入りしたくなるのだそうだ」

小源太は、誠一郎と顔を見合わせた。

誠一郎が咳払いをして、言いにくそうに言う。

「つまりその、媚薬、ありていに申せば、惚れ薬のことでございますか」

「そうだ。五十年ほど前に、初めてオランダ船が持ち込んで来たのだ。むろん、お上によってご禁制とされたが、今でも将軍家や大名家のあいだで、ひそかに珍重されておるらしい」

「さようなご禁制品を、久富文五郎はどこからどうやって、手に入れたのでございましょうな」

誠一郎の問いに、小源太は思い出した。

「もしや、元オランダ通詞の今林錦吾から、手に入れたのでは」

平蔵がうなずく。

「おそらく、そうであろう。錦吾は、長崎から江戸へ出て来るとき、オランダ人から買い集めたマンドロガを、ごそりと持ち込んだに違いない」

そう言って、革袋を懐にしまった。

小源太は誠一郎に、今林錦吾と久富文五郎のあいだ柄を、話して聞かせた。

聞き終わると、誠一郎は平蔵を見た。

「文五郎は、何ゆえその秘薬を丹治のような者に、預けたのでございますか」

「丹治は、それを寄場の中で働く何者かに、届けていたのだ。つまり、丹治はそやつに頼まれて、マンドロガの運び役を務めていた、というわけさ」

「まさか、しづではございますまいな」

小源太は、誠一郎に首を振ってみせた。

「歌吉からの沙汰によれば、丹治を襲ったのは苫篠道場の代稽古を務める、野田晋之助《のだしんのすけ》という男でございます。しづが、その者を使って丹治を襲わせたことは、間違いないと存じます。もし、しづがマンドロガの受取人ならば、さようなまねはいたしますまい」

誠一郎が、腕組みをする。

「何ゆえ、しづはマンドロガなるものを丹治から、奪おうとしたのでございましょうな」

小源太も、首をひねった。

「そもそも、丹治がその運び役を務めていることを、しづはいかにして嗅ぎつけたのか。それがとんと、分かりませぬ」

誠一郎は腕組みを解き、小源太に目を向けた。

「いずれにしても、寄場の出入りは身体改めが厳しいゆえ、さようなご禁制品を持ち込むのは、むずかしかろう」

平蔵が、口を開く。

「そうとも限るまい。そやつ自身が、出入り改めをする門詰めの者ならば、いかな禁制品を持ち込んでも、ばれる心配はない」

小源太は、背筋を伸ばした。

「さすれば、門詰めを務める下役の中に、不届き者がいる、と」

誠一郎がうなずく。

「なるほど、それで読めてまいりました。丹治が、その革袋を持って寄場にはいると、門詰めの番に当たったそやつが、改めるふりをしてそれを受け取る、ということでございましょう」

「しかし、こたびそこへしづが割り込んだのは、何ゆえでございますか」

小源太の問いに、誠一郎は口をつぐんだ。

平蔵が、小源太に聞く。

「しづから、この革袋を取り上げたとき、通りかかった男がいたと申したな」

「は。わたくしが、殿の配下の者と分かったとたん、さっさと逃げ出しましたが」

小源太の返事に、平蔵は薄笑いをした。

「そやつ、ただの通りがかりの者ではないかもしれぬな」

七

あと四半時もすれば、夜四つの鐘が鳴る刻限だ。

九鬼織部は、襟巻きを口元を隠すまで巻きつけ、すぐには人相が分からぬようにした。

みよしの顔が、闇に浮かぶ。

みよしが嫁いで来てから、まだ三年にしかならぬ。

一年ほど前、みよしはにわかに強い差し込みに襲われ、見ておられぬほどの痛みを訴えた。

そのときは、知り合いの医師河野道隆の処方した痛み止めで、なんとか治まった。

しかし、それからしばしば発作がみよしを襲い、やがて痛み止めも効かなくなるほど、ひどくなった。

道隆の見立てでは、みよしの体の奥に悪い腫瘍ができており、当面治療する手立てがない、という。

織部は、惚れてみよしをめとっただけに、気持ちが落ち込んだ。

その悩みを、幼なじみの久富文五郎に打ち明けたところ、オランダ渡りのよく効く痛み止めがある、と教えられた。

マンドロガ、と称する薬だという。

しかも、ただの痛み止めではない。

少し量を増やすと、痛みが止まるだけでなく気分が高揚して、房事が進む余得があるらしいのだ。

ただし、禁制の薬だけに市中に出回ることはなく、しかも値が張る。だれにでもあがなえる、というものではない。手が出るのは、大名家か大身の旗本、大きな商家くらいのものだろう。

話の端ばしから、所持しているのは長崎の、オランダ商館に関わりのある男らしい、と分かった。

その男は、かなりの量のマンドロガを隠し持ち、小出しに売りさばきたがっている、と文五郎は言った。

織部は、売りさばきによい手立てがあるので、その一部をただで自分に回してもらえないか、と持ちかけた。

人足寄場には、病気の者を診るために医師が交替で、かよって来る。

その一人に、河野道隆がいた。

道隆は、よく言えば融通のきく、悪く言えば小ずるい医師だ。

織部が、門詰めの番に当たったときなど、寄場では許されぬものの持ち込みを、見逃すように迫った。収容者の家族、知人などに頼まれ、禁制品を持ち込むことで、裏金を稼いでいるのだ。

織部は、みよしの治療代や薬代の未払いが溜まっており、道隆には頭が上がらない事情があった。

見て見ぬふりをするしかなかった。

その道隆に、ひそかにマンドロガの話を持ちかけると、二つ返事で引き受ける、と言われた。道隆は、大名家や大商家にも出入りしており、そのような秘薬ならばいくらでも売りさばける、と請け合ったのだ。

織部は、文五郎のところにあるマンドロガを、差配人の丹治に取りに行かせて、門詰めの番のおりに受け取る、という仕組みを作った。

そのうち、一部をみよし用に取り置いたあと、残りを出入り改めの際に道隆の薬箱に、ひそませる。

道隆から回収した金は、酒のはいった木箱の底に隠し入れて、丹治に届けさせるのだ。

みよしの差し込みが始まるたびに、織部はマンドロガを使って痛みを抑え、苦しみを鎮めてやった。

それを何度か繰り返すうちに、みよしは痛みが治まるやいなや目をうるませ、頬や喉元を紅潮させて、織部を求めるようになった。

文五郎が言ったとおり、別の効き目が出始めたのだった。

初めのうちは、それでもよかった。

しかし、マンドロガは痛みを止めこそすれ、腫瘍を治す効能はない。みよしは、しだいに痩せ細り、目も落ち窪んできた。

それでも、マンドロガを服用したあとの色欲は、いささかも衰えぬ。

それどころか、ますます高じるようになった。

織部も、今ではみよしとのまぐわいを楽しむどころか、うとましく思うようになっていた。

四つの鐘が鳴り出し、われに返る。

薄暗い、大縄地につながる路地の角から、丹治が出て来た。寄場から支給された、御用提灯をぶら下げている。

今日は、野菜籠を背負っておらず、手ぶらだった。

丹治が、あたりにそれとなく目を配り、懐をそっと押さえてみせるのが、提灯の明かりに映し出される。

いかにも、だいじなものがはいっている、という思い入れだ。

先ごろ、丹治からだれとも知れぬ浪人者に襲われ、例の革袋を奪われたと告げられたときは、織部もこれで終わりかと肚を決めた。

ただの物盗りのしわざとも思えず、何者かが裏の事情を知って割り込んだ、としか考えられなかった。

しかし、その後どこからも織部に働きかける者はなく、何ごともなかったように日が過ぎた。

こうなった以上、もう一度丹治を文五郎の居宅へ行かせて、また何か異変が起こるかどうか、確かめずにはいられなくなった。もし、何者かが丹治の動きを見張っているなら、ふたたびどこかで襲ってくるに違いない。

そこで丹治に因果を含め、文五郎の家へ革袋を取りに行くふりをさせて、一芝居打つことにしたのだ。

本郷の往還は、居酒屋や一膳飯屋の周辺を除いて薄暗く、どこかの路地に人がひそんでいても、分かるものではない。

つい先刻まで、通りを照らしていた月も雲間に隠れ、星明かりだけになった。

織部は、丹治より二十間ほど先に立って、往還を歩き出した。

丹治は、往還から神田川沿いの道に出たところで、襲われたと言った。

また、同じ道筋をたどったのでは、かえって怪しまれよう。それに、同じ場所で待ち伏せしている、とは考えられない。

丹治には、あらかじめ道筋を伝えてあった。

ここまでは江戸の内、といわれた〈かねやす〉の手前を左に折れ、加賀百万石前田家の南側を東へ向かう。

少し行くと、練り塀が終わったところに辻番所があるが、その先の麟祥院の門前から、不忍池へ抜ける切り通しまでは、何もない。

何か起こるとすれば、そのあいだになるだろう。

むろん、丹治は囮《おとり》になるのをいやがったが、危ない橋を渡る駄賃に一分金をはずみ、襲われたらすぐに助けに出る、と請け合ってなんとか説き伏せた。

織部は、先に立って路地を曲がり込み、ちらりと背後をうかがった。

丹治の提灯が、ゆらゆらと揺れながら、ついて来る。その周囲だけが、ぼう、と明るく照らし出された。

織部は、そのまま加賀屋敷の横を抜けて、切り通しの坂へ向かった。

辻番所の前を通り過ぎ、麟祥院の門前へ差しかかる。

この通りは、死罪を申しつけられた者が、市中を引き回される際の道筋に当たるが、日が暮れるとほとんど人通りが絶える。

道はしだいに、緩やかなくだり坂になった。

織部は、旗本屋敷が櫛比《しっぴ》する麟祥院の向かいの路地に、滑り込んだ。

角から目をのぞかせると、丹治の提灯が躍りながらついて来る。

辻番所の前を抜け、織部が身を潜める角の前を通り過ぎるとき、こわばった丹治の顔が提灯の光に、浮かび上がった。

そのとき、織部の前を小走りに駆け抜けた足音が、丹治の背後に迫った。

「ちょっと、丹治さん」

そう呼びかけたのは、女の声だった。

織部は、とっつきの生け垣に身を潜めたまま、振り向いた丹治の顔を見た。

提灯を掲げた丹治が、驚いたように言う。

「こりゃあ、おしづさん。こんなとこで、何をしてるんでえ」

織部は、唇を引き締めた。

丹治に呼びかけた女は、寄場で出入り改めを務める、しづだったのだ。

明かりに浮かんだ、黒い後ろ姿だけでは分からないが、丹治が人違いをすることはあるまい。

「〈かねやす〉を出たところで、おまえさんをお見かけしたものだから、あとを追って来たのでございますよ」

思わず、唾をのむ。

間違いなく、しづの声だった。

それにしても、こんなところにしづが現れるとは、思いもしなかった。

「あっしに、何か用でござんすかい」

丹治に聞かれて、しづが少し近づいた。

猫なで声で言う。

「おまえさんは、わたくしの体にご執心でございましょう」

何を言い出すのかと、織部はまた生唾をのんだ。

丹治も、毒気に当てられたように、提灯の上で顎を引く。

「そ、そりゃあいってえ、どういうこったえ」

「おまえさんがその気なら、わたくしを好きにさせてあげてもいい、と言っているのでございますよ」

ていねいな物言いだけに、織部にもぞくりとくるものがあった。

「冗談言っちゃいけねえぜ、おしづさん。かりにもおめえさんは、苫篠道場のご新造だ。妙なまねをしたら、おれの首が宙に飛ぶことくれえ、がきにも分かるってもんよ」

丹治が言い返したが、しづは取り合わずに続けた。

「何もただで、とは申しませぬ。おまえさんの懐の中の、革袋をわたくしに譲ってくだされば、どこなりとお好きなところへお供いたします」

丹治は、無意識のようにあいた左手で、懐を押さえた。

織部は、刀の鯉口を切った。

マンドロガを狙っていたのは、しづだったのだ。

出入り改めのおり、しづはなんらかの拍子に丹治と織部、あるいは織部と道隆のやり取りに気づき、革袋を横取りしようと考えたのだろう。

先ごろ、丹治を浪人者が襲って革袋を奪ったのも、しづの差し金に違いない。

躊躇している場合ではない。

ここでしづを斬り捨て、禍根を断つのが最善の策だ。

織部は、静かに大刀を抜き放ち、角から進み出た。

そのとき、雲間に隠れていた月が顔を出し、あたりが明るくなった。

八

「待て」

闇を裂いて、鋭い声が飛んだ。

はっとした様子で、九鬼織部が向き直る。

天水桶の陰に隠れた俵井小源太は、自分と九鬼織部の間に立ちはだかった、小柄な男の背を見つめた。

「そこまでだ、九鬼織部。それ以上の、手出しは無用」

その、小柄ながらがっしりした体つきは、先ごろ小源太としづのあいだに割り込んだ、あの侍に違いなかった。声にも、聞き覚えがある。

過日は先を取られたが、今度はこちらが相手を出し抜いた。

丹治のあとをつけるしづ、それを追う正体の知れぬ侍のあとにつく、というかたちになったのだ。

ただ、そこへ織部が割り込んで来るとは、予期していなかった。

織部は、顔の下半分を襟巻きで隠していたが、追い詰められた犬のように、肩口がぐいと下がるのが、月明かりに見えた。

侍も、抜刀する。

「おれは小人目付の、土田《つちだ》専之助《せんのすけ》だ。われらの調べにより、その方の罪状はもはや明白になった。へたな手向かいは、ただの恥の上塗り。刀を捨てて、神妙にいたせ」

小人目付と聞いて、織部の目が吊り上がる。

小源太も、唇を引き締めた。

隣にひそんだ柳井誠一郎が、吐き捨てるように言う。

「小人目付か」

小人目付は、身分こそ低いものの、目付の意を受けて下級武士の不祥事、不行跡を容赦なく取り締まる、嫌われ者の集まりだ。

しづの背後に、だれかいるとの長谷川平蔵の見立ては、やはり狂っていなかった。

どうやらしづは、小人目付の手先を務めていたらしい。

今宵は、丹治をつけるしづの背後を見張るため、出張って来たのだろう。

それを、小源太と誠一郎がさらに出し抜いた、というわけだ。

織部が、声を絞り出す。

「おのれ、しづ。たばかったな」

言い捨て、くるりと身をひるがえして、しづに突進する。

しづはあわてて背を向け、救いを求めるように丹治に飛びついた。

丹治はわめき、むしゃぶりつこうとするしづの体をかわして、手にした提灯を織部に投げつけた。

織部が、それを斬り捨てる。

提灯が燃え上がり、一瞬あたりが明るくなった。

丹治は身をひるがえし、風を食らったように切り通し坂を、駆けおり始めた。

しづも草履を脱ぎ捨て、そのあとに続く。

「待て、織部」

一声かけて、しづを追おうとする織部の背中に、専之助が斬りつけた。

向き直った織部が、専之助の刀を勢いよくはね返すと、月の下に火花が飛んだ。

体勢を崩した専之助に、かさにかかった織部が太刀を構え直し、激しく斬り込む。

専之助が足を滑らせ、仰向けにどうと転倒した。

「行け、小源太」

誠一郎が言うより早く、小源太は天水桶の陰から飛び出して、二人の方に突進した。

倒れた専之助に、振りかぶった太刀を振り下ろそうとする織部を、鋭く制する。

「待て、織部。これまでだ」

一瞬ひるんだものの、織部は振り上げた刀を小源太に転じると、専之助を飛び越えて斬りかかった。明らかに、頭に血がのぼっていた。

小源太はその刀をはね上げ、身を沈めて臑《すね》をなぎ払った。

しかし、織部はそれを軽がると跳んで避け、なおも打ち込んで来る。

そのすきに飛び起きた専之助が、刀を振りかぶって背後から呼びかける。

「逃れられぬぞ、織部」

それを聞くなり、織部は小源太めがけて体ごと突っ込み、激しく斬りかかって来た。

小源太は、みずから尻餅をついて織部の腹に、下から刃を突き上げた。

織部は、はずした太刀でその刃を払いのけ、そのまま体を横へ流すと見る間に、小源太の脇を駆け抜けた。

そのあとを追って、専之助が走り出そうとする。

転がりながら、小源太はとっさに専之助の踏み出した足に、自分の足を差し伸べた。

専之助は、体勢を崩してたたらを踏み、その場に四つん這いになった。

小源太が背後に目を送ると、天水桶の脇を駆け抜けようとした織部が、叫び声を上げて地に転がるのが見えた。

刀を投げ出し、地を這うように一寸、二寸と前に体をずらしたが、すぐに動かなくなった。

誠一郎が、何ごともなかったように体を起こし、太刀を腰に収める。

天水桶の陰から、一刀のもとに織部を斬り捨てたのだった。

専之助が、よろよろと立ち上がって、倒れ伏した織部のそばに行く。

「な、なぜ斬ったのだ。おぬしは、何者だ」

呆然と言う専之助に、誠一郎がにべもなく応じる。

「おれは火盗改、長谷川平蔵組の召捕廻り方与力、柳井誠一郎だ。いかさま、おぬし一人の手に余ると見えたゆえ、小源太ともども助っ人したのだ。文句があるか」

名乗りを聞いて、専之助はうろたえた。

「こ、これはご無礼いたしました。それがしは、小人目付の土田専之助と申す者。九鬼織部の罪状を明らかにするため、生きたまま捕らえる所存でございました」

「すると、われらは無用の手出しをした、と申すのか」

「い、いや、決してさような」

喉を詰まらせる専之助に、小源太は畳みかけて言った。

「過日、おれがしづから革袋を取り上げたおり、おぬしは通りがかりの者だと言って、割り込んで来たな」

専之助が、渋い顔でうなずく。

「いかにも」

「では当方も、たまたまここへ通りかかっただけ、ということにいたす。文句はあるまいな」

「そ、それは」

専之助が絶句したのを見て、誠一郎が言い捨てる。

「どうやら、加賀前田家の辻番が、気づいたようだ。あとの始末は、おぬしに任せる。行くぞ、小源太」

そのまま、すたすたと切り通し坂をくだり始める。

笑いを嚙み殺しながら、小源太もそのあとに続いた。


茶をたてた長谷川平蔵が、茶碗を小源太の前に置く。

「こたびの働き、上出来であったぞ」

「恐れ入ります」

小源太は一礼して、茶を飲んだ。

誠一郎が言う。

「小源太が、専之助の足を引っかけて邪魔をしたのは、まことにみごとでございました。専之助も、わざとやったとは分からなかったはず」

平蔵は笑った。

「そのわずかな遅れで、おぬしが織部を斬り捨てる間ができた、というわけだな」

「さようでございます。もし、織部に息が残っておりましたら、めんどうなことになったやもしれませぬ」

「確実に、なったであろうな」

「織部が、マンドロガの一件をありていに白状すれば、寄場取扱の殿にも責めが殺到いたしましょう」

「おれだけなら、まだよい。寄場役人の人選びは、越中さま直じきの差配によって、行なわれたもの。それゆえ、越中さまにもよけいな火の粉が、降りかかったであろう。寄場の規律を守るためにも、悪事に手を染めた織部には問答無用で、死んでもらわねばならぬ。聞けば、織部の妻女は腹に悪い腫瘍ができて、もう長くはないという話だ。いささか哀れだが、あの世で巡り会えるように、祈ってやるしかあるまい」

小源太は、茶碗を置いて言った。

「しづと丹治は、どういたしますか。それに久富文五郎、今林錦吾の処分もございます」

平蔵は、腕組みをした。

「文五郎、錦吾については、おれの方から目付に話を通しておく。しづと丹治は、お役御免ですませておけ。あの二人は、革袋の中身がなんであったか、知らぬはずだ。少なくとも、建前は知らぬことになっておる」

「お美於が、おりんから聞いた話によれば、しづの子供のころを知る年寄りが、女置場にいるとのこと。その年寄りが申すには、若いころ下働きをしていた御徒《おかち》の組屋敷に、しづと専之助の一家が隣り合わせに、住んでいたとのことでございます」

「ほう。つまりしづと専之助は、幼なじみだったわけだな」

「さようでございます。長じてのち、しづは苫篠道場の跡継ぎに見初められ、家を出ました。専之助は、親のあとをついで小人になり、その廉潔を認められて小人目付に任ぜられた、と聞いております」

誠一郎が、納得したようにうなずく。

「しづを手先に使ったのも、そのような縁があったからだな」

小源太は、うなずいた。

「はい。河野道隆は、とかくの噂がある医師でございます。専之助はその筋から、織部との関わりに疑念を抱き、しづに探りを入れさせたのでございましょう」

「道隆めにも、灸を据えてやらねばなるまいな」

誠一郎は、そう言って笑った。

しばしの沈黙のあと、平蔵が口を開く。

「いずれにせよ、寄場は無宿の者や軽罪の者に道理を教えて、正道に立ち返らせるだいじな場だ。二年や三年で、つぶすわけにはいかぬ。おれたちの仕事は、火付けや盗っ人をつかまえるだけではない。無宿者も、というよりいかな悪党も、人に変わりはない。正道に立ちもどる気があるなら、手を貸してやらねばなるまい。これればかりは、マンドロガのように、飲めばすぐに効き目が出る、というものではないからな」

誠一郎も小源太も、頭を下げた。

「仰せのとおりでございます」

小源太は、ふと思い出すことがあって、顔を上げた。

「マンドロガと申せば、過日殿にお預けいたしましたマンドロガは、どうなされましたので」

平蔵が、じろりと見てくる。

「マンドロガ。さようなものを、預かった覚えはないぞ」

「は」

小源太は、とまどった。

あのおり、平蔵は確かに例の革袋を、懐にしまったではないか。

平蔵の口元に、薄笑いが浮かぶ。

「そもそも、マンドロガのようなご禁制の秘薬は、この世にあってはならぬもの。さようなご禁制品は、いっさい存在せなんだのだ。目付でさえ、見つけることができなかったのだからな」

小源太は、誠一郎と顔を見合わせて、苦笑した。

平蔵が、それをどう使うつもりかは、聞かないことにした。

刀の錆

一

〈清澄楼《せいちょうろう》〉の裏口から、美於《みお》が出て来た。

りんは、風呂敷を持った手を上げ、美於に合図した。

美於が鬢《びん》のほつれを直し、前垂れを取りながらそばに来る。

「今日は、外へ買い物かい」

「はい。近ごろは、男衆にも買い物を頼まれるものだから、往生しています。帰りは、これを一杯にして、もどることになるので」

そう言いながら、畳んだ風呂敷を叩いてみせた。

黄八丈に、柿渋染めの帯をきりりと締めた美於は、女のりんの目にもまぶしく見える。

肩を並べて、不忍池の方へ歩き出した。

りんは、半年ほど前に送られた石川島人足寄場で、女置場の世話役を務めている。めんどう見がよく、女たちの取りまとめにたけたところから、その役を振り当てられたのだ。女たちだけでなく、寄場下役たちの受けもよい。

通常、人足たちがほしがる日用の小物や食料は、差配人と呼ばれる下働きの男たちが、調達してくる。

差配人は、安く仕入れたものに儲けを上乗せして、人足たちに高く売りつける。人足が稼ぐわずかな手間賃では、月締めのときに足が出ることも珍しくなく、あまり評判がよくない。

そのため、人足たちは月に一度か二度、婆婆へ使いに出されるりんに、女たちの分と一緒に楊枝、手ぬぐいなど、軽い日用品の買い物を頼む。

そうしたことから、男の差配人は人足たちが作る草鞋や手桶などを、卸問屋に納めに行く手間賃しか、稼げなくなった。たまに、かさの張る野菜や干物といった食料、道具類の買い入れが回ってくれば、ありがたいくらいのものだ。

少し前に、丹治《たんじ》という差配人がそれとも知らず、ある寄場下役の悪事に関わったことが露見し、物議をかもしたのが一因ともいわれる。

ともかく、差配人たちは買い物の数が減った上に、近ごろ寄場全体を切り回す元締役から、手間賃の引き下げを申し渡されたこともあり、顔色を失っていた。

池のほとりに出ると、りんと美於は水面に向かって長腰掛けに、腰を下ろした。

すでに四月半ばなのに、まだ風が肌に冷たい。

「わざわざ、わたしを呼び出したからには、何か話があるんだろうね」

美於が水を向けてきたので、りんはさっそく話を始めた。

「ちょっと、きなくさいことを聞き込んだものだから、一応おまえさんの耳に入れておこう、と思ってね。と言っても、雲をつかむような話だけれど」

「聞かせておくれな。きなくさい話は、においだけですめばむしろ上々と、旦那がたも言っていなさるくらいだから」

りんは、手にした風呂敷を膝の上に置いて、背筋を伸ばした。

「半月ほど前に、おしのという女が寄場にはいって来ましたのさ。下総生まれの、三十半ばの女でね。若いころは、そこそこの器量よしだったと思うけれど、すさんだ暮らしが続いたせいか、今じゃすっかりやつれてしまって」

美於は興を引かれたように、りんの顔をのぞき込んだ。

「そのおしのが、どうかしたのかい」

「わたしが、置場の心得やしきたりを教えてやったら、おしのはそれでつい心を許したのか、こんな打ち明け話をしたのさ」

りんは、しのから聞いた話をかい摘まんで、美於に話した。

しのは、十八のときに下総の鎌ヶ谷村から、幼なじみと手に手を取って欠落《かけお》ちした。

相手は、〈すねはぎの千代松《ちよまつ》〉と呼ばれる、背がひょろりと高いだけで取り柄のない、やくざの三男坊だった。

しのは、村の庄屋の下で働く小作人助右衛門《すけえもん》の一人娘で、父親は当然二人の仲を認めなかった。

しのと千代松は、村を逐電したあと房総、武州近辺を転々とし、五年前に江戸へ出て来た。

千代松は、賽《さいころ》を振るほかに能のない男だったが、幸か不幸かそれで食えるだけの腕があって、なかなか足が洗えなかった。

つきが回ったときは手に負えず、相手のすねまではいでいくというので、〈すねはぎ〉と呼ばれるようになった、と当人は言っているらしい。

実は、すねはぎとはすねとはぎのことで、〈すねはぎの伸びたやつ〉といえば、背丈ばかり高くて役に立たぬ男、という意味なのだ。

やがて、田沼主殿頭《たぬまとのものかみ》から松平越中守《まつだいらえっちゅうのかみ》に治世が代わると、立て続けに厳しい法度《はっと》がしかれて、賭場が立ちにくくなった。

その間、しのは小料理屋の下働きや小女をして、なんとかたつきを立てていたが、これまた口入れ屋の身元調べがきつくなり、働き口を失った。

やむにやまれず、しのは千代松との暮らしを一時あきらめ、板橋や品川、内藤新宿などの宿場へ、飯盛女《めしもり》としてもぐり込んだ。

つまりは、身を売る稼ぎに落ちたわけだ。

それが、二十日ほど前に町奉行所の狩り込みがあり、しのは内藤新宿の旅籠《はたご》から身一つで、逃げ出すはめになった。

よんどころなく、千代松に会って身の振り方を相談しようと、下高井戸の道運寺という寺へ向かった。

千代松は、ここしばらくその寺の近辺を根城にし、決まった時期にそこで開かれる隠し賭場に、顔を出しているという。

寺にたどり着く前、甲州道中沿いの茶屋に差しかかったとき、横手の軒先に干された女ものの足袋《たび》が、目に留まった。

旅籠をはだしで逃げ出したので、しのの足は傷だらけになっていた。わらじや草履がなくても、足袋があれば少しは楽になる。

しのはそう思って、その足袋につい手を出した。

それを、外へ出て来た店の小女に見とがめられ、逃げようとして争いになった。

あげくは、駆けつけた土地の若い者に引き据えられ、村役人に突き出されてしまった。

たまたま、そこに火盗改《かとうあらため》の同心が博打の探索で、来合わせていた。

「それで、おしのはその同心に身柄を預けられて、長谷川《はせがわ》さまのお役宅に引き立てられましたのさ」

りんが一息つくと、美於は口を挟んだ。

「だれなんだい、その同心の旦那は」

「おしのの話によると、俵井《たわらい》の旦那だそうな」

「おや、俵井の」

美於はそう言って、眉を開いた。

りんも、召捕廻り方の同心俵井小源太《こげんた》のことは、美於の口から聞いている。

ふだんは、のんびりした穏やかなたちなのだが、いざとなると手に負えなくなるつわものだ、という。

道場での剣術は、ほかの同心に勝ったためしがない、といわれるほどひどいらしい。ところが、修羅場に出ると俄然太刀筋に気合がはいって、直心影流《じきしんかげりゅう》の目録を取った与力の柳井《やない》誠一郎《せいいちろう》も、舌を巻くほどの力を発揮するという。

りんは聞いた。

「おまえさんは、俵井の旦那からしの話を、聞いていないわけだね」

「聞いていないよ。このところ、市中ではさしたる騒ぎがなかったし、わたしも清澄楼の仕事が忙しくて、旦那と顔を合わせていないのさ。本所のお役宅からも、しばらくお声がかからなくてね」

美於の返事を聞いて、りんは話を続けた。

「長谷川さまは、おしのを国へもどすより寄場送りにして、まともな暮らしに立ち返らせようと、お裁きをつけられたそうだ。それで、わたしのところへ回されてきた、というわけさ」

「千代松の方は、どうしたんだい」

「おしのによると、千代松とはここ三月ほど会っていないと、俵井の旦那には言ったらしいよ」

「ほんとうなのかい」

美於の問いに、りんは首を振った。

「いいえ、嘘をついたんだとさ。というのはね」

しのは、つかまる数日前の夜中に道運寺へ行って、開帳中の賭場から千代松を引っ張り出し、裏手の物置小屋でお祭りを始めた。

そのおりの寝物語に、千代松の口からめっぽう物騒な、打ち明け話が飛び出した。

近ごろ、千代松は白鳥郡兵衛《しらとりぐんべえ》と称する、浪人崩れの盗賊の頭目と知り合い、一味に加わったというのだ。郡兵衛は、千代松の目端のきく機敏なところを見込んで、仲間に引き入れたらしい。

しかも、早ばやとここ一月ほどのうちに、初仕事をする手筈がついた。なんでも、芝神明町の刀剣商備前屋進次郎《びぜんやしんじろう》の店に、押し込みを働くというのだ。

しのはそれまで、千代松の博打や軽い騙《かた》りごとについては、目をつぶってきた。

しかし盗っ人、押し込み強盗に手を染めるとなれば、聞き捨てにはできない。

なんとか思いとどまらせようと、しばらく言葉を尽くして説得に努めたが、千代松は首を縦に振らない。

これ一度きりの約束だと言い、分け前をもらったらその場でかならず手を切る、と請け合うのがせいぜいだった。

不承不承矛を収めたものの、旅籠へもどってからもしのはそれが心配で、仕事に身がはいらない。

そうこうするうち、狩り込みにあって宿場を逃げ出すはめになった。

それをしおに、しのはもう一度千代松を説得する心づもりで、下高井戸へ向かった。

ところが、その途中でお縄になった、という次第だった。

美於が、首をひねる。

「白鳥郡兵衛などという盗っ人は、聞いたことがないねえ。あんたはどうなんだい」

りんも、首を振った。

「わたしも、初耳だよ」

美於は、水面をかすめる燕《つばめ》を一度見やり、りんに目をもどした。

「その、おしのという女はどうしてそんな話を、あんたにしたんだろう。いくら、あんたに気を許したとしても、自分の情夫が盗っ人の一味に加わって、押し込みをたくらんでいるなどという話を、打ち明けるものかね」

「わたしも、そのわけを尋ねたんだよ。そうしたら、おしのはわたしが外使いに出たおりにでも、備前屋に用心を怠らぬよう忠言してほしい、と言い出したのさ。備前屋が備えをすれば、郡兵衛一味も無理には押し込みができまいから、千代松もあきらめて抜けるだろうってね」

「備前屋をあきらめても、一味が押し込み先を別の店に変えたとしたら、同じことじゃないか」

「わたしもおしのに、そう言ってやったのさ。それでもおしのは、別の店に目当てをつけて押し込むには、それ相応の段取りというものがあるから、時がかかる。そのあいだに、千代松が心を入れ替えてくれるかもしれないし、そのときまでに婆婆へもどっていたら、自分がきっと思いとどまらせてみせる、と言うんだよ」

美於は、また水面に目を向けた。

「千代松のことはともかく、その白鳥郡兵衛という盗っ人のことが、気になるねえ。これはどうやら、俵井の旦那を通じて柳井さまか長谷川のお殿さまに、お知らせした方がよさそうだ」

それを聞いて、りんはうなずいた。

「わたしも、そう思いますよ。ただ、備前屋の方は、どうしたものかねえ。まだ、一味が押し込むと決まったわけじゃないし、いたずらに忠言して怖がらせるのも、人騒がせだろう」

「そうだね。わたしが、俵井の旦那とその話をするまで、何もせずにおこう。ただ、おしのには、備前屋にそれとなく用心するよう、耳打ちしておいたと言っておきなね」

「そういたします。わたしは、今月はもう買い物に出る当てがないから、何かあったら寄場に来てくださいな」

「分かった」

りんは、そそくさと清澄楼へもどって行く、美於の後ろ姿を見送った。

二

火盗改、長谷川平蔵《へいぞう》の本所の役宅。

美於の話を聞き終わると、柳井誠一郎は俵井小源太の顔を見た。

「おぬし、白鳥郡兵衛なる盗っ人のことを、耳にした覚えがあるか」

小源太は少し考え、それから首を振った。

「いえ、ございませぬ」

美於が、顔を上げる。

「やはり、ご存じなかったのでございますか」

「聞いたことのない盗っ人だ。おまえも、知らなかったのだな」

小源太が聞くと、美於はうなずいた。

「わたくしだけでなく、歌吉《うたきち》や友次郎《ともじろう》、小平治《こへいじ》たちもいっこうに心当たりがない、と申しております」

誠一郎が言う。

「あるいは、近ごろ西からくだって来た、新手の盗っ人かもしれぬな」

「それにしても、西国で名を売ったほどの盗っ人ならば、御府内にも沙汰が届いておりましょう」

「浪人崩れで、おれたちの耳に届いておらぬとすれば、いずれはたいした盗っ人ではあるまい」

小源太は、ふと思い出したことを、口にした。

「そやつはともかく、刀屋の備前屋進次郎についてはいささか、覚えがございます」

誠一郎もうなずく。

「おぬしも、覚えていたか。たった一度のことだが、おれも備前屋が火盗改と関わったのを、思い出した」

「どのような関わりでございますか」

美於の問いに、小源太はおもむろに応じた。

「ここ一年ほどのあいだに、大名や大身の旗本の屋敷に狙いを定めた、だれとも知れぬ盗っ人一味の押し込みが、いくつかあってな。幸い、怪我人だけで人死には出なかったが、盗まれた中に値打ちものの銘刀が、何振りも混じっていた。頭目は、よほど刀に目のない男とみえて、由緒書を持ち去ることも忘れなかった。おれたちは、押し込みを受けたおのおのの家から、その由緒書の写しを出させた。それを、おも立った市中の刀屋に回して、網を張ったのだ」

そのあとを、誠一郎が引き取る。

「しばらくして、そのうちの一振りが由緒書ともども、備前屋に持ち込まれてな。備前屋は、すぐに手元の写しと照らし合わせて、それが手配の回った盗品の一つだと気づいた。そこで、目利きには一日かかると返事をして、刀を持ち込んだ男に翌日出直してほしい、と申し向けた。備前屋からの届けを受けて、おれたちは次の日のこのこやって来たその男を、引っ捕らえたという次第よ」

「それで、芋づる式にずるずる、と」

言いかける美於に、小源太は首を振った。

「ところが、そううまくはいかなかった。そいつは、亀吉《かめきち》とかいう地回りのごろつきで、通りすがりの権蔵《ごんぞう》と名乗る男に、手間賃を払うから売って来てくれ、と頼まれただけだと言い張る。そこで、売った金の受け渡し場所だという、麻布二ノ橋へ亀吉を向かわせて、おれたちはあとをつけた」

美於がうなずく。

「その権蔵とやらが、現れなかったのでございますね」

「そうだ。亀吉を見張っているのを、気づかれたらしい」

小源太が言うと、誠一郎がまたあとを続けた。

「それから二月ほどして、もう一度同じことがあった。猪之助《いのすけ》という別の男が、さる大名家から盗み出された別の刀を、神田和泉橋際にある老舗《しにせ》の刀屋、岡崎屋《おかざきや》喜右衛門《きえもん》の店へ持ち込んで来た。喜右衛門は、一時のうちに目利きをすると称して、男を近くの茶屋で待たせた。そのあいだに、手代をこっそりこの役宅へ、走らせたのだ」

そこで言葉を切り、誠一郎が目配せする。

小源太は言った。

「おれたちは、前の失敗に懲りてすぐには猪之助を捕らえず、喜右衛門に代金を払わせてから、ひそかにあとをつけた。むろん、こたびは気配を悟られぬように、念を入れた。猪之助は、水道橋の近くの三崎稲荷まで行って、もう一人の男に駄賃と引き換えに、代金を渡した。おれたちは、今度こそと思ってその男を、お縄にした。ところが、これまたただの走り使いにすぎなかった、というわけよ」

美於は眉をひそめ、膝を少し乗り出した。

「使い走りを装っただけ、ということはございませんか」

「それを疑って、おれたちも常より厳しく詮議をしたが、そいつも権蔵という男に頼まれただけ、と言い張るのだ。むろん、代金を渡すという場所に行かせてみたが、案の定権蔵なる男は姿を現さなかった。猪之助も、ゆすりたかりがもっぱらのごろつきで、盗っ人の一味に加わるような玉ではなかった」

美於が、感心したように首を振る。

「二重、三重の手間をかけるとは、ずいぶん用心のよい盗っ人でございますね」

誠一郎が言った。

「もしかすると、その盗っ人がおしのとやらの話に出てきた、白鳥郡兵衛かもしれぬ。備前屋と岡崎屋のせいで、二度も盗品のさばきをしくじったから、刀屋には含むところがあるはずだ。仕返しにいっそ押し込んでやろう、という気になっても不思議はない。

何せ、店にはもっと値の出る刀が、腐るほどあるのだからな」

小源太は、腕を組んだ。

「しかし、大名や旗本の屋敷から盗み出したものを、同じこの御府内でさばこうとは、実もって大胆不敵。というより、あまりにも無謀ではございませんか」

「一味が処分しようとした二本は、いずれもさほどの銘刀ではなかった。足はつかぬ、と甘くみたのだろう」

「とはいえ、その後ぱたりと持ち込みがやんだのは、やはり御府内でさばくのはむずかしい、と悟ったからでございましょう」

「そうだろうな」

美於が、口を挟む。

「その二振りの刀は、どうなったのでございますか」

「盗まれた大名と旗本が、備前屋と岡崎屋になにがしかの礼金を払って、取りもどしたはずだ。刀の代金として、岡崎屋が走り使いに支払った金も、むろんもどった」

そう応じてから、小源太は誠一郎を見た。

「その盗っ人が、白鳥郡兵衛の一味かどうかはともかく、わたくしなら腹いせに備前屋と岡崎屋に押し込んで、貯め込んだ金と売りものの刀剣類を、根こそぎ頂戴していきます。そうしなければ、盗っ人としての義が立ちませぬゆえ」

誠一郎は笑った。

「ばかを言え。盗っ人に、義などあるものか」

美於が、口を開く。

「とりあえず、備前屋のあるじに事の次第を告げて、用心するように申し伝えた方が、よろしゅうございましょうか」

誠一郎は腕を組み、一転してむずかしい顔になった。

「いや、それはまだ控えた方がよい。ここは、ひとまず一味に備前屋を襲わせておいて、一網打尽にするのが上策だろう。用心せよと言われたら、おのずと店のたたずまいや客のあしらいに、その気配が出てしまう。一味が、店を見張っているとすれば、押し込みの企てがばれたと感づいて、手を引く恐れがある。ともかく、この一件を殿がどうお考えになるか、おれから聞いてみることにする」

「待ち伏せするには、まず一味がいつ備前屋を襲うつもりか、探り出さねばなりますまいな」

小源太が言うと、誠一郎は腕組みを解いた。

「うむ。それならば、おしのを娑婆に出して道運寺へ行かせ、千代松から日取りを聞き出すように、因果を含めればよかろう」

美於を見て続ける。

「寄場へ行って、おりんに話をつけてくれ。殿には、おれから了解を得ておく」

美於は、頭を下げた。

「かしこまりました」

二日後の昼。

鉄砲洲本湊町の船着き場に、人足寄場からのもどり船が着いた。

小平治は、地味な小袖を来たりんに続いて、痩せた小柄な女が船からおりるのを、物陰からのぞき見た。

寄場の中では、女は男のような水玉模様ではなく、無地の柿色のお仕着せを、着せられている。

しかし、外使いなどで娑婆へ出るときだけは、普段着の着用を許される。

小平治は、そばに控える美於に、低く声をかけた。

「あれが、おしのか」

「そうだと思うよ。わたしも、見るのは初めてだから」

その女は、遠目ではっきりとは分からないが、三十半ばという年ごろだ。

目鼻立ちは悪くないものの、肌の色がいかにもくすんだ感じで、生きるのに疲れたように見える。

わけもなく、小平治はその女に哀れを覚えた。

事のいきさつは、すでに美於から聞いている。

しのは、備前屋を襲う盗っ人一味に加わらぬよう、千代松を説き伏せるつもりでいる、という。

柳井誠一郎は、しのと千代松を会わせるため、しのを買い物の手伝いという名目で、りんと一緒に娑婆へ出すことを決め、長谷川平蔵の許しを得た。

それを受けて、美於が寄場のりんのもとに足を運び、段取りをつけたのだった。

小平治も美於も、しののあとをつけて遠出をするため、菅笠と手甲脚絆《てっこうきゃはん》の用意を整えている。

船着き場を出たりんは、八丁堀まで一緒に行ったところで、手筈どおりしのと別れた。

しののあとを追う、美於の後ろ姿を目の隅にとらえながら、小平治はりんに近づいて話しかけた。

「どこへ行くか、しのは言ったか」

「下高井戸の道運寺へ行く、と言っていたよ。千代松は、そこでときどき賭場をのぞくそうだから、その近辺にいるんじゃないかね」

「ああ、その話はおれもお美於から、聞いている。うまく、見つかればいいがな」

りんは、眉を曇らせた。

「おしのは、盗っ人の仲間と関わらぬように、どうでも千代松を説き伏せる、と思いつめているんだよ。うまくいけば、いいんだけどねえ」

「そればかりは、なんとも言えねえな」

うまくいくかどうかは、千代松がしのにどれだけ惚れているか、にもよるだろう。

「くれぐれも、おしのと千代松に悟られないように、気をつけてくださいよ」

「分かってるよ。じゃあな」

小平治は言い残して、堀沿いに京橋の方へ向かうしのと美於のあとを、追い始めた。

三

備前屋は、間口三間ほどしかない、小体《こてい》な刀屋だった。

歌吉は暖簾《のれん》をくぐり、半分開いた戸口の敷居をまたいだ。

「じゃまをするぜ。あるじはいるかい」

声をかけると、帳場にいた大柄な番頭らしき男が、土間の際へ出て来る。

「はい。あるじは奥に控えておりますが、どなたさまでございましょう」

「お見かけどおり、どなたというほどの者じゃねえ。ちょいとばかり、目利きをしてもらいてえ刀があるのよ。由緒書のついた、れっきとした業物《わざもの》だ」

歌吉はそう言って、手にした緞子《どんす》の刀袋をぽん、と叩いてみせた。

番頭は、寸の間うさん臭げな表情をしたが、すぐに作り笑いを浮かべた。

「かしこまりました。少々、お待ちを」

奥へ引っ込んだまま、なかなか出て来ない。

刀屋にはいるのは、めったにないことだった。

見せ台や壁に、ずらりと刀剣類が並んでいるものと思ったが、当てがはずれる。刀は、帳場の横手にある神棚の下の刀架に、ただ一対掛かっているだけだ。そのほか目につくのは、何が書いてあるのか分からぬ字だけの掛け軸と、積み上げられた古書くらいしかない。

だいじな刀は、用心のため店の奥か裏の蔵にでも、しまってあるのだろう。

ようやく、奥の暖簾を分けてあるじらしき男が、ゆっくりと出て来た。

もみ手をしながら、上がりかまちにすわる。

「お待たせいたしました。てまえがあるじの、備前屋進次郎でございます。あいにく、刀の手入れをいたしておりましたもので、ご無礼をつかまつりました」

四十を出たあたりの、愛想のよい小太りの男だ。

「いや、話が通じりゃ、それでいいんだ。気にするなってことよ」

ことさらやくざな物言いをしたが、備前屋進次郎と名乗った男は動じる風もなく、笑顔を消さない。

「して、何か業物をお見せくださるとか、番頭が申しておりましたが」

番頭は、すでに帳場の囲いにもどり、帳面を調べている。

「そのとおりだ。これを一つ、見てもらいてえ。長曾禰虎徹《ながそねこてつ》の逸品よ」

歌吉は刀袋の巻紐をほどき、柄をつかんで刀を引き出した。

進次郎が、それを両手で捧げ持つようにして、受け取る。

「虎徹でございますか。ひとまず、拝見いたします」

そう言って、進次郎は落ち着いた所作で懐紙を口にくわえ、刀を静かに引き抜いた。

鞘を置き、立てた刃をあちこちと向きを変えながら、じっくりと眺める。

やがて、ていねいに刀を鞘にもどし、横の畳に広げられた毛氈の上に置いて、口から懐紙をはずした。

「けっこうなお作でございます。素人目ながら、やきもにおいもなかなかの出来、とお見受けいたしました」

「素人目ってことはねえだろう、備前屋。おめえさんも、これで食ってる以上はな」

歌吉が言うと、進次郎は穏やかな笑みを浮かべた。

「いえ。てまえどもには、玄人の勘というものが働きませぬ。あれこれと、由来やら何やらを調べなければ、判断がつかぬのでございます」

「おう、それよ」

歌吉は、懐から由緒書を取り出して、進次郎の膝に投げた。

「長曾禰虎徹に間違いねえ」

由緒書を手に取ったものの、進次郎はそれを広げて見ようとしない。

「由緒書は、刀鍛冶がみずからしたためたものではなく、後世の者がそれと認定しただけにすぎませぬ」

「そんなことを言ったら、本物か偽物かを見分ける手立てはどこにもねえ、ということになるぜ」

「仰せのとおりでございます。そもそも、虎徹は九割九分までが贋作、といわれております」

歌吉は、毛氈の上の刀に、顎をしゃくった。

「だとしたら、そいつは残りの一分のうちだ。本物に、間違いねえよ」

「もし、これが本物でございましたら、てまえどものような小さな刀屋へ、お持ち込みにはなりますまい」

進次郎はそう言い、少し間をおいて付け加えた。

「これを、どこかご大家の奥座敷から盗み出された、との仰せでございましたら、さもありなん、と存じますが」

歌吉は、ことさら渋い顔をしてみせた。

「おいおい、ひとを盗っ人呼ばわりするとは、穏やかじゃねえぜ。こいつは、れっきとした大身のお旗本の旦那から、お預かりしたものだ。おれを見込んで、高く売って来いと言われたのよ」

進次郎が、眉をぴくりとさせる。

「これをお売りになろう、とおっしゃるので」

「いかにも、そのとおりだ。値をつけてくれ」

歌吉がせかすと、進次郎は首をひねって、考え込んだ。

やがて、重おもしく言う。

「本物ならば、五百両とつけるところでございますが、さような大金はてまえどもでは、扱いかねますので」

五百両と聞いて、さすがにたじろぐ。

「たかが刀一本に、そこまで出せとは言わねえ。ものは相談だが、かりにこいつが偽物だとしたら、いくらになる」

進次郎は、またむずかしい顔をして、考えるか、考えるふりをした。

「さようでございますな。せいぜい奮発して七両、というところでございましょうか」

歌吉は、すぐにうなずいた。

「いいだろう、七両で売った。この場で、払ってもらいてえ」

進次郎が、手を上げる。

「お待ちください。かような業物は、大根のようにたやすく右から左へと、売り買いするものではございませぬ。それに、万が一にもてまえどもの眼鏡違いで、本物ということにでもなりましたら、取り返しがつきませぬ」

「それじゃ、どうするんでえ」

「存じ寄りの鑑定家に、目利きをお願いいたしますので、明日もう一度お運び願えませぬか。たとえ贋作と分かりましても、今申し上げた七両より安くなることは、ございませぬゆえ」

歌吉は、少し考えるふりをしてから、しかたがないという思い入れで、うなずいた。

「分かった。明日の今ごろ、また出直して来よう。それまで、確かに預けたぜ」

進次郎が、手にした由緒書を差し出してくる。

「これを、お持ちください」

「由緒書がなくて、鑑定はできねえだろう」

「先ほど申し上げたとおり、由緒書はあまり当てになりませぬ。明日、それをお持ちくだされば、お預かりした証拠にもなりましょう」

「分かった。それじゃ、よろしく頼むぜ」

「お待ちください。念のため、お住まいとお名前をうかがいたい、と存じますが」

「神田松枝町、治右衛門《じえもん》店《だな》の秀助《しゅうすけ》ってもんだ。植木職の秀助といやあ、すぐに分かるぜ」

そう言い残して、歌吉は由緒書を懐に突っ込み、店を飛び出した。


俵井小源太は、備前屋を出て来た歌吉が肩を揺すりながら、芝口の方へ歩き去るのを見送った。

たばこ一服ほどの間をおき、あらためて備前屋の暖簾をくぐる。

刀を袋に収め、立ち上がろうとした進次郎と、ちょうど目が合った。

進次郎が、あわてですわり直す。

「これはこれは、俵井さま。ご無沙汰をいたしております。その節はいろいろと、ごやっかいをおかけいたしました」

「おう、備前屋。近くまで来たものだから、ちょっと立ち寄らせてもらった。その後、どうだ。商売は繁盛しているか」

「ぼちぼちでございます。それより、俵井さま。ちょうどよいところへ、お見えになりました。たった今、またしても盗品ではないかと疑われる刀を、売りに来た者がいるのでございます」

おおげさに、驚いてみせる。

「なんと。また、懲りずにか」

「さて、あのおりの権蔵とかいう男と、関わりがあるかどうかは、まだ分かりませぬ。権蔵も、てまえどもと岡崎屋さんと合わせて二度、刀の処分をしくじっておりますし、さすがに懲りたはず。今度はおそらく、別口でございましょう」

「手配書と、照らし合わせてみたのか」

「まだでございます。ものがものゆえ、おそらく手配書は回っておらぬ、と存じます」

小源太は、進次郎が手にした刀袋に、目を向けた。

「ものがものとは、どのようなものだ」

「長曾禰虎徹でございます。九割九分が贋作、といわれております」

「ふうむ、虎徹の偽物か」

「とはいえ、売りに来たのはいかにも場違いの、遊び人風の男でございました。まず盗品と考えて、間違いございますまい」

「そいつの、身元を聞いたか」

「植木職人の秀助、と名乗りました。住まいは、神田松枝町とのことでございます。ともかく、明日までに目利きをしておくゆえ、出直して来るように申し向けて、今日のところはお引き取りいただきました」

「それは上々。慣れたものではないか」

小源太がくすぐると、進次郎は笑みを浮かべた。

「恐れ入ります。それにしても、ちょうどよいおりにお立ち寄りいただき、幸便でございました。すぐにも、店の者をお役宅へ向かわせようか、と考えておりましたところで」

「届けはたった今、確かにおれが受けた。手間が省けてよかったではないか」

「はい。ちなみに、秀助という名前も松枝町もおそらく偽りで、探しても見つかるまいと存じますが」

「念のため、確かめてはみる。ところで、その秀助とやらはこの刀を、いくらで売りたいと言ったのだ」

「てまえどもから、七両と値をつけましたところ、それでよいと申しました」

「そうか。では、秀助が明日出直してまいったら、そのまま払ってやってくれ。あとで、かならず取り返す」

「承知いたしました。以前のように、また秀助とやらのあとを、おつけになるので」

「うむ。今度ばかりは、その金が本家本元の手に届くまで、何人でもあとをつけるつもりだ。最後に権蔵が出てまいれば、これまでの失態を帳消しにできるだろう」

進次郎が、頭を下げる。

「それでは明日、お待ちいたしております」

「ただし、店には立ち寄らぬぞ。店の者も、外へ出ておれたちの姿を探すような、妙な動きをしてはならぬ。すべて、おれたちに任せるのだ」

「かしこまりました。よろしく、お願いいたします」

備前屋を出た小源太は、急ぎ足で芝口橋へ向かった。

橋のたもとで、歌吉と落ち合う手筈だった。

四

翌日の昼前、本所役宅の茶室。

長谷川平蔵は、柳井誠一郎に言った。

「おしのは、首尾よく千代松と会うことができた、というのだな」

「はい。おしのは、下高井戸宿の道運寺で千代松と落ち合い、じっくり話をしたとのことでございます」

「たまたま行ってすぐに会えるほど、千代松は道運寺の賭場に入りびたりなのか」

「入りびたりと申すほど、頻繁に賭場が立つわけではございませぬ。小平治が聞き込んだところでは、隠し賭場は月に一度新月の夜だけ開かれる、ということでございます。ちなみに、道運寺は法事があるときにかぎって、ほかの寺から坊主がやって来る、いわゆる無住寺と判明いたしました。小平治によれば、千代松はふだんから道運寺の庫裡《くり》に、寝泊まりしているとのこと。留守居と雑用掛をかねる、いわば寺男のようなものでございます」

平蔵が聞く。

「そのおり、おしのは千代松とどれほどのあいだ、一緒にいたのだ」

俵井小源太は、誠一郎に目で促されて、しかたなく口を開いた。

「寺の庫裡で、ほんの半時ほど話をしただけでございます」

「たったの、半時か」

念を押されて、咳払いをする。

「それがその、それからあとは二人で一儀に及んだ、と聞いております」

平蔵は、苦笑した。

「さもあろうな。それからどうした」

「おしのは、そのまま甲州道中をまっすぐ帰路についた、とのことでございます」

小平治と美於によれば、しのはどこにも寄り道をすることなく、夕七つごろに朝方別れた八丁堀で、ふたたびりんと落ち合った。

りんは、近くの茶店でしのとしばらく話をしたあと、一緒に鉄砲洲の船着き場へ向かった。

そこで、買い込んだ小物類の風呂敷包みをしのに託し、自分はまだ買い物がすんでいないからと、船着き場に残った。

しの一人を、寄場への船に乗せて送り出したあと、りんは物陰で待つ小平治、美於と示し合わせて、一膳飯屋にはいった。

「そこで、二人が聞いたおりんの話によりますと、おしのはうまく千代松を説き伏せて、郡兵衛一味から抜けると約束させた、とのことでございます」

小源太が言うと、平蔵は小さく首を振った。

「人はそうたやすく、考えをあらためられるものではない。千代松は、おしのをいっとき安心させるために、気休めを言ったのであろうよ」

誠一郎が、口を開く。

「しかし、おしのは千代松と幼なじみで、長い付き合いのはず。それが、口先だけのから約束かどうか、すぐに分かると存じますが」

「から約束ではない、とおしのを納得させるようなやりとりが、あったのやもしれぬな。そのあたりはどうだ、小源太」

平蔵に問いかけられ、小源太は話をもどした。

「千代松によれば、白鳥郡兵衛は備前屋に押し込んだあと、あるじの進次郎の息の根を止める、と漏らしたそうでございます」

平蔵の目が、きらりと光る。

「息の根を止める、とな」

「はい。千代松は、それを聞いてさすがに恐ろしくなり、抜ける気になったらしゅうございます。もともと、千代松は肝のすわらぬ小心な男ゆえ、それで腰が引けたに違いない、とおしのは判断したのでございましょう」

平蔵は腕組みをして、少し考えた。

誠一郎が言う。

「千代松のことは、われらより長年一緒にいるおしのの方が、よく知っておりましょう。案外に、本音かもしれませぬな」

平蔵は答えず、なおもしばらく考えていたが、やおら腕を解いた。

「ここ一年ほどのあいだに、大名や大身の旗本の屋敷に押し入ったのは、やはりその白鳥郡兵衛なる者の一味、と考えてよさそうだな」

誠一郎がうなずく。

「わたくしも、さように考えております。盗み出した刀を、二軒もの刀剣商で処分しそこない、取り返されるはめになったのは、まことに不面目。それで、その意趣返しに備前屋に押し込もう、というのでございましょう」

小源太は、疑問を呈した。

「しかし、押し込むだけならまだしも、備前屋の息の根まで止めようとは、あまりに短慮にすぎましょう。大名や、旗本の屋敷に押し込んだ例の一味は、小者を何人か傷つけただけで、人を殺しておりませぬ。別の一味ではございませぬか」

誠一郎は、小源太を見た。

「おぬしが歌吉を使って、備前屋の仕事ぶりを試させてみたところ、相変わらず抜け目のない商人だった、というではないか。逆に、盗っ人たちから見ればおもしろからぬ男、ということになる。恨みを買うのも、不思議はあるまい」

小源太は、少し体を引いた。

「確かに備前屋には、そういうところがございます。歌吉も備前屋のことを、愛想はいいが慇懃《いんぎん》無礼な男だ、と申しておりました。わざと、やくざな風体で乗り込んだにもかかわらず、恐れる様子も小ばかにする様子もなく、泰然としていたのが気に食わぬ、と」

「そうであろう。抜け目のない盗っ人ほど、抜け目のない商人を目のかたきにする。用心するに、越したことはあるまい」

誠一郎はそう言って、一人うなずいた。

そもそも、大名屋敷や旗本屋敷に押し込みをかけられ、あっさりと逃亡を許したばかりか、いまだに一味を捕らえられずにいるのは、武家の沽券《こけん》にも関わる不祥事だった。

そのため、これらの騒動の詳細は公にされず、火盗改の極秘探索の案件になっている。早急に犯人を挙げなければ、お上からの風当たりはますます強くなるだろう。

平蔵が言う。

「ともかく、白鳥郡兵衛とやらを捕らえれば、分かることだ。こたびは決して、逃すでないぞ」

「は」

小源太は、頭を下げた。

誠一郎が言う。

「小平治に案内させて、小源太を道運寺へやることにいたします。千代松を少々痛めつけて、一味がいつ備前屋へ押し込むつもりか、白状いたさせましょう。肝の小さい男なら、さほど時はかからぬはず」

平蔵が首を振り、それを押しとどめた。

「まあ、待て。痛めつけるより、今一度おしのをおとりに使って、千代松から聞き出すのがよかろう。へたに千代松に手を出して、郡兵衛一味に気取られでもしたら、元も子もなくなる。くれぐれも、用心いたせよ」

「承知いたしました」

二人はそろって、もう一度頭を下げた。

門詰めの下役が、詰所にしのを引き入れる。

しのは、いかにもおどおどした足取りで、小屋にはいって来た。

俵井小源太は、下高井戸宿で初めてしのを見たときから、落ち着かぬものを感じていた。

柿色のお仕着せに、ほつれた鬢とすくめた肩先の風情が、どうにもみじめたらしい。

この女は、若いころからひと目を気にしつつ、生きてきたのだろう。

いい年とはいえ、こざっぱりしたものを着せて、いくらかでも化粧を施したならば、まだ見られなくもない女なのに、といらいらさせられる。

胸を張って生きろ、と背中をどやしつけたくなるほどだ。

しのが、頭を下げる。

「その節は、ごやっかいをかけました」

「まじめに、務めているようだな。何よりだ」

小源太は言葉を返し、下役にうなずいてみせた。

下役が出て行くのを待って、小源太はしのを向かいの腰掛けに、すわらせた。

「おまえは、白鳥郡兵衛なる盗っ人一味の千代松、という男と幼なじみだそうだな」

前置きなしに決めつけると、しのははっとしたように身を縮めた。

下を向いたまま、細い声で答える。

「幼なじみは幼なじみでも、千代松は盗っ人ではございません」

田舎出のはずだが、江戸暮らしに慣れたせいか、ほとんど訛りがない。

「隠さなくともよい。話はすべて、おりんから聞いた。おりんはな、おまえのためを思って顔見知りのおれに、千代松の一件を話したのだ。間違っても、おりんのことを恨んではならんぞ」

「恨むなんて、そんなことは」

しのは言いさして、上目遣いに小源太を見た。

「千代松を、お召し取りになるのでございますか」

「事と次第によってはな。押し込み、人殺しはどの道打ち首、獄門を免れぬ。知らぬとは言わせぬぞ」

脅しをかけると、しのは言葉を失ったように呆然として、足元を見つめた。

小源太は続けた。

「ただし、おまえは寄場を出られる上に、千代松の命も助かる手立てが、一つだけある」

しのが顔を上げ、必死の面持ちで聞き返す。

「どうすれば、いいのでございますか。なんでもいたしますから、言ってくださいまし」

口を開く前に、小源太は一息入れた。

「郡兵衛一味は、芝神明町の備前屋という刀屋に押し入ろう、とたくらんでいるそうではないか」

しのは、ぎくりとしたように、顎を引いた。

「そ、そのことは確かに千代松から聞きましたが、千代松はもう郡兵衛一味から手を引くと、そう約束いたしました。一味とはもう、なんの関わりもございません」

「それは、千代松がおまえに気をもませまいとして、から約束をしたにすぎぬ」

「いえ、このわたしの命にかけても、郡兵衛とはきっぱり手を切る、と申しました。偽りではございません、まことでございます」

小源太は、もう一呼吸おいた。

「そうか。まことなら、まことでよい。だが、今度ばかりはお上のため千代松に、一味に残ってもらいたいのだ」

「は」

しのは、わけが分からぬという風情で、小源太を見返した。

小源太は続けた。

「千代松は、郡兵衛一味とともに備前屋へ、押し込むのだ。おまえから、そのように言い含めてもらいたい」

しのの喉が、大きく動く。

「なぜ、そのような」

「おれたちが、あらかじめ備前屋にひそんで待ち受け、やつばらを一網打尽にするのよ」

「そ、それでは千代松も一緒に、お縄になってしまいます」

「いっときは、そうなる。だが、一件落着した暁にはおまえと一緒に、無罪放免にしてやる」

しのは、小源太の真意を探ろうとするように、じっと考えていた。

にわかに、あらたまった口調で、聞いてくる。

「それはつまり、郡兵衛一味がいつ備前屋さんに押し込むのか、日取りを聞き出せということでございますか」

なかなか、察しのいい女だ。

「そのとおりよ。今日明日にも、おまえをまた買い物の手伝いということで、姿婆へもどす。おまえは、まっすぐ道運寺へ行って千代松と落ち合い、今おれが話したことを伝えるのだ。いやもおうもないぞ。千代松が、おまえやおれを裏切って、郡兵衛に告げ口などしたら、磔獄門《はりつけごくもん》は免れぬと思え。千代松にそう因果を含めて、どんな手を使おうとも郡兵衛から、押し込みの日取りを聞き出させて、おれに告げるのだ」

一気に言ってのけると、しのは少しのあいだ毒気を抜かれたように、呆然としていた。

やがて、われに返ったようにすわり直して、口を開く。

「仰せのとおりにいたしましたら、千代松とわたしを解き放っていただけますか」

「嘘は言わぬ。ただし、千代松には郡兵衛に気取られぬように、肚《はら》を据えてやれと伝えておけ。狙いどおり、郡兵衛を捕らえることができたら、悪いようにはせぬ」

小源太が請け合うと、初めてしのの顔に笑みが浮かんだ。

「分かりました。千代松を、言い伏せてみせます」

五

備前屋進次郎は、さすがに顔色を変えた。

「てまえの息の根を止めると、そう申しているのでございますか」

「以前、地回りのごろつきを使ってこの店で、盗品の刀を処分しようとしたやつがいた。覚えているだろう」

俵井小源太が言うと、進次郎は記憶をたどるように、瞬きした。

「はい。確か権蔵という男でございましょう」

「そうだ。今話した白鳥郡兵衛が、その権蔵なる男と関わりがあるかどうかは、まだ分からぬ。しかし、おまえさんに多少とも意趣を持つ者といえば、それくらいしか心当たりがあるまい」

進次郎が、あいまいにうなずく。

「さりとはいえ、見も知らぬてまえの息の根を止めるなどと、まさか本気とは思えませぬが」

小源太は、進次郎を不忍池の清澄楼の奥座敷に、呼び出していた。

もし、自分が備前屋を訪ねて長居をすれば、白鳥郡兵衛の手下が見張っていた場合、怪しまれる恐れがあるからだ。

「何もなければ、それでよいのだ」

「つい先日の、神田松枝町の秀助という遊び人も、翌日出直してまいりませなんだ。やはり、あれもその郡兵衛とやらの手下が、探りを入れにまいったのでございましょうか」

「かもしれんな」

小源太はとぼけて応じ、すぐに話を変えた。

「念のために聞くが、ここ一年か二年のあいだに店へ入れた、新しい雇い人か小女はおらぬか」

「このところ、新入りはおりませぬ。数は少のうございますが、いずれも五年以上働いている、信用のおける者ばかりでございます」

どうやら、引き込み役ははいっていないようだ。

だとすれば、かなり荒っぽい押し込みになるだろう。

しのは千代松に、たくらみが火盗改にばれたことを告げ、押し込みの日取りを調べ出すように、説き伏せた。

しのによれば、それを聞いた千代松はたちまち縮み上がり、言われたとおりにすると請け合った。

その結果、千代松が郡兵衛から聞き出した日取りは、明夜ということだった。

小源太は言った。

「今度の仕事は、荒っぽいものになる。まして、郡兵衛はおまえさんの息の根を止める、とうそぶいているのだ。明日の夜までに、火盗改の手の者が町人体になりを変えて、目立たぬように一人ずつ、おまえさんの店にはいることにする。裏からもぐり込むことも、あるかもしれぬ。心得ておけよ」

進次郎が、不安げに聞き返す。

「よもや、その中に一味の者がまじっている恐れは、ございませぬか」

小源太は苦笑したが、なんでも疑ってかかる進次郎に、少し感心した。

「おれが、真っ先におまえさんの店にもぐり込むから、心配はいらぬ。万が一にも、知らぬやつが交じっていたら、すぐに分かる」

「てまえどもが店にいては、みなさまがたの足手まといになりはせぬかと、気がかりでございます。地下に穴蔵でもあれば、もぐり込んでいるのでございますが」

進次郎に言われて、小源太も少し考えた。

暗闇で立ち回りになった場合、進次郎をうまく郡兵衛から守れるかどうか、不安がなくもない。

「外にいる者に気づかれずに、店から抜け出すことができるか」

「店の裏庭から、隣の井筒屋《いづつや》さんの庭先にもぐり込んで、裏通りに出ることができます。もっとも、井筒屋さんのお許しをいただかなければ、なりませぬが」

「井筒屋とは」

「履物問屋で、てまえどもとは多少のお付き合いが、ございます」

「それならば、事が終わったあとでおれの方から、挨拶をすることにしよう。事前に話をすると、浮足立って気取られる恐れがある」

「よろしくお願いいたします」

小源太は、進次郎の酌を受けた。

「店を抜け出すのは、日が暮れてからにせよ。おまえさんは昼間、できるだけ店先に姿を見せて、目につくようにするのだ」

「かしこまりました」

「ところで、おまえさんが身を隠せるような存じ寄りの家が、どこかにあるのか」

進次郎は、居住まいを正した。

「恥ずかしながら、店からさほど遠くない下渋谷村に、別宅を構えております。留守居の小女《こおんな》がいるだけの、小さなあばら家でございますが」

小源太は、含み笑いをしてみせた。

「隅におけぬ男だな、おまえさんも」

進次郎が、あわてて手を振る。

「めっそうもないことで。さような、色っぽい沙汰ではございませぬ」

「まあ、よい。用心のため、明日の晩は裏通りに同役の者を一人、手配しておく。そいつに、おまえさんをその別宅まで、送らせよう」

「ありがとう存じます。そうしていただければ、安心でございます。ついでながら、番頭以下の使用人の者たちも、難を避けさせたいと存じます。ほんの数人で、お手間は取らせませぬ」

小源太は考え、うなずいた。

「いいだろう。一人ずつ、間をおいて外へ出るなら、目立つこともあるまい。それぞれ、一晩だけどこか存じ寄りの家に、身を預けるようにせよ」

小源太の指示に、進次郎は深ぶかと頭を下げた。

「それでは、そのようにさせていただきます」

翌日の、暮れ六つ前。

編笠をかぶった、かっぷくのいい侍が暖簾をくぐって、備前屋にはいった。

紙問屋の、看板の陰に立っていたりんは、背後に立つしのを見返った。

「あのおかたが、長谷川平蔵さまだよ。外出をなさるときは、いつもかぶりものをしておいでだから、お顔は見えないけれどね」

「お顔が見えなくては、実のお殿さまかどうか分からない、と思いますが」

そっけない口調だが、しのの指摘はもっともだった。

りんは笑った。

「あんたの言うとおりさ。わたしだって、ちゃんとお顔を拝んだことがないんだから。でも、話に聞くとあのような風体のおかただ、ということだよ」

「それにしても、あんな見栄えのしない着流し姿のお人が、火盗改のおかしらだなんて」

「きんきらのお召し物で、お忍びができると思うかい。あれはわざと、なりを変えていなさるのさ」

しのは、納得がいかぬと言いたげに、唇を引き結んだ。

それから、ふと思いついたように首を伸ばし、看板の陰から通りをのぞいた。

「ところで、さっきからいろんな男衆が備前屋に、はいって行きますねえ」

「あれは、お客じゃないんだよ。郡兵衛一味を待ち伏せする、火盗改の捕り方の面々さ」

りんが言うと、しのは小さくうなずいた。

「道理で、はいったきりだれも出て来ない、と思いました」

よく見ている、とりんは感心した。

「白鳥郡兵衛一味が、押し込みをかける店を見せてやろうと思って、おまえさんを連れて来たんだ。千代松も、あそこで郡兵衛たちと一緒に、お縄になるんだよ」

しのがきっとなって、りんを見返す。

「俵井さまは、あとで千代松をわたしともども解き放つ、とお請け合いになりました。まさか、嘘じゃございますまいね」

「千代松が、裏切りさえしなければね。あんたが、こうして人質になった格好だから、そんなことはないだろうけど」

「千代松は、裏切ったりしませんよ」

しのはそう言ったが、信じて疑わないという口ぶりではなく、不安の色があった。

「まあ、裏切ったときは千代松も命がないものと、分かっているだろうがね」

りんが突き放すと、しのは無言でため息をついた。


昼間、店先で顔を確かめた備前屋進次郎が、きょろきょろとあたりを見回す。

今永仁兵衛《いまながにへえ》は、暮れ六つの鐘が鳴ってほどなく、路地から出てくる人影を認めた。

「ここだ、備前屋」

声をかけると、黒い着物を尻端折りした進次郎が、薄闇をすかしながら寄って来た。

「今永さまでいらっしゃいますか」

「そうだ。俵井さまから、話は聞いている。別宅まで送ってやる」

「ありがとう存じます。店の者はおいおい、出てまいります」

「おれが付き添うのは、おまえ一人だ。ほかの者は、勝手に行かせる」

「はい。ところで、提灯の用意がございませんが」

「用心のため、提灯は使わぬ。星明かりで行くのだ」

仁兵衛は顎をしゃくり、進次郎を先に立たせた。

暗い裏通りを、足早に歩き出す。

「前をよく見て、歩くのだぞ。不審な者や、怪しい気配に気づいたら、声を出すのだ」

「かしこまりました」

裏通りを伝って、ほどなく金杉橋につながる、表通りに出る。

空は新月で暗いものの、一膳飯屋や居酒屋の店先から漏れる明かりで、表通りはそこそこに明るい。

二十二歳の仁兵衛は、半年前に隠居した父親と入れ替わりに、長谷川平蔵組の同心になった。

まだ、修羅場をくぐったことはほとんどないが、剣の腕には自信がある。俵井小源太から、進次郎の護衛を任されたのも、その腕を買われてだと思う。

脇役の仕事とはいえ、だいじな役目に変わりはない。

町屋を抜け、金杉橋を渡った。

新堀川に沿って、川敷を見下ろす暗い道を、西にとる。

仁兵衛は、前を行く進次郎の薄青い股引きを目印に、あたりの様子に気を配りながら、歩いて行った。

赤羽橋、中之橋を過ぎ、一之橋を渡ったところで左へ折れ、南に向かう。

しだいに闇が濃くなり、その分星明かりに目が慣れてきて、いくらか遠目もきくようになる。

やがて、人通りが途切れた。

ときおり、建ち並ぶ武家屋敷のあいだに設けられた、辻番所にぶつかる。

そのたびに、番人がうさんくさげな目を向けてくるが、仁兵衛を見ると声をかけてこない。怪しい者ではない、と見当がつくのだろう。

二之橋を過ぎ、三之橋の際を抜けて三町ほど行くと、新堀川は大きく右へ曲がり込み、行く手の道もそれに従って真西へと、方向を変える。

さらに、大名屋敷や旗本屋敷を抜けて四、五町歩くと、ほどなく川に沿って東西に延びる、下渋谷村に差しかかった。

進次郎が、振り向いて言う。

「あと一町ほど先の左手に、水車橋という小さな橋がございます。それを過ぎて、さらに二町ほど行きますと、右手の田圃の奥に別宅が見えてまいります」

「分かった。ここからは、おれが先に立つ。おまえは、後ろからついてこい」

「かしこまりました」

進次郎は足を止めて、仁兵衛を先に行かせた。

仁兵衛は、道と川敷との境にある土手のへりなど、目の届きにくいところに気を配りながら、小刻みに歩いた。

やがて左手に、進次郎が言った水車橋とおぼしき、小さな橋が見えてきた。

橋のたもとに、人が隠れるのに都合がよさそうな、草むらがぼんやりと浮かぶ。

仁兵衛は、念のため刀の鯉口を切り、いつでも抜けるようにした。

草むらを見つめながら、そこを急ぎ足に通り抜ける。

ほっと一息つき、どこかの大名の下屋敷らしい塀を過ぎたとき、突然背後で悲鳴が上がった。

あわてて仁兵衛が振り向くと、進次郎が虚空をつかむような格好で、前のめりに倒れかかってきた。

仁兵衛は飛びのき、白い砂利道に広がる血を見た。

「くそ」

思わずののしり、進次郎の背後に立ちはだかった大男の、抜き身を下げた黒い影に目を向けた。

「おのれ、何やつ」

虚をつかれた、という思いにかっと頭が熱くなり、夢中で抜刀する。

男が、黒覆面の下からくぐもった声で、それに応じた。

「白鳥郡兵衛と申す者。ゆえあって、備前屋進次郎の命はそれがしが、頂戴いたした。もとより、おぬしにはなんの恨みもないが、やる気ならばお相手いたす」

武張った侍言葉に、仁兵衛は体中の血が煮え立った。

とっさに、疑問が頭をよぎる。

この男が白鳥郡兵衛だとすれば、進次郎がひそかに別宅へ移るというからくりを、どうやって知ったのか。

小源太の言っていた、千代松が裏切ったのか。

それとも、ほかに一味と通じる者が、隠れていたのか。

雑念を振り払って、仁兵衛は声を絞り出した。

「火盗改だ。神妙にしろ」

抜いた刀を、ちゃっと八双《はっそう》に構える。

郡兵衛と名乗った男は、抜き身をだらりと下げたまま、仁兵衛を見返した。

「火盗改ならば、相手にとって不足はない。ゆめゆめ、ご油断あるな」

小ばかにしたような口調に、仁兵衛は気負い立って前へ出ようとした。

そのとたん、後ろからやにわに足首を引っかけられ、その場に這いつくばる。

何者かが、背に飛びかかって来たとみる間に、仁兵衛は首の後ろをしたたかに、ぶちのめされた。

進次郎の背中に手が触れ、指先に冷たい血をかすかに感じたが、そのまま意識を失う。


仁兵衛は、闇に目を見開いた。

後ろ手にきつく縛られ、しっかり猿轡《さるぐつわ》をかまされた格好で、どこかに転がされていた。

どれほど時がたったたか、見当もつかぬ。

首筋が痛い。

身動きすると、体がゆらゆらと揺れた。

小さな舟の底に横たえられている、と悟るまでにしばらくかかった。

舟は、ゆっくりと水の上を、流れているようだ。

唐突に、郡兵衛と対峙したことを思い出し、われ知らずもがく。

郡兵衛に気を取られ、背後をおろそかにしたことが、つくづく悔やまれる。

おそらく、気を失っているあいだに縛り上げられ、舟で新堀川に放たれたのだろう。

屈辱のあまり、仁兵衛は歯嚙みをした。

脇役だと思っていたのが、知らぬうちに身に覚えのない主役を、振り当てられた気分だった。

横たわったまま、仁兵衛は必死に吐き気をこらえた。

六

千代松は、土蔵の錠に合鍵を差し込み、ゆっくりと回した。

その合鍵は、百二十両にものぼる博打の借金のかたに、庄之助《しようのすけ》という男に蠟型を取らせて、作ったものだ。

もっとも、実際に庄之助を脅してそうさせたのは、隠し賭場の胴元を務める源七《げんしち》、というやくざだった。

源七は、千代松の壺振りの腕を気に入ったのか、ある日密事を漏らした。

自分は、白鳥郡兵衛という浪人崩れの盗っ人の、手下だというのだ。

郡兵衛一味は、警固の手薄な大名や旗本の屋敷に押し入り、金品を強奪するのをもっぱらとした。ことに、郡兵衛は刀剣に尋常ならぬ執着を見せ、銘刀と見ればかならず持ち去る、という。

そんな話を聞かされたあげく、源七から仲間にはいるように強要されると、気の弱い千代松は断り切れなかった。

源七はさっそく、博打狂いの庄之助をすってんてんにし、借金がどんどん増えていくように、千代松にさいころの按配を頼んだ。

千代松にすれば、壺振りで庄之助を負けさせるくらい、朝飯前の仕事だった。

頃合いをみて、源七はかさんだ借金を棒引きにするかわりに、どこかの鍵の蠟型を取ってくるように、庄之助に持ちかけた。

逃げ場のなくなった庄之助は、言われたとおりに蠟型を取って源七に渡し、借金を帳消しにしてもらった。

庄之助が、刀屋の番頭だと分かったのは、あとになってからのことだ。

郡兵衛から、備前屋という刀屋に押し込むと聞かされたとき、千代松はようやく筋書きが読めた、と思った。

郡兵衛は、その仕事が終わったあと九人の手下に、一人あたり五十両ずつ褒美を出す、と請け合った。

それだけの金があれば、しのと二人で出直すことができるかもしれない、と思った。

千代松は、しのに喜んでもらおうとその話をしたが、あてがはずれた。喜ばれるどころか、すぐにも一味から抜けなければ別れる、と掻き口説かれた。

その後、しのは人足寄場送りになってからも、買い物の手伝いで娑婆に出ると、道運寺へ説得にやって来た。

二度目に来たとき、火盗改に備前屋への押し込みがばれている、と聞かされてさすがに肝をつぶした。

千代松は、それですっかり腰が引けてしまい、足を抜くと約束させられたばかりか、押し込みの日取りを郡兵衛から聞き出し、しのに教えるはめになった。

二人とも助かるためには、間違っても郡兵衛に感づかれぬよう、気をつけなければならぬ。

「おい、どうした。錠がはずれぬのか」

背後で、郡兵衛の押し殺した声がして、千代松はわれに返った。

「いや、たった今、はずれやした」

そう返事をして、錠を静かに取りはずす。

源七と一緒に、取っ手に両手をかけてぐいと引くと、重い大扉が音もなく開いた。

内側の網戸の合鍵も、庄之助に作らせていた。こちらも、たやすくはずれる。

それにしても、と千代松は思い悩んだ。

土壇場にきて、自分がしのに告げたことが反故《ほご》になるとは、考えてもいなかった。

しのや火盗改を、裏切ったつもりは毛頭ない。

このように突然押し込み先が変わるなどとは、予想もしなかった。

しかし、もはやそれをしのに知らせることは、できない相談だった。

「何をしている。そこをどけ」

千代松は、後ろにいた郡兵衛に肩口をつかまれ、押しのけられた。

郡兵衛が、はずれた錠と閂《かんぬき》を抜き捨てて、網戸を開く。

「みんな中にはいるまで、龕灯《がんどう》に火を入れてはならぬぞ」

郡兵衛はそう言って、真っ先に土蔵の中にはいった。

源七をはじめ、一味の主立った者が次つぎに、敷居を越える。

新参者の千代松は、いちばん後ろについた。

真っ暗な土蔵にはいると、だれかが火打ち金を打つ音がした。

同時に、奥の方の暗闇がぼんやりと、明るくなる。

一味の者たちのあいだに、息をのむ気配がした。

正面奥の、足高の灯台の上に立てられた、大きな百目蠟燭の明かりがともり、その向こうに人の顔が浮かんだ。

日焼けした、精悍な男の顔だ。

それを見て、千代松をはじめ手下の者たちは、たじろいだ。

さすがに臆せず、郡兵衛が強い口調で問いかける。

「きさま、何者だ」

「岡崎屋喜右衛門でござるよ」

男の口から、からかうような返事が、もどってきた。

「たわごとを言うな。岡崎屋でないことは、一目で分かるわ」

郡兵衛が言葉を返すと、相手の男は笑みを浮かべた。

「しかし、ここが岡崎屋の土蔵であることは、間違いないぞ」

郡兵衛が、刀を引き抜く。

それにつられて、手下の者たちも同じように、手にした得物を構えた。

千代松はしかし、懐の匕首《あいくち》を抜かなかった。その方がいいような気がした。

郡兵衛が、怒声を放つ。

「なんのまねだ。おれたちを、待ち伏せしていたとでも言うのか」

「いかにも、さよう。おれは火盗改の、長谷川平蔵だ。この土蔵は、すでに取り囲まれておる。手向かいしてもむだと思え」

長谷川平蔵と聞いて、一味の者のあいだに動揺が走った。

千代松も、あっけにとられる。

この男が、世に噂の高い火盗改の、あの長谷川平蔵か。

しかし郡兵衛は、せせら笑った。

「嘘をつけ。暮れ六つ前に、平蔵が備前屋にはいって来たとき、おれはやつめの顔をこの目で見た。きさまは、その平蔵ではない」

「おぬし、長谷川平蔵の顔をその目で見た、と言うのか」

「いかにも見た。もっと色の白い、首の太い男だ」

「なるほど、見たか。それでは、もう生きてはおられぬな」

男が言い終わると同時に、背後で腹に響く重い音がした。

千代松も、ほかの手下の者たちもぎくりとして、戸口を振り向く。

網戸と大扉が、ぴたりと閉ざされていた。

千代松は、土蔵の天井に近い高窓の外で、高張提灯の明かりが音もなく揺れるのに、気がついた。

男の言葉どおり、外はすでに捕り手によって取り囲まれ、退路を断たれたことが分かった。

四方の壁に積まれた、無数とも思える刀箱や刀架の影が、ぼんやりと浮かぶ。

郡兵衛がどなった。

「くそ。名を、名を名乗れ」

待ち伏せていた男が、いくらか声音を高めて言う。

「長谷川組の与力、柳井誠一郎だ。その方はもはや、磔獄門を免れぬ。手下の者どもは、その罪状にしたがって死罪、もしくは遠島となろう。それとも、ここで死にたいと言うなら、おれたちが相手をするぞ」

それを合図のように、積まれた刀箱や長持のあいだから人影が四つ、五つと立ち現れ、いっせいに龕灯の光を浴びせてきた。

柳井誠一郎と名乗った男が、大声で呼ばわる。

「備前屋進次郎こと、白鳥郡兵衛。神妙にいたせ」

それを聞いて、千代松は頭の中を掻き回されたようになり、一瞬立ちくらみがした。

「うぬ。刀の錆に、してくれるわ」

郡兵衛がわめき、抜き身を叩きつけるようにして、誠一郎に斬りかかる。

火のついた、百目蠟燭の上半分が切り飛ばされ、宙に舞った。

それが落ちる前に、誠一郎の抜き打ちが郡兵衛の胴を、したたかに斬り裂く。

七

俵井小源太は、のけぞった。

「ま、まことでございますか。いや、そのようなことは、ありえませぬ」

柳井誠一郎が、肩を揺する。

「ありえぬと申しても、まことだからしかたあるまい」

「しかし、新堀川を舟で流された仁兵衛によれば、備前屋進次郎は下渋谷村の路上で、郡兵衛に斬られて絶命したか、少なくとも深手を負ったとのこと。岡崎屋へ押し込むなど、できるものではございませぬ」

「それはおそらく、手下のだれかが郡兵衛になりすまして、進次郎を斬り伏せるふりをしただけだ。流れた血も、本物ではあるまい」

誠一郎の言に、長谷川平蔵がうなずく。

「そのとおりよ。仁兵衛を生かしておいたのは、備前屋が死んだとわれらに伝えさせて、郡兵衛との関わりを消すためだったのさ」

小源太は、背筋を伸ばした。

「そう言えば、仁兵衛は指に触れた血が冷たかった、と申しておりました。確かに、本物ならば噴き出たばかりの血は、いくらか温かいはず」

そう言いながら、体中の力が抜けた。

平蔵が、たてた茶を誠一郎の前に置く。

「郡兵衛と、店を抜け出した手下どもは、仁兵衛を川に流したあと別宅へ行って、ほかの仲間と合流した。それから用意を整え、刻限とともに郡兵衛が手下どもを引き連れて、岡崎屋へ向かったのだ」

小源太は、首筋をさすった。

「してみると、わたくしが郡兵衛や使用人を、店の外へ出すように勧めたのは、むしろ郡兵衛にそう仕向けられた、ということでございますか」

「そのように、話を運ばれたのであろうが」

小源太は、渋い顔をこしらえた。

「そう言われてみれば、そんな気もいたします。それにしても、てっきり郡兵衛が押し込むと信じて、備前屋に明け方までひそんでいたわたくしは、どうなりますので」

「おまえがそうしていたからこそ、郡兵衛は安心しておれたちが張った罠に、はまり込んだのだ」

誠一郎はそう言い、無理やり笑いを噛み殺すようなそぶりで、平蔵と顔を見合わせた。

小源太はくさり、急いで話を変えた。

「殿が、当夜わざわざ備前屋に足を運ばれたのは、何ゆえでございますか」

「おれが顔を出せば、郡兵衛はなおさら火盗改の待ち伏せが本物だ、と信じるからよ。さすれば、安心して岡崎屋へ押し込みができる、と思うであろう」

「おりんとおしのまで、備前屋へ呼び寄せられましたのは」

「おしのに、われらの手配の様子を見せるところを、ひそかに見張っている一味の者が見れば、事が思惑どおりにすすんでいるものと、ますます安心するからさ」

平蔵が、そこまで念を入れていたとは知らず、小源太はほとほとあきれた。

あらためて聞く。

「ところで、郡兵衛が千代松に備前屋へ押し込む、と言ったのは真っ赤な嘘で、はなから狙いは岡崎屋にあった、ということでございましょうか」

平蔵は、新たに小源太の茶をたてながら、口を開いた。

「そうであろう。備前屋は、郡兵衛にとって世間体を取り繕うための、仮の姿にすぎぬ。

それゆえ、あの店に置いてあったのはほとんど、見てくれだけの駄剣凡刀よ。そこへいくと、岡崎屋の土蔵の中には古刀新刀によらず、よだれの出るような逸品がそろっている。刀に目のない者ならば、押し込みたくもなるであろうよ」

「盗んだ刀を、手下にわざと自分の店へ持ち込ませて、お役宅に盗品の趣を注進に及んだり、岡崎屋に同じ茶番を仕掛けたりしたのは、いずれも疑いをそらすための方便、ということでございますか」

「それに違いあるまい」

「郡兵衛はなぜ千代松に、押し込み先を偽ったのでございましょう。まさかに、それがそのまま火盗改に伝わって、われらをたばかることができると考えた、とは思われませぬ。そのとき、しのはまだ寄場送りになっておらず、りんにその話をすることまでは、読めなかったはずでございます」

小源太が疑問を呈すると、茶に口をつけた誠一郎が横から言う。

「郡兵衛ならずとも、新入りの千代松にしょっぱなから大事を漏らす、ということはあるまい。それにしても、博打狂いの岡崎屋の番頭を、備前屋の番頭と思い込ませるとは、なかなかの知恵者だ。その上、千代松にいかさまを仕掛けさせて、番頭に借金の山を築かせたあげく、合鍵を作らせるとくる。郡兵衛め、たいした策士ではないか」

小源太は、誠一郎を見た。

「その郡兵衛を、なぜ斬り捨てられたのでございますか。生かしておけば、いろいろとほかの罪状も、明らかになったと存じますが」

平蔵が、小源太の前に、茶を置く。

「やつめの押し込み先は、ほとんど大名や大身の旗本の屋敷に、限られておる。押し込まれた家は、なすすべもなくやられたきり、泣き寝入りのありさまだ。そのような、武家の恥をさらす不始末を、事細かに暴いて天下の笑いものにするのは、お上の望まれるところではない」

誠一郎がうなずくのに気づいて、小源太は茶碗に伸ばした手を引いた。

「すると、柳井さまは初めから郡兵衛を斬り捨てる、というご所存だったので」

誠一郎が、耳たぶを引っ張る。

「郡兵衛め、浪人崩れとはいいながら、なかなかの手だれと見た。本気で当たらねば、まさに刀の錆になっていたかもしれぬ。手加減など、できるものか」

分かったような、分からぬような返事だった。

「手下どもは、どういたしますので。殿のご尊顔を、ちらとでも見た者がおりますが」

小源太の問いに、誠一郎はあっさり言い捨てた。

「下っ端のことは、案ずるまでもないわ。死罪、ないしは島送りにすれば、それですむことよ」

なるほど、そのとおりだ。

小源太は、あらためて茶に手を伸ばし、ゆっくりと飲み干した。

茶碗を置き、平蔵に目を向ける。

「ところで、千代松の扱いは、どうなりましょう」

「当人のあずかり知らぬこととはいえ、事実と異なることをわれらに告げたからは、無罪放免というわけにいかぬ。しのと同様、寄場送りとする。そのかわり、夫婦扱いとしてたまに一部屋に、寝かせてやるがよい」

誠一郎は小源太を見て、苦笑しながら応じた。

「かしこまりました。壺振りが得意とあれば、さぞ手先も器用でございましょう。何か、適当な細工物の仕事を手につけさせて、娑婆へ送り返すことにいたします」

平蔵が、にじり口の障子に向かって、声をかける。

「おまえたちも、聞いたか」

「へい」

「はい」

「へい」

外から、歌吉と美於、小平治の声がばらばらに、返ってくる。

「おりんのことも、ねぎらってやるがよいぞ」

「かしこまりました」

美於の返事が、はずんでいるように聞こえる。

小源太は、りんが寄場から出て来るのも、そう先のことではない、と思った。

仏の玄庵

一

「ほれほれほれ、どいとくれよう。玄庵《げんあん》先生のお通りだよう」

そう叫びながら、四枚肩《よまいがた》の駕籠の前を駆けて来るのは、年のころなら二十かそこらの、まるまると肥えた娘だった。

すねの中ほどまでしかない、短い小袖を着た娘がふくらはぎをひるがえし、小走りにやって来る姿は、人目を引くのに十分だった。

駕籠の後ろからは、供回りの挟み箱持ち、薬箱持ち、長柄の槍持ちが威勢よく、あとを追って来る。

御目見《おめみえ》医師、筒井《つつい》玄庵の駕籠だった。

ありきたりの町駕籠と違って、玄庵の駕籠は引き戸つきの〈乗物〉と呼ばれる、豪勢なしろものだ。

駕籠人足は、いずれも印半纏《しるしばんてん》と半袴を身につけているが、そのいかつい体つきや髭面から、りっぱな駕籠にそぐわないものがある。

まだ空の明るい、夕べ七つを少し過ぎた浅草雷門前の、人通りの多い広小路。

茶店で、喉を潤していたりんと友次郎《ともじろう》は、互いに顔を見合わせた。人の好さそうな、丸顔の友次郎の頬がわずかに、引き締まる。

「友次郎さん。玄庵の駕籠だよ。急な往診のようだね」

りんが言うと、友次郎はうなずいた。

「ああ、そのようだな」

「あとを、追わなければ」

「そうしよう。おまえさんが、先に立ちな。おれは、あとを追って行く」

「あいよ」

返事をしながら、りんは友次郎の口のきき方に、含み笑いをした。

友次郎は、かつて盗賊一味の引き込み方を、はまり役にしていた。

それだけに、手代など商家の者のにおいが染みつき、歌吉《うたきち》、小平治《こへいじ》らほかの手先に比べて、話しぶりがどこか違うのだ。

友次郎は、茶代を腰掛けの上に置いて、りんに目配せした。

りんは立ち上がり、顔に汗の玉を散らしながら駆けて来る、娘の丸い顔を見やった。

娘が、両手を振り回しながら、また叫ぶ。

「どいとくれよう、急病人だよう」

その声に、往来する人びとはあわてて道をあけ、駕籠を通した。

砂ぼこりを巻き立て、駕籠が茶店の前を行き過ぎるのを待って、りんはすばやく通りに出た。

小走りに、駕籠を追い始める。

四枚肩とはいえ、人を乗せた駕籠はさほど速くは、走れない。見失う心配はなかった。

筒井玄庵の診療所は、吾妻橋《あづまばし》を越えた本所北割下水にある。

玄庵は町医者だが、腕がよいのと治療代をむさぼらぬことで、府内に広く知られる名医だった。

診療所には、町屋の者や貧しい百姓が引きも切らず、列を作っている。玄庵の診療、薬の処方を受けるためなら、半日待つのも苦にならないのだ。

患者は治療代や薬代を、帰りがけに出入り口に置かれた甕《かめ》の中へ、払える分だけ投げ込んで行く。

玄庵や、手伝いの者たちの方から、代金はいくらと求めることは、絶えてない。あくまで、払える患者が払える分だけ、甕に入れて行くのだ。金のない者は、できたときに入れればよい、とする。

したがって、診療所ではだれがいくら払ったか、あるいは払わなかったかを知らない。

玄庵によれば、医師はつねにすべての患者に、分け隔てなく最善の治療、処方を施すのが務めなので、だれがいくら払って行ったかなど、知る必要はないそうだ。

そんなこともあって、〈仏の玄庵〉などと呼ぶ者もいる。

とはいえ、よい薬をまんべんなく処方するためには、それなりの金がかかる。

その分は、裕福な商家や豪農、金回りのよい武家や寺院から、遠慮なく召し上げる。

玄庵は、往診を頼んだ大名家や大商家が、なまじの礼金ですませようとすると、貴殿の命はただそれほどのものか、と一喝してはばからない。

さる西国の大名家からは、容赦なく一服の薬代五十両を取り立てた、ともいわれる。

また、ほんとうかどうか分からないが、不治といわれる難病を治してもらったとき、素封家の患者が礼金百両を、差し出した。

すると玄庵は、この額ではいささかもらいすぎなり、とうそぶいて五両だけ返した、という話も伝えられる。

実のところ、大名や旗本、寺院からの往診依頼も多いことから、玄庵はすでに御目見医師、つまり将軍のお目どおりがかなう医師の栄誉を、手中にしている。

いずれ、奥医師に取り立てられるのも、それほど先のことではないだろう、との噂もあるらしい。

そうした話を、りんはつい数日前に火盗改《かとうあらためは》長谷川《せがわ》平蔵《へいぞう》組の同心、俵井《たわらい》小源太《こげんた》から聞いたばかりだった。

玄庵の駕籠は、広小路から浅草田原町の町屋を駆け抜け、寺町にはいる。

角をいくつか曲がり、掘割を渡って駕籠が乗りつけた先は、海然寺《かいねんじ》という大きな寺だった。

駕籠はそのまま、山門から境内に乗り入れてしまった。

追いついた友次郎が言う。

「海然寺か。田沼《たぬま》さまのころ、羽振りのよかった寺だな」

りんは、友次郎を見て、聞き返した。

「今は、よくないのかい」

田沼主殿頭《とのものかみ》の失脚後、その恩恵を受けて栄華を極めた者たちは、松平越中守《まつだいらえっちゅうのかみ》に容赦なく切り捨てられ、おおむね没落したのだ。

友次郎が、眉を上げる。

「いや、一時ほどじゃあないが、今も悪くない。うまく立ち回って、このご時世まで生き延びたやつが、何人かいるのだ。海然寺のニンカイ上人も、その一人ってわけさ」

「ニンカイ上人」

「忍ぶに戒めるで、ニンカイと読む。忍びもしなけりゃ、戒めもしない生臭《なまぐさ》坊主だが、立ち回るのだけはうまいのだ。早ばやと田沼さまを見限って、臆面もなく越中さまに取り入ったのが、目端のきくところさ」

「ふうん。世の中には、抜け目のないやつが、いるものだねえ」

火盗改の手先を務めるだけあって、さすがに友次郎は世事に通じている。

「その忍戒が、急病とはなあ」

りんは、山門から中をのぞいて見たが、駕籠も人の姿も見えなかった。

「急病人が忍戒、とは限りますまいよ。ほかにも、坊主がいることだし」

「あれだけ、大騒ぎして駕籠を突っ走らせるとしたら、忍戒以外にいないだろうさ」

友次郎の言うとおりかもしれない。

二

二月ほど前。

りんは、異母弟の三吉《さんきち》ともども、石川島の人足寄場から、放免になった。

その日、暮れ六つの鐘が鳴る頃合いに、鉄砲洲の船着き場に猪牙船《ちょきぶね》が着くと、美於《みお》が一人で待っていた。

美於は、りんと三吉を不忍池のほとりの料亭、〈清澄楼《せいちょうろう》〉に連れて行った。そこで、かねて用意のこざっぱりした着物に、着替えさせてくれた。

それから、三吉を店に残してりん一人を、本所の長谷川平蔵の役宅の南側にある、深川富川町の居酒屋〈めぬきや〉に、案内した。

店に着くと、表を避けて裏口から狭い階段を伝い、二階の小座敷に上がった。

そこに、俵井小源太とその手先を務める歌吉、小平治と友次郎の、四人が待っていた。

用向きは、言われないでも分かる。

りんは、人足寄場にいるころから肚《はら》を決めており、美於たちの仲間に加わることに、否やはなかった。

翌日の暮れ方、平蔵の役宅へ出向いたりんは、小源太から与力の柳井《やない》誠一郎《せいいちろう》に、引き合わされた。

そこで、晴れて長谷川組の手先を務めることが、決まったのだった。

りんは、以前働いていた元黒門町の一膳飯屋、〈しのばず〉の通い（給仕）の仕事にもどった。市中の噂を拾うには、格好の仕事だった。

三吉も、清澄楼の使い走りに雇われることで、話が決まった。

〈清澄楼〉と〈しのばず〉は、目と鼻の先ほどしか離れておらず、いつでも訪ねることができる。

りんは、〈しのばず〉に住み込みができないので、小石川の水戸屋敷の北側にある、もとのねぐらの善覚寺《ぜんかくじ》に、舞いもどった。

人足寄場にいるあいだに、住職が代わっていた。

新しい住職は、幻鬼坊《げんきぼう》といった。

幻鬼坊は、酒と博打が三度の飯より好きなくせに、女には目もくれぬ妙な坊主だった。

あるいは、男色が好みかもしれぬ。

あとで分かったことだが、無辺流《むへんりゅう》とかいう槍術の遣い手としても、なかなかのものらしい。

幻鬼坊は、りんに朝飯の支度と本堂の掃除、それに加えて賭場の手伝いをせよ、と求めた。

そのかわり、庫裡《くり》に寝泊まりするのを許した。

賭場の手伝いとは、こういうことだ。

善覚寺の本堂では、夜四つ半を過ぎるころから、ときどきご法度の賭場が開かれる。胴元は幻鬼坊で、近隣の百姓から無宿者、貧乏御家人に渡り中間《ちゅうげん》、やくざから遊び人まで、雑多な連中が集まって来る。

そんなとき、賭場のしつらえや酒、小料理の用意をするとともに、出入りする連中の相手を務めるのが、りんの仕事だというのだ。

小源太に相談すると、幻鬼坊の言うとおりにするように、と説き落とされた。

幻鬼坊もまた、誠一郎ないし小源太に因果を含められて、火盗改の手伝いをすることになったのでは、とりんは疑った。

はっきりしないが、そうではないかと思わせる節が、確かにある。

たとえば、賭場に出入りするやくざ者が、りんに色目を遣ったりすると、幻鬼坊にこっぴどく痛めつけられる。

そんなとき、幻鬼坊は手元の長燭台を自在に操り、相手を容赦なしに突きのめした。

それで、腕に覚えのあることが分かったのだ。

そんないざこざが二度ほどあってから、かりにもりんにちょっかいを出す者は、だれもいなくなった。

それだけではない。

りんが善覚寺へもどったあと、これまで五度も賭場が開かれながら、火盗改の手入れを受けたことが、一度もないのだ。

同じ場所で、繰り返し賭博の開帳を行なえば、かならずどこからか話が漏れて、火盗改の耳にはいる。

にもかかわらず、手入れの気配すらない。

いくらなんでも、たまたまとはいえないような気がする。わざと見逃されている、としか思えないのだ。

五度目の賭場は、つい十日ほど前に開かれたばかりだった。

そのおり、りんは気になる話を耳にした。

近ごろ、神田川新シ橋筋の米問屋加賀屋《かがや》と、霊岸島《れいがんじま》の回船問屋遠州屋《えんしゆうや》の二軒が、数日の間をおいて立て続けに、押し込みをかけられた。

どちらも、犯人はまだつかまっていない。

りんは、加賀屋の押し込みについては知っていたが、遠州屋の方はまだ人足寄場にいたため、詳しくは承知していなかった。

しかし、ひょんなことから二つの押し込みの裏に、奇妙な符合があることを知った。

善覚寺の賭場に、新シ橋の北側のさる旗本屋敷で働く、助六《すけろく》という渡り中間が出入りしていた。

おしゃべりの助六は、柳原通りの居酒屋で一杯飲んでいるとき、そこに居合わせた加賀屋の手代から、こんな話を聞いたとりんに漏らした。

なんでも、押し込みにあった日の昼間のこと、加賀屋のあるじ佐兵衛《さへえ》がにわかに腹痛を訴え、七転八倒の苦しみに襲われた。

ただならぬ様子に、店の者が大急ぎで筒井玄庵に使いを出し、往診を求めた。

駆けつけた玄庵は、その様子からただちに胃の腑の引きつれと診立て、オランダ渡りの痛みどめの薬を処方した。

それが功を奏して、佐兵衛の痛みはぴたりと治まった。

佐兵衛も家族も、玄庵の的確な診立てと処方に恐れ入って、二十両の支度料（往診料）を支払った、という。

ちなみに、玄庵はつねのごとく往診に、四枚肩の駕籠を仕立てたほか、先導役の娘を含む四人の供回りを、同道させていた。

名高い医師に往診を頼めば、駕籠や供回りの者たちに食事を振る舞い、あるいは食事料と称して、それなりの手当をはずまねばならぬ。

二十両の支度料の中には、その分も含まれているというのが、手代の話だったらしい。

玄庵は、何も言わずにそれを受け取り、悠々と引き上げた。

いずれにせよ、並の町家からすればとんでもない大金、といってよい。

しかし話は、それだけではすまなかった。

同じ日の夜半、当の加賀屋に五人組の盗賊が、押し入った。

怪我人は、小僧二人の打ち身だけですんだものの、店にあったおよそ五十両が奪い去られた、というのだ。

それが、五十日ほど前の出来事だった。

加賀屋の手代によると、そのときよりさらに一月ほど前、娘の急病で玄庵の往診を受けた遠州屋が、翌日の夜やはり押し込みをかけられ、七十両ほどを奪われたとの噂を耳にした、という。

よく似た話があるものだ、と思ったので覚えていたそうだ。

深夜の狼藉にしては、奪われた金はどちらもたいした額ではない。

しつこく店の中を探し回ったり、あるじや雇い人を責めつけたりすれば、さらに多額の金を手に入れることも、できたはずだ。

にもかかわらず、どちらの押し込みもさして長居することなく、あっさりと引き上げて行った。

賊は五、六人で、いずれも黒い布で頬かむりした、人相も声も分からぬ男たちだった、という。

助六の話を聞いたりんは、二つの押し込みの前に店のあるじや娘が、ともに急病で玄庵の往診を受けたことに、引っかかるものを感じた。

ただの偶然ではない、という勘が働いた。

念のため、その沙汰を小源太に上げた。

これらの押し込みについて、火盗改もしろうと臭い手口に首をかしげながら、一応は探索に乗り出していた。

しかしというか、それだけにというか、なかなか手がかりがつかめずにいたのだ。

小源太も、加賀屋に押し込みがあった日の昼、佐兵衛が玄庵の往診を受けたことを、店の者に聞いていた。

ただ、それより前の遠州屋の一件についても、同じようないきさつがあったことは、知らなかった。

玄庵の往診と、それに引き続く押し込みとのあいだに、なんらかの関わりがあるのかどうか、小源太にも見当がつかないようだった。

誠一郎の判断を仰いだところ、とりあえず玄庵の身辺や動きに目を光らせるよう、指示が出されたという。

どうやら平蔵から、その旨命がくだったらしい。

そこで、手先の者が手分けして玄庵の診療所や、往診で駕籠を走らせそうな近辺の道筋に、目を光らせることになったのだった。

その日から、玄庵は二度急病人の往診を求められ、駕籠を走らせた。

それぞれ、美於と歌吉、小平治が手分けしてあとを追ったが、患者は二人とも町屋の店借《たなが》り人で、多額の支度料を払えるような家ではない。おそらく、あるとき払いになった、と思われる。

そうした家にも、相手を選ばず駕籠を飛ばして行くところが、玄庵の評判を支えているのだ。

今のところ、一軒の家は押し込みをかけられておらず、今後もかけられることはないだろう。

そして、この日りんと友次郎が雷門前で、網を張るともなく張っているところへ、またも往診に向かう玄庵の駕籠に、出くわしたというわけだ。

二人は、海然寺の門前町の茶店にはいって、茶を飲み串団子を頬張りながら、山門を見張った。

「見張りを始めてから、これまで二度呼ばれた玄庵の往診先は、盗っ人が物を置いて行きそうな、貧乏所帯だったよねえ。今度も、やはり大名家でも大商家でもない、ただのお寺だ。どう考えても、押し込みと関わりがありそうには、見えないじゃないか」

りんが小声で言うと、友次郎は腕組みをした。

「そうでもないさ。忍戒上人は、裏で高利の金貸しをしているという、もっぱらの噂だ。寺の中には、金がうなっているだろう。盗っ人が目をつけても、不思議はないような気がするぜ。だいいち、あの土塀を見てみなよ」

顎をしゃくった方に、目を向ける。

海然寺の土塀は、並の寺よりもずっと高い上に、てっぺんに鋭く外側へ反り返った、鉄の忍び返しがついている。

あれを乗り越えるのは、至難のわざだろう。

友次郎は続けた。

「このあたりで、あれほど盗っ人に用心している寺は、ほかにないぜ。よほど金をため込んでいる、としか思えないのさ」

なるほど、そう言われればそうだ。

「でも、ほんとうに往診と押し込みとのあいだに、関わりがあると思うかえ」

りんの問いに、友次郎は頬を掻いた。

「その辺が分からぬから、こうして見張っているのだ。それに、もとはと言えばおまえさんの聞き込みから、始まったことだぜ」

「それは、そうだけれど」

りんは串団子を食い、少し考えた。

小源太の話では、加賀屋と遠州屋の押し込みはいずれも、店のどこかを無理やり打ち破って、押し入ったものではない。表の大戸にはめ込まれた、小さなくぐり戸から堂々とはいって来た、というのだ。

どちらの店も、くぐり戸には頑丈な閂《かんぬき》が取りつけられ、外からは容易にあけられぬ造りに、なっていたらしい。

となれば、店で働く奉公人の中に、盗っ人一味の引き込み方がいて、閂をあけたとしか考えられぬ。

しかし、押し込みが行なわれたあと、急にやめたり姿を消したりした奉公人は、一人もいなかった。

厳しい詮議が行なわれたが、下働きの小僧から小女までどの奉公人も、口入れ屋を通じて雇われた、身元の明らかな者ばかりだった。

腕組みを解いて、友次郎が言う。

「おれは、玄庵が引き上げるまで待って、様子を探ることにする。おまえさんは、お役宅へもどってこのことを、俵井の旦那に伝えてくれ」

「あいよ」

りんはうなずき、急いで茶店を出た。

三

居酒屋〈めぬきや〉の二階。

柳井誠一郎は、扇子を膝に立てた。

「海然寺か。ここのところの町屋と違って、今度はいくらか金を持っていそうだな」

「はい。友次郎さんの話では、住職の忍戒上人は高利貸しをしていて、たっぷりお金をため込んでいる、とのことでございます」

りんの返事に、俵井小源太がうなずく。

「おれも、その噂は聞いたことがある。おそらく、小判がうなっているはずだ。遠州屋、加賀屋に続いて、三件目の押し込みになるかもしれんな」

小源太に茶をつぎながら、美於が言った。

「かといって、よもやあの筒井玄庵が盗っ人とは、思えませんが」

「確かに、〈仏の玄庵〉と呼ばれるほどの医者だから、盗っ人を働く道理はなかろう。しかし、何かしら関わりがあるかもしれん」

今度は、小平治が口を挟む。

「玄庵はともかく、供回りの連中のうちに盗っ人の仲間が、紛れ込んでいるんじゃござんせんかね」

りんは虚をつかれ、小平治を見た。

「供回り、というと」

「駕籠人足は別として、四人いるじゃねえか」

「それはわたしも、さっきこの目で見たよ。供先を務める娘のほかに、挟み箱持ちと薬箱持ち、あとは」

「槍持ちよ」

小平治が言うと、小源太はうなずいた。

「実のところ、柳井さまもそのあたりを、疑っておられるのだ」

誠一郎が、あとを引き取る。

「正直に言えば、おれではなく長谷川さまのお考えだ。玄庵を除くとすれば、供回りの四人を疑うのが、筋というものだろう」

小源太が、また口を開く。

「そこで、おれは柳井さまのご指示を受けて、歌吉に四人のことを調べてもらったのだ。その首尾を話してみろ、歌吉」

促されて、歌吉がすわり直す。

「ざっと調べただけでございやすが、まず男たちの方から申し上げやしょう」

歌吉によると、名前は挟み箱持ちが五兵衛《ごへえ》、薬箱持ちが多助《たすけ》、槍持ちが蔵六《ぞうろく》で、三人とも渡り中間だという。

「玄庵の診療所に勤め出してから、五兵衛と多助がおよそ一年半、蔵六がおよそ三年になりやす。まあ、近ごろの渡り中間にしては長い勤めで、三人とも悪い評判はござんせん。少なくとも、盗っ人のお先棒をかつぐような、悪党ではねえようで」

「だからこそ怪しい、ともいえるぞ」

誠一郎が言い、みんな笑った。

収まるのを待って、美於が先を促す。

「それじゃ、もう一人の娘っ子は」

歌吉は、美於を見た。

「名前ははつね、字にすりゃあ鶯《うぐいす》の初音、と書くそうだ。半年ほど前から、診療所で下働きをしている。雑用はなんでもこなすし、往診のときは駕籠の供先を務めもする。近所でもよく知られた、働き者の娘だそうだ」

「その娘の素性は」

誠一郎に聞かれて、歌吉は口調をあらためた。

「へい。なんでも、武蔵所沢《むさしところざわ》に近い野田村の出だとかで、玄庵の存じ寄りの娘らしゅうござんす。玄庵は十年以上も前に、所沢で町医師をしておりやした。そのころ、初音を知っていたのが縁で、雇い入れたと聞いておりやす」

「ふうむ、所沢か。甲州裏街道の、秩父往還道沿いの宿継ぎ場だな」

誠一郎は、顎をなでて独り言のように言い、小平治に目を移した。

「ところで、駕籠人足も玄庵のところの者か」

小平治が首を振る。

「違いやす。駕籠は玄庵のものでござんすが、ふだんは診療所に近い駕籠屋の熊五郎《くまごろう》、通称駕籠熊《かごくま》の溜まり場に、預け置かれておりやす。往診を請われるたびに、玄庵から駕籠熊へ御用の使いが出て、人足が駕籠をかつぎ出しやす。その足で診療所に回り、玄庵を乗せて往診に向かう、という寸法で」

「かつぎ手は、いつも同じか」

「いいえ、決まっておりやせん。なにせ、人足が二十人がとこおりやすから、往診の仕事がはいるたびに、入れ替わり立ち替わりかつぐ、ということのようで」

りんは言った。

「そのせいかねえ。人足は、四人とも印半纏に半袴を着けていたけれど、あまり様になっていなかったよ」

「そこが、れっきとした奥医師と、違うところよ。玄庵は、とりあえず御目見を許されただけの、町医者にすぎねえ。大出世には違いねえが、自前の駕籠人足を雇うほど、稼いじゃいねえのさ」

小平治が応じると、美於が口を出した。

「それくらいの金が、ないわけじゃないだろう。玄庵も、貧乏人からは取り立てないそうだが、その分金持ちからたっぷりむしり取る、と聞いたよ。支度料がばかにならないらしいし、けっこういい稼ぎをしてるんじゃないかえ」

歌吉が、首を振る。

「それなら、盗っ人は往診先よりも診療所の方を、狙うだろうさ」

そのとき、裏階段に小さな足音が響き、友次郎が上がって来た。

小源太が、声をかける。

「おう、友次郎。海然寺の方は、どうだった」

友次郎は、誠一郎と小源太に頭を下げて、りんがついだ茶で喉を潤した。

すわり直して言う。

「けっこう、時がかかりやしてござんす。おりんが引き上げてから、玄庵は半時ほども寺にとどまり、忍戒の具合を診ておりやした」

「急病人は、やはり忍戒か」

誠一郎が念を押すと、友次郎はうなずいた。

「へい。玄庵が引き上げたあと、さりげなく小坊主に探りを入れやすと、忍戒は心ノ臓を締めつけられて、ひどく苦しんだとのことでござんした」

「心ノ臓か。それで、大事なかったのか」

「玄庵が処方した薬で、とりあえず持ち直したようでござんす。小坊主によると、玄庵は念のため明日とあさっても、また往診に出向いて来る、とのことで」

友次郎の答えに、小源太は顎をなでた。

「すると、かりに押し込みがあるにしても、あさっての夜以降ということになるな」

誠一郎が、手を上げる。

「そうと決まったものではない。ともかく、供回りの四人の素性をもう少し詳しく、調べてみよう。お美於とおりん。遠くてすまぬが、おまえたちには明日、所沢と野田村へ足を延ばして、玄庵と初音のことを、聞き込んでもらいたい。〈清澄楼〉と〈しのばず〉には、おれから話をつけておく」

りんと美於は、頭を下げた。

「承知いたしました」

「それから五兵衛、多助、蔵六の三人についても、今少し詳しく調べねばなるまい。やり方は、おまえたちに任せるから、よろしく頼む」

誠一郎に言われ、歌吉、小平治、友次郎もそろって、頭を下げる。

顔を上げた歌吉が、誠一郎に問うた。

「玄庵と海然寺の方は、どういたしやすんで。ことに海然寺は、早けりゃ今夜中に襲われねえとも、限りやせんぜ」

「今夜から三日間、交替で玄庵の診療所と海然寺を、見張ることにする。歌吉たちは、明日の昼のうちに五兵衛以下の、身元調べをやっておくのだ」

そう言って、誠一郎は扇子でぴしり、と膝を打った。

四

提灯を揺らしながら、初音が駆けもどって来る。

その後ろから、半袴姿の人足が四枚肩で駕籠をかつぎ、追って来た。

友次郎は、割下水にかかる橋のたもとにひそみ、柳の葉陰からそれを見ていた。

ついさっき、商家の手代らしき男が筒井玄庵の診療所に、駆け込んだばかりだった。時をおかず、門を駆け出た初音が駕籠を呼んで来たのは、また急病人が出たからに違いない。

玄庵は昼間、海然寺にも駕籠を出しているので、これで昼夜二度目の往診になる。

案の定、煙草一服する間もないうちに、茶筅髷《ちゃせんまげ》に茶羽織を来た玄庵が出て来て、駕籠に乗り込んだ。

提灯を持った手代と、初音が供先に立つ。

四人の人足が、掛け声も勇ましく駕籠をかつぎ出すと、三人の供回りの男たちも威勢よく、あとをついて走り始めた。

人足は別だが、供回りの顔触れは前日と同じで、変わりがない。

友次郎は、提灯の明かりを頼りに、あとを追った。

夜四つを過ぎたので、すでに町の木戸は閉じている。

さすがに人通りは少なく、初音も昼間のように往来の人びとに、声をかけ続けることはない。

ただ、前方に木戸が見えるたびに、こう叫ぶ。

「木戸をあけてくらっせ。お急ぎ、玄庵先生のお通りじゃ」

玄庵の駕籠、いわゆる〈乗物〉は大きすぎて、木戸の一部をくりぬいたくぐり戸を、通り抜けられないのだ。

木戸番が、あわてて木戸をあけると、玄庵の一行はほとんど足を緩めることなく、そこを通り抜ける。

友次郎も距離を詰め、一行の供回りの一人のような顔をして、さっさと木戸を駆け抜けた。

玄庵の駕籠が停まった先は、新大橋《しんおおはし》を渡ってすぐの塗物問屋、京屋吉次郎《きょうやきちじろう》の店だった。

玄庵が来るのを待ち兼ねるように、すでに大戸が上げられていた。

玄庵一行は、駕籠ごと表の土間に乗り入れてしまい、店の者が大戸を下ろした。

意外に早く、玄庵は店に半時足らずとどまっただけで、ふたたび駕籠で帰路についた。

友次郎は、また駕籠のあとを追った。

しかし、来た道をそのまま引き返して行くので、診療所へまっすぐもどるもの、と見当がついた。

そこで、友次郎は追うのをやめて方向を転じ、浅草の海然寺に向かった。

海然寺の見張りには、歌吉と小平治の二人がつき、向かいの路地にひそんでいた。

前日、玄庵の最初の往診があった日の深夜にも、同じ二人が見張りについたが、何ごとも起こらなかった。

友次郎は、玄庵がついさっき新大橋の塗物問屋京屋へ、この日二度目の往診に出向いたことを、二人に伝えた。

歌吉が、懐手をして言う。

「この分じゃあ、かりにここへ押し込みがあるとしても、やはり往診の終わるあしたの夜以降、ということになるだろうな」

星明かりに、小平治が首を振る。

「いや、柳井の旦那も言っておられたが、そう決めつけるわけにもいかねえ」

友次郎は言った。

「そもそも、加賀屋と遠州屋の押し込みはただの偶然で、玄庵の往診とはなんの関わりもない、ということだってあるだろう」

歌吉も小平治も、口をつぐんだ。

そのとき、忍び返しのついた海然寺の土塀の暗がりに、黒い人影が揺れた。

はっとする間もなく、人影はそばにやって来た。

俵井小源太だった。

「変わりはないか」

低くささやきかけるのに、歌吉がほっとしたように応じる。

「これは、俵井の旦那。へい、今のところ、変わりはございやせん」

「そうか。かりに、何かあるとしても玄庵の往診が終わる、明日以降のことだろう。ともかく、腹ごしらえだけはしておけ」

小源太は、懐から竹の皮の包みを取り出し、三人に広げて見せた。

大きな握り飯が、三つはいっている。

「こいつは、ありがてえ」

さっそく小平治が、手を出した。

歌吉も友次郎も、握り飯にかぶりつく。

小源太は、竹筒にはいった酒も、用意していた。

たいした量ではないが、体を温めるには十分だった。

一息ついたところで、小源太が言う。

「ところで、五兵衛以下の供回りの連中について、何か分かったか」

歌吉が、袖で口元をぬぐって、すぐに応じた。

「あっしは、挟み箱持ちの五兵衛が玄庵の前に勤めていた、旗本屋敷の中間に話を聞いてまいりやした。牛込御門外の旗本、本多《ほんだ》対馬守《つしまのかみ》さまのお屋敷でござんす」

「対馬守なら、おれも知っている。何か分かったか」

「門外を掃除していた中間を、近くの一膳飯屋へ引っ張り出して、飯をおごりながら聞きやした。それによると、五兵衛は気働きのできるまじめな男だ、とのことでござんす。一年半ほど前、対馬守さまがご病気になられたおり、玄庵の診療所へまめに顔を出して、主人の具合をその都度玄庵に告げ、薬を受け取って帰る毎日を繰り返した、とのことで。その働きぶりを、玄庵に見込まれたらしゅうござんす」

「それで玄庵が、五兵衛を対馬守さまから譲り受けた、というわけか」

「そのように、聞きやした。対馬守さまのところには、都合三年ほど勤めたそうでござんすが、もめごとを起こしたことは一度もねえようで」

次に小平治が、薬箱持ちの多助と槍持ちの蔵六について、調べたことを話す。

多助と蔵六は仲がよく、ときどき一緒に診療所の近くの一膳飯屋に、顔を出すことが分かった。

一膳飯屋のあるじによれば、多助はたいして酒を飲めないくせに、辛抱強く酒好きの蔵六の相手をする、気のいい男だという。

患者が多いため、二人ともそうたびたび診療所を、抜けるわけにはいかない。

とはいえ、ほんの四半時だけでも喉を潤す、という口実で店に顔を出すらしい。

多助も蔵六も、店で酔って騒ぐようなことは、したためしがない。交替でとる休みの日など、どちらも手持ちぶさたに一人だけで、つまらなそうに酒を飲んでいる、という。

小源太は、星空を見上げるように顔を起こし、つぶやいた。

「どうも、その三人の中に怪しいやつは、いないようだな」

歌吉が言う。

「三人とも、渡り中間にしてはまともな男たち、といってようござんしょう」

「うむ。あとは、玄庵と初音しか、おらんな」

小平治が口を開いた。

「お美於もおりんも、あしたの夕暮れまでにゃあ所沢から、もどってまいりやす。玄庵と初音の関わりも、もう少しはっきりするでござんしょう」

五

「それがね、初音の母親はおよしさんていうんだが、何を食べても噎《む》せて吐き出す病に、かかっちまってさ。そうさね、初音が九つか十くらいのときだったかねえ」

くめ、と名乗った四十半ばの痩せた農婦は、ごく内密の話をするように声を低め、あねさんかぶりにした手ぬぐいの具合を直した。

りんは、美於と顔を見合わせた。

三人は野田村のはずれの、小川にかかる小さな木橋の近くで回る、水車小屋のそばにいる。

くめは、初音が生まれ育った家の隣に住む、小作農の女房だった。

くめによれば、父親は初音が生まれてほどなく死に、初音は母親よし一人の手で育てられた。

よしは、豪農の名主から狭い小作地を借り受け、やっと食いぶちを稼いでいたという。

水車が、ごとんごとんと、音を立てて回る。

美於が聞いた。

「それで、病気になったおよしさんは、どうしたんだい」

「おれが所沢へ行って、玄庵先生を呼んできたんだ。先生は、こりゃあカクエツビョウだから、なんとかいう薬を飲まさにゃ治らねえ、と言っただよ」

「カクエツビョウ」

美於がおうむ返しに言い、またりんの顔を見る。

りんにも、なんのことか分からなかった。

美於はくめに目をもどし、話を続けた。

「およしさんは、そのなんとかいう薬ってやつを、飲んだのかい」

「いんにゃ、飲んでねえ。玄庵先生によっと、五十両払ってもめったに手にはいらねえ、とんでもなく高い薬だっちゅうとった」

「五十両とはまた、ごたいそうな値段だねえ。なんという薬か、覚えていないかい」

くめは空を仰ぎ、少しのあいだ考えた。

それから、芝居がかったしぐさでぽん、と手のひらを拳で打つ。

「ありゃあ確か、ものが破けたような名前じゃった。そうじゃ、思い出したわ。ビリリとかいう、オランダ渡りの薬じゃった」

「ビリリ。聞いたことがないねえ」

美於が、またりんを見る。

りんも初耳だった。

美於が口をつぐんだので、りんはくめに聞いた。

「それで、およしさんは、どうしたんだい」

「十日ほどして、死んじまっただよ。五十両あれば、江戸へ行ってビリリを探してみる、と先生は言ったけんどな。そんな金は、村中掻き集めても集まらねえし、どうしようもなかっただ」

水車がごとんごとん、と回り続ける。

「それで、初音はどうなったのさ」

美於の問いに、くめは眉根を寄せて首を振った。

「同じこの村に、およしさんのいとこ夫婦が住んどって、そこへ引き取られただよ。だけんど、一年もしねえうちに初音の姿が、見えんようになった。いとこ夫婦によっと、初音は勝手に出て行ったちゅうこったが、だれも信じなかったわ。どっかの、どさ回りの見世物一座に叩き売ったちゅう、もっぱらの噂じゃったがな」

「見世物一座」

「そうだ。おれも、娘っ子のころいっぺん見たが、そりゃおもしれえもんだった。たとえば、火飲み男と水飲み女の飲み合戦、鼬《いたち》男と蛇女の立ち回りに、大男と一寸法師の掛け合い、そうかと思えばコンニャク女に大力女、見世物もあれば軽業曲芸もあった」

そう言いながら、その光景を思い出したように、満面に笑みを浮かべる。

りんは、首をひねって言った。

「だけど、初音になんか芸があったのかい」

「初音は、小さいときから足を使うのが器用で、逆立ちしたまま足の指で器用に、あやとりをしたもんじゃった。足の力も強くてなあ、仰向けんなって足で碁盤や米俵を回したっけが」

美於が、驚いて声を上げる。

「まさか。十にもならない、小娘がかい」

「ほんとさ。まあ、見世物ってほどじゃねえだが、まだ子供だってことで、座興にはなるわなあ」

「今でも、それをやってるのかねえ」

りんがとぼけて聞くと、くめは初めて不審げな顔をした。

「さあ、それはおれも知らねえ。おめえさんたち、なんだってそんなに初音のことを、聞きたがるんじゃ」

「だから、初めに言ったじゃないか。江戸の道端で急病になって、危うく死にかけたばあさまが、初音という若い娘に助けられたんだ。元気になったばあさまが、その娘に受けた恩を返したい、と言ってるのさ。なんでも初音は、所沢の近くの野田村で生まれた、とかいう話をしたらしくて、それがたった一つの手がかりなんだよ」

りんは、作り話を怪しまれないように、早口でまくしたてた。

すかさず美於が、話をそらして先へ進める。

「ところで、おくめさん。所沢に、そのころの玄庵先生のことを知っている人が、だれかいないものかね。もしかすると、初音の消息を知ってるかもしれないし」

くめは、考えをまとめようとするように、せわしなく瞬きした。

「ああ、それならあのころ玄庵先生の手伝いをしてた、おせきさんがよかんべ。おせきさんは顔が広いし、およしさんが亡くなったときのことも、よう知っちょるからな。もういい年じゃが、まだ所沢の江戸道沿いの〈えどや〉ちゅう旅籠で、働いとるがな。真《しん》光寺《こうじ》の並びよ」

美於がうなずく。

「ああ、江戸道の真光寺なら、来るときに前を通った覚えがあるよ」

りんも、相槌を打った。

「そうそう。それじゃ、今夜はその〈えどや〉に泊まろうか」

二人はくめに礼を言い、小川を渡って所沢に通じる道を、もどり始めた。

江戸道は、江戸と秩父を結ぶ往還道のことで、甲州道中の裏街道にあたる。

所沢と日本橋のあいだは、ほぼ九里の道のりだった。

その日りんと美於は、暁七つに江戸を発ち、朝四つ半に所沢をへて、野田村に着いたのだった。

すでに、日は西の山際に傾いている。

日暮れまでに〈えどや〉に着こうと、二人は足を速めて田舎道を所沢へ向かった。

その夜。

風呂にはいり、夕食をすませたりんと美於は、旅籠の喧騒が一段落するのを待って、部屋にせきを呼んだ。

せきは、そろそろ五十に手が届きそうな、小太りの女だった。

女中頭をしており、江戸からの客が多いせいか、言葉遣いはていねいで、訛りもほとんどない。

美於が、また例の作り話をして不審を解き、せきに初音のことを聞いた。

せきは、美於の口から初音の名前が出たとたん、軽く眉根を寄せて暗い顔になった。どことなく、含みのありそうな様子だった。

「そんなわけで、しまいにゃ初音は見世物一座に売られた、という噂があったらしいけれど、おせきさんはどう思ってるんだい」

美於の問いに、せきはますます眉根を寄せた。

「売られたのか、自分で出て行ったのかは知りませんが、初音さんが村からいなくなったあと、見世物一座に出ていたというのは、そのとおりでございますよ。わたしも一度、この目で見ましたから」

「ほんとうかい」

「はい。いつだったか、玄庵先生のお使いで忍《おし》の城下へ、薬草を買いに行ったことがありました。そのとき、たまたま小屋掛けしていた見世物一座の中に、初音さんがいたのでございます」

六

「その見世物を、見たのかい」

りんが聞くと、せきはうなずいた。

「はい。薬屋に目当ての薬草が切れていて、山から採って来るのに一時ほどかかる、と言われましてね。それを待つあいだに、ちょっとだけ」

「そのとき初音は、いくつぐらいだった」

「村を出て、二年ほどたっていましたから、十一か十二だったと思います」

「初音はその一座で、何をしていたんだい」

「出し物の中身を、よく回る口でうまいこと披露していたのを、覚えています。利発な子だったから、曲芸やら軽業やら力自慢やらの出し物を、おもしろおかしくおひろめする役回りを、務めておりました」

「自分では、何も芸をしなかったのかい」

「たいした芸ではありませんが、仰向けに寝て小さめの米俵や碁盤のようなものを、足で器用に回しました。足の力が、強かったのでございましょう。そうそう、足の指に紐をかけて、あやとりなんかもしてみせました」

　くめが言ったとおりだ。

　今度は、美於が聞く。

「それで、おせきさんはそのとき初音と、どんな話をしたんだい」

　せきは、目を伏せた。

「話はしなかったのでございますよ。舞台を見ただけで、口はきかずに終わりました。初音さんもわたしには、気がつかなかったと思います」

「どうしてだい。初音の母親が、カクエッビョウとかいう病になったとき、おまえさんも玄庵と一緒に、家に出入りしていたはずだ。挨拶ぐらいしても、ばちは当たらなかっただろう」

美於が言い募ると、せきは身を縮めた。

「それが、その」

そこまで言って、口を閉じてしまう。

りんは、膝を乗り出した。

「それがその、どうしたのさ」

せきはますます身を縮め、下唇をぎゅっと嚙み締めた。

「初音さんに、合わせる顔がなくて」

りんは、美於と目を見交わしてから、なおも追及した。

「どうしてなのさ。わけを話しておくれよ」

せきは、少しのあいだ下を向いたまま、考えていた。

やがて肩を落とし、深くため息をついた。

「実は、玄庵先生はおよしさんを助けられたのに、お金のために手を抜いたせいで、死なせてしまったのでございますよ」

「それは」

美於が言い、喉を詰まらせる。

りんは、あとを引き取った。

「それは、どういうことなんだい。お金のために手を抜いた、というのは」

「あとで分かったのでございますが、あのときビリリというよく効く薬が、玄庵先生の手元にあったのでございます」

りんは、あっけに取られた。

ビリリが、玄庵の手元にあったとは、どういうことだ。

せきが続ける。

「ビリリはオランダ渡りの、めったに手にはいらぬ高価な薬、と聞きました。先生は、それを江戸の長崎屋という宿で、オランダの医者に二十両払って買い、ずっと秘蔵していたのでございます。およしさんが、貧乏でそれに見合うお金を払えぬため、先生はつい使い惜しみをしてしまった。つまるところ、自分はおよしさんを見殺しにしたのだ、と打ち明けたのでございます」

りんも美於も、言葉を失った。

やがて美於が、気を取り直したように言う。

「筒井玄庵は、今じゃ〈仏の玄庵〉と呼ばれるほど、江戸でも一、二を争うほどの名医、といわれてるんだよ。貧乏人から、治療代をむしり取るようなことは、間違ってもしない先生なのに」

せきは、唇を嚙み締めた。

「江戸での先生の評判は、わたしも耳にしております」

「その玄庵が、なぜそのときおよしさんにビリリを、処方しなかったんだろう」

「玄庵先生は、ビリリをいずれ大きな商家のあるじか、お大名の家の患者に使うつもりでいた、とおっしゃいました。そうすれば五十両はおろか、へたをすれば百両だってとれるかもしれない。その上、名医としての評判も確実に、手にはいる。ところが、およしさんに使えば一銭にもならず、たいして評判にもならない。だから、自分の手元にはないことにして、買うのに五十両かかるという話を、したのでございますよ」

りんは口をつぐみ、ごくりと唾をのんだ。

美於は、眉をひそめただけで、何も言わない。

いたたまれぬ様子で、せきは取ってつけたように、話を続けた。

「カクエッビョウというのは、カクマクのカクに噎《む》せる病と書きます。確か、こんな字でございました」

そう言って、畳に指で字を書いてみせる。

りんは、首を斜めにして、それを読んだ。

膈噎病、と書かれたように見えたが、どのみち読めぬ字だった。

「おくめさんも言っていたが、何を食べても噎せて吐き出す病なんだそうだね」

「はい。玄庵先生の話では、胃の腑に悪いできものがしこっていて、ものが食べられぬということでございました。ビリリを用いれば、そのしこりが溶けてなくなる、と」

美於が、ため息をついて言う。

「どちらにしても、今の玄庵からは考えられない、ひどい仕打ちだねえ」

せきは、目を上げた。

「先生も、それからずっとおよしさんのことを、気に病んでおられたようでございます。わたしにそのことを打ち明けたあと、ほどなく先生は所沢を出て行かれました。おそらく良心が痛んで、所沢にいられなくなったのでございましょう。それから何年もたって、先生が江戸でよい医師だと評判をとっている、との噂が流れてまいりました。およしさんのことで、医師にあるまじき仕打ちをしたため、その償いをしておられるのだろう、と思いました」

「償いをするつもりなら、所沢を出て行かずとも、よかったじゃないか」

りんが言うと、せきは膝の上で手を握り締めた。

「あのころ、玄庵先生は江戸へ出て名を上げようと、そればかり考えておられました。所沢近辺では、すでに名医として知られていましたが、それだけでは満足しなかった。ゆくゆくは、ご公儀《こうぎ》の奥医師にまでのぼり詰めるのだ、というのが口癖でございました。そのためにはまず、近在の大庄屋や知行取りの殿さまの難病を治して、評判を取らなければならない。それがいつも頭にあったので、およしさんのときもビリリを処方するのを、差し控えてしまったのでございますよ」

せきの口ぶりからすると、そのおりの筒井玄庵の仕打ちを責める気持ちと、許してやってほしいという気持ちが、どっちつかずに揺れ動いているようだった。

りんは、口調を変えた。

「そのことを、初音に告げる気はなかったのかい」

「はい。告げたところで、およしさんが生き返るわけではなし、初音さんがいやな思いをするだけだ、と考えましたので」

美於が、話を進める。

「おせきさんも、玄庵と一緒にこの町を出て、手伝いを続ければよかったのに」

せきは、寂しげな笑みを浮かべた。

「そのころ、わたしには忍の阿《あ》部《べ》家《け》徒目付《かちめつけ》をしくじって、浪人した夫がおりました。病弱でもあったため、ここを離れるわけにはいかなかったのでございます。結局はその後、みまかりましたが」

美於がうなずく。

「やはり、そうだったのかい。おまえさんの口ぶりや、立ち居振る舞いを見ていると、ただの旅籠の女中頭ではない、と思ったよ」

りんも、それで納得した。

せきが、むずかしい唐文字を書いてみせたのも、武家の出だったからだ。

せきは、二人に頭を下げた。

「初音さんが見つかりましたら、どうか所沢のせきがよろしく申していた、とお伝えくださいませ」

りんも美於も、そうすると請け合った。

翌朝早く発つために、二人は早々に床にはいった。

七

俵井小源太は、茶菓子を食べ終わって言った。

「さような次第で、玄庵の供回りの者たちのうち、五兵衛、多助、蔵六の三人の渡り中間に、怪しい節はないと存じます。多少なりとも、玄庵と古い関わりを持つ者は、供先の初音だけでございます。しかし、初音とても押し込みに関わりがあるとは、いささか考えにくいわけで」

言葉を切ると、柳井誠一郎が続けて言う。

「初音は、玄庵の診療所の雑用を、よくこなしております。働き始めてから、まだ半年と少しでございますが、もはやなくてはならぬ役回り、と思われます。やはり、玄庵の往診と直後の押し込みは、たまたま重なっただけと考えて、よろしいのでは」

長谷川平蔵は、耳たぶを引っ張った。

「やもしれぬな。しかし、玄庵と初音の関わりが、おれには気になる。そもそも初音は、膈噎病とやらに侵された母親を、玄庵が見殺しにしたと承知の上で、診療所で働き始めたのか」

「お美於、おりんが上げてきた沙汰によりますと、おせきはそのことを初音に話さなかった、と申しているそうでございます」

小源太が言うと、平蔵は軽く首をかしげた。

「だが、おせき以外の筋から耳にはいることも、ないとはいえまい」

「おせきと玄庵本人以外に、それを知る者がいるとは思えませぬが」

平蔵は少し考え、また口を開いた。

「玄庵が、どのようないきさつで初音を雇ったのか、今一度話してみよ」

小源太は、すわり直した。

「半年ほど前、初音が子供のころ知っていた、という玄庵の診療所を訪ねて、働き口を求めたそうでございます。玄庵も、初音と母親のことを覚えていて、快く雇ったと聞いております」

「しかし、お美於とおりんの沙汰によれば、玄庵は母親を見殺しにしたことにいたたまれず、所沢を離れたのであろう。いくら年月がたったとはいえ、その娘をさして迷うことなく雇い入れるとは、いささかうなずけぬではないか」

「あるいは罪滅ぼし、という気持ちもあったのでは」

「罪滅ぼしか。それは、玄庵自身に聞いてみぬことには、のう」

「いっそ、玄庵を呼び出して詮議してみては、いかがでございましょう」

平蔵は笑った。

「ばかを申せ。さようなことをしては、火盗改の評判がまた落ちるわ」

誠一郎が、口を挟む。

「いずれにせよ、当分は浅草の海然寺と、新大橋際の京屋吉次郎の店の近辺につき、夜回りの手勢を増やすことにいたしましょう」

「うむ。ちなみに、今日の玄庵の動きはどうであった」

「友次郎によれば、玄庵は夕べ七つ半ごろに海然寺へ、往診に出向いております。海然寺には、これで三日続けて往診をいたしましたので、明日はないと存じます」

「忍戒が本復しておれば、の話であろう」

「玄庵は本日、海然寺に四半時ほどしかとどまらなんだ、とのことでございます。まずは本復したとみて、よいのではございませぬか」

誠一郎の返事に、平蔵はうなずいた。

「うむ。二人とも、もう一杯茶をどうだ」

そのとき、役宅から茶室につながる廊下に、あわただしい足音が響いた。

小障子の外から、声がかかる。

「殿。利右衛門《りえもん》にございます。急ぎ、お耳に入れたきことあって、参じました。よろしゅうございましょうか」

召捕廻り方の与力、香山《かやま》利右衛門の声だった。

「おう、利右衛門か。はいってよいぞ」

平蔵が応じると、さっと小障子を開いた利右衛門が、茶室ににじり入った。

誠一郎に目礼するや、すぐに平蔵に言う。

「ただ今、玄馬《げんま》から沙汰が上がりましたゆえ、言上させていただきます。銀松《ぎんまつ》からつなぎがはいり、灰吹《はいふ》き三五郎《さんごろう》一味の企てが明らかになった、と言ってまいりました。日取りと場所を含め、押し込みの委細が手下どもに知らされた、とのことでございます」

「まことか」

「はい。三五郎は、今宵九つ半過ぎに押し込みをかける、と下知いたしたそうでございます」

小源太は、誠一郎と目を見交わした。

佐古村《さこむら》玄馬は、小源太より少し若い利右衛門配下の同心で、銀松は玄馬が使う手先の一人だ。

銀松は、盗賊の灰吹き三五郎一味にもぐり込み、その動きを探っていたと聞く。

「押し込み先はどこだ」

平蔵の問いに、利右衛門は軽く顎を引いた。

「新大橋際の塗物問屋、京屋とのことでございます」

平蔵が、目をむく。

「なんと。京屋と申したか」

「さようでございます。京屋吉次郎の店、と聞きました」

小源太は、唾をのんだ。

筒井玄庵と押し込みが、また関わりを持つことになった。

「灰吹きの三五郎とやらは、京屋にだれか引き込みを入れているのか」

平蔵が続けて聞くと、利右衛門はむずかしい顔になった。

「それが、銀松によりますと、引き込み役を送り込んだという話は、聞いておらぬとのことでございます。にもかかわらず、三五郎はにわかに京屋の店の中に、手引きする者がいると請け合った、と申しておるそうで」

平蔵も、眉根を寄せる。

「どういうことだ。三五郎め、銀松にも仲間にも知られずに、手引きする者を送り込んだのか。それとも、ひそかにだれか店の者を、抱き込みでもしたのか」

「三五郎は、もともと荒っぽい押し込みをすることで、近ごろ悪名を馳せている盗っ人。こたびもまた、力ずくで押し入る所存でいながら、手下を怖じけづかせまいとして、偽りを申したのかもしれませぬ」

誠一郎が、割り込んだ。

「どちらにせよ、少なくとも加賀屋と遠州屋の押し込みは、三五郎一味のしわざではありますまい。もし、そうであれば銀松から押し込みの前に、その旨沙汰がはいったはずでございます」

小源太も、膝を乗り出す。

「そもそも、三五郎の一味ならば五十両、七十両などという半端な金で、引き上げるはずはないと存じます」

平蔵は腕組みをして、ゆっくりとうなずいた。

「さもあろうな。これには、裏があるやもしれぬ」

しばらく考えたあと、ふたたび口《と》を開いた。

「利右衛門。その方、ただちに捕り手を狩り集めて、三五郎一味に悟られぬように、ちりぢりに京屋の近辺を固めるのだ。よいか。決して、気取られてはならぬぞ」

「は」

利右衛門は頭を下げ、そのまま茶室から退出した。

八

「くどいようだが、間違いねえんだろうな、灰吹きの。くぐり戸を、中からあける手引きがいる、というのはよ」

仲間の一人、布袋《ほてい》の了善《りょうぜん》という盗っ人が、低くささやく。

京屋の、向かいの暗がりにうずくまった銀松は、隣にひそむ灰吹きの三五郎の横顔を、盗み見た。

星明かりに、三五郎の目が追い詰められたように、きらりと光る。

「間違いねえさ、布袋の。昨日の夜更けに、医者の玄庵がこの店のあるじの急病で、往診に来たのよ。そのとき玄庵が、手引きする野郎をこっそり店の中に、残して来たんだ」

初めて聞く話に、銀松は息を止めた。

「そう簡単に、残して来られるものけえ」

了善の声は、いかにも疑わしげだった。

「心配するねえ。おめえも、しばらく前に米問屋の加賀屋と、回船問屋の遠州屋に押し込みがあったのを、忘れちゃいめえ」

「おう、覚えているとも。どこのどいつか知らねえが、けちな押し込みをしやがってよ」

「確かにけちな仕事だが、いっち楽な押し込みだったと、もっぱらの噂よ。加賀屋も遠州屋も、その少し前に玄庵が急な往診を頼まれて、駆けつけた店だ。そのとき、店の中に手引きするやつを、残してきたのよ。だから、楽々と店へ忍び込むことができたんだ。今夜も、それと同じ手口ってわけよ」

二人のやり取りを聞いて、銀松はますます驚いた。

あの、〈仏の玄庵〉と呼ばれる評判の名医が、盗っ人の片割れだというのか。

三五郎の言うことがほんとうなら、玄庵は自分で押し込みに加わらないにしても、盗っ人の片割れに違いない。

了善が、なおも疑わしげに言う。

「いくら玄庵でも、そうたやすく店に仲間を残して行くことが、できるのけえ。帰るときに、ひと一人いなくなりゃ、店の者が不審に思うだろう」

「そこに、仕掛けがあるのよ。まあ、見ていなって」

三五郎は請け合ったが、銀松の耳にはなんとなく強がりを言っている、というように聞こえた。

いったい、どういう仕掛けになっているのだろう。

了善は少し黙ったあと、念を押すように言った。

「よく分からねえが、今夜の押し込みの話はその玄庵という医者から、回ってきたのか」

「玄庵本人じゃねえが、同じようなもんだ。おれにも、いろいろ手づるがあるのよ」

もって回った言い方に、銀松は頭が混乱した。

あの玄庵に、悪事に手を染めなければならぬ子細が、何かあるだろうか。

いや、あるとは思えぬ。

銀松が喉を動かしたとき、後ろの方から別の仲間の声がかかった。

「おい、灰吹きの。そろそろ、九つ半にかかるころだぜ。いつになったら、くぐり戸があくんでえ」

三五郎は闇に目をこらし、少し上ずった声で応じた。

「あわてるんじゃねえ。今にも、合図があらあ」

それから、いくらか自信を失ったように、あとを続ける。

「まあ、万が一合図がなかったときは、おれもいさぎよく引き上げるがな」

まるで、その言葉を待っていたように、京屋の大戸の隅に切られたくぐり戸が、わずかに開いた。

了善が、押し殺した声で言う。

「おい、だれか出て来るぞ」

くぐり戸から現れた人影が、両手を頭の上にかざすようにして、円をこしらえる。

身の丈の小さい、子供のような人影だった。

人影はそのまま、くぐり戸にもどって姿を消した。

了善がささやく。

「おい、ありゃあ、がきじゃねえのか」

三五郎は、得意げに忍び笑いをした。

「驚いたか、布袋の。玄庵と一緒に、駕籠に隠れて店の中へもぐり込むにゃあ、ちび助でなきゃならねえのよ。店の中は、急病人のめんどうをみるので、ばたばたしている。その隙に、駕籠から抜け出てどこかに隠れる、という寸法だ。店は広いから、ちび助一人夜中まで身を隠すのに、不自由はしねえよ」

そういう仕掛けだったのか、と銀松は内心舌を巻いた。

了善がうなずく。

「なるほど、もっともだ。それじゃ、押し込むとしようぜ」

暗い通りを見透かして、人けがないのを確かめた銀松は、先に立って京屋に向かった。

火盗改の捕り手が、店の内外をしっかり固めていることを、心から願う。

大戸に達した銀松に、三五郎が無言で顎をしゃくって、合図した。

銀松が、意を決して静かに羽目板を押すと、くぐり戸はすっと開いた。


俵井小源太がささやく。

「おっつけ、九つ半になりますな」

「われらも、京屋へ手助けに回った方が、よかったのではございませんか」

そう言ったのは、若い召捕廻り方同心の、今永仁兵衛《いまながにへえ》だ。

それに応じて、柳井誠一郎が低く言う。

「京屋の方は、利右衛門に任せておけばよい。こちらは、何もなければ、それでよし。何かあったとしても、おれたちだけで片をつけるのだ。おまえたちも、用意はいいか、友次郎」

「はい。心得ております」

友次郎は、誠一郎と小源太、仁兵衛に率いられて、歌吉、小平治とともに海然寺門前の茶店を借り上げ、土間にひそんでいた。

障子に映える星明かりに、それぞれのいでたちがぼんやりと、浮かび上がる。

誠一郎と小源太、仁兵衛は、本式の捕物出役の身ごしらえではなく、ふだんの着流し姿だ。

ただし、事が起きたときのために、友次郎ら手先と同じように裾をからげ、じんじん端折《ばしょ》りをしている。

万一に備えて、友次郎ら三人にも刃引きした脇差が、与えられた。

格子戸の隙間から、外の様子をうかがっていた歌吉が、ちちっと舌を鳴らす。

「山門の脇のくぐり戸が、あきやしたぜ」

友次郎と小源太は、すぐに歌吉の上下から隙間に目を当て、外をのぞいた。

星明かりに黒ぐろと、くぐり戸が小さな口をあけている。

その戸口から、子供のような小さな人影が踏み出し、闇に向かって軽く腕を回した。

何かの、合図のようだった。

人影はそのまま引っ込み、くぐり戸がもとのように閉じられる。

「だれでござんしょうね、あの小さい野郎は。がきのように、見えやしたが」

歌吉が言うと、小源太がささやき返した。

「今に分かる。油断するなよ」

くぐり戸が閉じてから、ものの十も数えぬうちにどこからともなく、黒い人影が三つ、四つ、五つと山門の前に現れた。

いずれも背は低いが、がっしりした体つきの男たちだった。

一人が、天秤棒に似た太い棒を携えているだけで、見たところ脇差や匕首《あいくち》といった得物は、持っていないようだ。

人影は、苦もなくくぐり戸を押し開けて、一つずつ中へ姿を消した。

小源太は、腰高障子の隙間に指を差し入れ、静かに戸を開いた。

そのまま、しばし様子をうかがう。

ほどなく、一度閉じたくぐり戸がふたたび開き、先刻の小さな人影が出て来た。

ためらう様子もなく、浅草寺の方角へ小走りに走り出す。

誠一郎が言った。

「小平治。あやつを追え。追いついたところで、召し捕るのだ。逃すでないぞ」

「へい」

足が自慢の小平治が、二つ返事で茶店を出て行く。

わずかの間をおいて、誠一郎が合図した。

「よし。乗り込むぞ」

仁兵衛を先頭に、友次郎たちはいっせいに外へ飛び出し、海然寺の山門に殺到した。

九

役宅の裏土間。

俵井小源太は、吟味方の同心たちに交じって、土間の隅に控えた。

板の間には、詮議する内詰め与力の池田《いけだ》麗之介《れいのすけ》と、一件受け持ちの柳井誠一郎が並んでいる。

土間に敷かれた茣蓙《ござ》に、初音が引き据えられた。

初音は、いつもの短い小袖を身につけた姿で、神妙に頭を下げた。

麗之介が聞く。

「武蔵所沢野田村生まれ、当年二十一歳、名初音に相違ないか」

「はい」

「その方、半年ほど前より筒井玄庵の診療所で、手伝いをしておるな」

「はい」

「それ以前は、大熊座《おおくまざ》なる見世物一座の座員として、働いていたというがまことか」

「はい」

麗之介は、一息ついて話を進めた。

「十二年以前、村でその方の母よしが膈噎病を患ったおり、玄庵に治療を受けたのが縁だと聞いたが、相違ないか」

「相違ございません」

「そのおり、玄庵は膈噎病に卓効のあるビリリ、と申す薬を手元に持っておりながら、高額ゆえに代金を払えぬと知って、よしに処方するのを怠ったそうだが、まことか」

初音の、能面のようだった顔がわずかに動き、言葉が吐き出された。

「そんときは、玄庵先生がビリリを持ってたこと、おれも村のみんなも知らなんだ。その話を聞いたのは、ついこのごろのことじゃ」

にわかに田舎訛りの、荒っぽい言葉遣いになった。

「いつ、どこで、どうやって知ったのだ」

麗之介の問いに、初音は膝の上で両手を握り合わせて、少しのあいだためらった。

「玄庵先生んとこで働き始める、三月ほどまえのことじゃった。その昔、先生の手伝いをしていたおせきさん、という人に入間の見世物小屋でばったり、出会ったんじゃ。そんときに、あとで玄庵先生がビリリを持ってたと言った、と聞かされたんじゃ」

小源太は、唇を引き締めた。

美於とりんの沙汰によれば、せきという女が初音を見世物小屋で見たのは、ずっと以前のことだったはずだ。

しかもそのとき、せきはビリリの一件を知らせるどころか、初音とは話もしていないと言った、と聞いている。

どうやら、せきが嘘をついたらしい。

あるいは、初音に仕返しをそそのかした、と受け取られるのを、嫌ったのかもしれぬ。

麗之介が続ける。

「それを聞いて、おまえは玄庵に怒りを覚えたであろうな」

「はい」

「その玄庵の診療所へ、なぜ働きにはいったのだ」

初音は、肩を揺すった。

「仕返ししてやるべえ、と思っただ。玄庵先生の居どころを探したら、江戸でも指折りの名医になってることが、じきに分かった。聞けば、将軍さまに御目見まで許されてる、というでねえか。こりゃあ、どうでも化けの皮さ、引んむいてやらねばなんねえ。そいで、おれは大熊座をおん出て、江戸さ出て来たんじゃ。その足で、すっとぼけて診療所を訪ねてさあ、いやがらせに昔のよしみで雇ってくれ、と頼み込んだだよ。断りでもしたら、おれのおっかあを見殺しにしたこと、みんなに触れて回ると脅すつもりじゃった。ところが玄庵先生、二つ返事で雇ってくれたもんだからよう、おれもびっくりした。先生も、悪いことをしたでその償いをすべえ、と思ったんだべ。だから、おれも知らん顔して、雇われただよ」

一息に言ってのけ、ふうとため息をつく。

「どう仕返しをするつもりだったのだ」

麗之介の問いに、初音は首をひねった。

「分かんねえ。最初のうちは、先生の言いなりになんでも手伝ったし、そのうち往診の供先も務めるようになった。そうしてるうちに」

そこで、言葉を切る。

「そうしているうちに、どうした」

そばから、誠一郎が促す。

ためらいながらも、初音は続けた。

「大熊座の座長が、おれの居どころを突きとめて、盗っ人の手伝いをしろ、と言ってきただよ」

小源太は驚き、誠一郎と麗之介の顔を、まじまじと見た。

そこまでの話は、聞いていない。

「大熊座の座長が、からんでいると申すのか」

誠一郎の問いに、初音がこくんとうなずく。

「座長の熊三郎《くまざぶろう》は、弟の熊五郎に手を貸しただけじゃが、仲間に変わりはねえべ」

駕籠熊の熊五郎一味は、海然寺に押し入ってほどなく、誠一郎や小源太らと立ち回りを演じ、五人ともあっさり召し捕られた。

玄庵を隠れみのにして、けちな押し込みを始めたのは駕籠熊の親方、熊五郎の一味だったのだ。

町方の者が、むやみに駕籠に乗ることを禁じる町触れが、しばしば出される。老人や病人以外は、自分の足で歩けというのだ。

あまり厳しくは守られないが、それでも禁令が出るたびに取り締まりがきつく、駕籠屋の商売も上がったりになる。

熊五郎が悪心を起こしたのは、そうしたことにも関わりがあるだろう。

「座長の熊三郎とやらは、弟にどう手を貸したのだ」

「一座で、大男の雲右衛門《くもえもん》と対を組んでる、一寸法師の小助《こすけ》を熊五郎に貸し出して、引き込みをやらせたんじゃ」

小源太は、それで納得した。

深夜、小平治が追いかけてつかまえたのは、幼い子供とさして背丈の変わらぬ、小助という小男だった。

「あの小男は、何もしゃべろうとしないのだが、おまえの話に間違いないか」

誠一郎が念を押すと、初音はこくりとうなずいた。

「間違いないわな。小助は、おれと同じころ熊三郎に拾われて、一座に加わったんじゃ。熊三郎にゃ頭が上がらねえし、言われたことはなんでも聞くんじゃ」

初音は小助の役割を、次のように白状した。

熊五郎は、玄庵から預かっている駕籠の底に、さらしや鋏などの治療器具をしまう、物入れがあるのに気づいた。しかも、ほとんど使われた形跡がない。

ふつうのおとなは無理だが、子供か子供と同じ大きさのおとななら、中にひそむ余地が十分にある。

熊五郎は、そこに隠れることのできる小男を、兄の一座に求めた。それで小助に、白羽の矢が立ったのだ。

玄庵が往診先に乗りつけ、急病人の治療を行なっているあいだに、小助が駕籠の内側の座台を、押し開く。

外に控える四人の人足が、あたりに人けのないのを見計らって、小助を引き出す。身軽な小助は、建物の横手や裏手へ回って戸締まりを確かめ、あいた戸口から屋内へ忍び込む。

急病人で取り込み中の家は、それだけ用心がおろそかになっている。小助一人が、屋内のどこかに隠れる余地は、いくらでもある。

一座にいるあいだに、小助は二日か三日なら飲み食いせず、排泄をこらえる修練を積んでいる。

一日二日のうちに、夜陰に乗じて隠れ場所から這い出し、くぐり戸の閂をはずすくらいのわざは、朝飯前だった。

加賀屋、遠州屋への押し込みが、熊五郎一味の悪事の手始めだった、という。

慣れないことなので、筋金入りの盗っ人からみればけちな仕事、と見えたに違いない。

しかし、三度目の正直で狙った海然寺の押し込みが、命取りになった。

白状したあとで、初音はしみじみと言った。

「おれは、つかまってほっとしただよ。玄庵先生は、おれが考えていたのとは大違いの、りっぱなお人じゃ。おせきさんも、おっかあのことをおれに打ち明けたあと、玄庵先生を許してやってくれと、そう言っただ。だからおれも、半年迷っていたんだ。ところが、座長から弟に手を貸せと言われて、魔が差しちまった。先生に、気がつかぬうちに盗っ人の手伝いをさせ、それを天下にぶちまけりゃあ仕返しができる、と思ったのが間違いじゃった」

小源太はそこで、初音が終始玄庵に〈先生〉の敬称を忘れず、呼び捨てにしなかったことに気づいた。

大熊座の熊三郎が、間の悪いときに水さえ向けてこなければ、初音は玄庵への仕返しをあきらめていたはずだ。

賽《さい》の目は、どこで変わるか分からない。

表の土間では、香山利右衛門らが灰吹き三五郎一味を、詮議している。

いったい、どうなるのだろうか。

小源太は、初音の背中に目をこらした。

十

茶をたてながら、長谷川平蔵が言う。

「熊五郎が、灰吹きの三五郎に妙な入れ知恵をしたのが、運の尽きになったのだ」

俵井小源太は、首をかしげた。

「わたくしには、よく分かりませぬ。どういうことでございますか」

「玄庵が往診した京屋に、たまたま三五郎が目をつけていた、とは思われぬ。京屋は、もともと建物の構えが厳重にできていて、押し込みにくい店だ。それがにわかに、京屋への押し込みを決めたとなれば、例の玄庵の往診と関わりがある、とみるのが道理だろう。おそらく三五郎が、つい飛びつきたくなるようなうまい話が、玄庵の筋から流れたのではないか。そう思ったのよ」

平蔵が言うと、柳井誠一郎はなるほどというように、うなずいた。

「利右衛門の詮議で、玄庵に関わりなく熊五郎が三五郎に対して、小助の手引きの話を流したことが、明らかになっております」

「うむ。熊五郎と三五郎は、その昔東海道筋で、ともに雲助《くもすけ》をしていた。ただし、かならずしも仲はよくなかった、と白状しておる。熊五郎は、三五郎に京屋を襲わせることで、自分が海然寺に押し込むための、目くらましにしようとしたのだ。まさか、仲間に銀松がもぐり込んでおるとは、三五郎も知らなんだであろうし、そもそも熊五郎の話を真に受けたのが、運の尽きというわけよ」

小源太は、またまた首をひねった。

「それはともかく、玄庵の駕籠の底に小助が忍んで、店にもぐり込むなどという手口に、殿はなぜお気づきになられたのでございますか」

平蔵は、小源太の前に茶碗を置いた。

「引き込み役なしで、やすやすとくぐり戸から押し込むには、あらかじめだれかを店の中に、ひそませておかねばならぬ。加賀屋と遠州屋をみても、それができるのは往診に行った、玄庵の駕籠だけだ。おりんと友次郎に聞いたのだが、玄庵の駕籠は見たとおり豪華な作りで、中の座台がかなり高い。それは、乗りおりするときの様子でも、よく分かる。もし、座台の下が空洞になっているならば、子供の一人くらい隠れる余地はある、と読んだのだ。しかし、子供に引き込み役をやらせるのは、いかにも無理がある。そこで思い出したのが、お美於とおりんが野田村で聞き込んだ、初音が見世物一座に身を置いていた、という話よ。あの手の一座には、かならず大男と小男が対になって演じる、軽業のようなものがある。初音との関わりで、小助なる者がその役を務めたことは、すぐに見当がついたわ」

小源太は、菓子を飲み込んだ。

「なるほど、さようでございましたか。それにしても、熊五郎がおとりにつかっただけの京屋に、同じような小男を送り込まれたのは、さすがでございます」

「うむ。くぐり戸をあける者がいなければ、三五郎一味が押し込みをやめて、引き上げる恐れがある。お縄を打つためには、押し込みをかけさせねばならぬからな」

平蔵はそう言って、小さく笑った。

小源太は、急いで茶を飲み干し、茶碗を置いた。

「殿はその小男を、どこで調達されたのでございますか。このあたりに、見世物小屋らしきものが出ていた、という記憶はございませんが」

平蔵は手を叩き、にじり口の障子に声をかけた。

「おりん。そこに来ておるか」

外から、返事がある。

「はい、まいりましてございます」

「三吉も一緒か」

「はい。そばに控えております」

「三吉。こたびの役目、よく相勤めた。ほめてとらすぞ」

「ありがとうございます」

小源太はあっけにとられ、平蔵と誠一郎の顔を見比べた。

「そ、それでは京屋に送り込んだ小男とは、さ、三吉のことで」

「さよう。三吉は年のわりに、まだ小柄だからのう。三五郎も夜目に、こやつなら駕籠に隠れられるだろうと、頭から信じ込んだに違いないわ」

平蔵はそう言って、からからと笑った。


一月後。

灰吹き三五郎一味は、それまでの押し込みも罪に問われ、磔、獄門。

熊五郎一味と、大熊座の座長熊三郎、座員の小助は、遠島。

初音は、罪一等を減じられて、石川島の人足寄場送り。

筒井玄庵は、知らぬこととはいいながら、盗っ人の片棒をかついだことで、急度《きっと》叱りを受けたものの、お構いなしとなった。

それからしばらくは、〈ほっとけ玄庵〉とからかわれたが、名医としての評判は落ちなかった。

平蔵狩り

一

「本所《ほんじょ》のへいぞう、といえば分かる、と言われたと」

「へえ。そうお尋ねしたら、どなたはんもすぐに分かる言わはった、と母は申しておりました。字は平らかの平に、お蔵屋敷の蔵だとお言いやした、と」

京訛りでそう言って、いせと名乗った女は目に不安と期待の色を浮かべ、清右衛門《せいえもん》を見返した。

清右衛門は腕を組み、どうしたものかと考えを巡らした。

本所の平蔵か。

一口に本所といっても、北は中之郷瓦町から南は深川近くまで及び、含まれる地域は相当広い。

主要な部分は、縦横に流れる小さな川で区切られており、ことに南本所は川沿いに展開する町屋が、密集する武家屋敷を取り囲む形になっている。

いせは、年のころ十七、八の娘盛りで、瓜実顔《うりざねがお》の美しい女だった。

江戸女を思わせる、しゃきとしたたたずまいに加えて、京女のえもいわれぬたおやかさが、体からにじみ出ている。

清右衛門は、内心めんどうなことになった、と思った。

いせは前日の朝がた、大川を渡って本所へたどり着き、あちこち〈本所の平蔵〉を尋ね歩いた、と聞いている。

ただ、探し求める相手は住む町の名も知れず、通りの名も分からず、ただただ〈本所の平蔵〉というばかりなのだ。

尋ねられた町の者は、遠く上方からくだって来たいせを気の毒がり、近所の者たちに聞いて回ったらしい。

しかし、ありそうであまりない名前なのか、これまでのところ平蔵という名の男に、思い当たる者はだれもいない、とのことだった。

思い余った町の者の一人が、たまたま月《がち》行事に当たっていた本所花町、緑町の町名主、清右衛門のところへ娘を回してよこした。

話によると、いせは京都の西本願寺《にしほんがんじ》の北にある天使突抜《てんしのつきぬけ》、という奇妙な名前の通りで、母親のしまと二人小間物屋を営んでいた。

もっとも、店の方は母親が一人で切り回し、いせは奥で子供たちに絵を教えていた、という。

ところが、つい半年ほど前しまが卒中で倒れ、十日とたたぬうちに死んでしまった。

そのいまわの際に及んで、しまは思いがけないことを打ち明けた。

これまで、父親はいせが赤子のときに死んだ、と言っていたのをにわかにひるがえし、実は生きているかもしれぬというのだ。

それに加えて、いせは母親が言い遺したことをさらに詳しく、清右衛門に告げた。

その話はこうだ。

安永二（一七七三）年の四月、三十歳のおりにしまはある男と一夜だけ、しとねをともにした。その、たった一度の契りで身ごもり、翌年生まれたのがいせだ、というのだ。

男とはそれきり、会っていない。

しまによると、相手は二つ三つ年若のがっしりした男で、話しぶりは上方になじまぬ、東国言葉だった。いかにも世慣れた、遊び人のようにも見えた、という。

しまは、不自由になった口から声を絞り出し、たった一度とはいえ決して過ちではなく、それなりのいきさつがあったのだ、と訴えた。

しかし、いせがそのいきさつとやらを聞き出す前に、しまは息を引き取ってしまった。

わずかな手がかりは、一夜を過ごしたあと相手の男が漏らしたという、次のような言葉だった。

何かのことで、京都にいられぬ仕儀になったら、江戸へくだって来い。大川を渡ると、本所というところがある。そこで、平蔵を尋ねるがよい。本所の平蔵、といえば知らぬ者のない、天下御免の名前だ。すぐに自分のところへ、連れて来てくれるだろう。

そう言った上に、まとまった金をしまに与えた、という。

しまは、それを元手に自分の家をしかるべく調《ととの》え、小さな小間物屋を開いた。

しかし、ここ数年はその商いも決して景気がいい、というわけではなかった。

母親が死んだのをしおに、いせは店を畳んで江戸へくだってみようか、という気になった。幸い、それを賄うだけの金は、たまっている。江戸で、子供たちを相手に絵を教えれば、暮らしはなんとかなると思った。

それより何より、一度でもいいから死んだと思っていた父親に、会ってみたい。しまもそのつもりで、最後の最後に真実を打ち明けたに違いない。

そう決めたら、矢も盾もたまらなくなった。

いせは今年十八歳、その平蔵なる男も相応に年をとったはずで、四十半ばに達していよう。

生死のほどは、なんともいえぬ。

たとえ存命だとしても、今なお本所とやらに住み続けている、という当てはない。

それでもいせは、父親に会えるかもしれぬという、いちるの望みを頼りに京都を出て、江戸へくだって来たのだった。

話を聞き終わると、清右衛門は組んだ腕を解いて、顎をなでた。

「それで、もしその平蔵さんとやらに会えたら、どうなさるおつもりだ」

「まだ、決めておりません。そやかて、お金がほしいとか養ってくれとか、そないなことを言うつもりは、爪の先ほどもございません。それどころか、先方がお望みやしたらこのわたしが、あんじょうお世話してもええ思うとります。今お話ししましたように、母が商いで溜めたお金を、そっくり持ってまいりました。それに、お子たちに絵を教えるたつきもございますよって、ご迷惑をおかけすることはあらしまへん」

きっぱり言ういせに、清右衛門はとまどった。

「江戸には、女の絵師なんていうものは、ほとんどいないよ。ご飯を食べていけるかね」

いせは、負けん気を見せて唇を引き締め、胸を張った。

「子供のころ、玉瀾《ぎよくらん》先生いわはる絵のお師匠さんに、筆遣いを習いました。京では、よく知られたおかたでございます」

清右衛門は、驚いて顎を引いた。

「玉瀾先生。まさか、大雅堂《たいがどう》のおかみさんの」

「へえ。先生は、わたしが十一歳のときに亡くなりはられましたけれど、お元気なころはようほめてくださいました」

それがほんとうなら、いせもそこそこの腕前なのかもしれぬ。

玉瀾は、十数年前に死んだ池大雅《いけのたいが》の妻で、自身東国にも名の知られた、女絵師だ。

感心しながらも、清右衛門はだいじなことを思い出して、問いただした。

「それはそうと、肝腎なことを聞き忘れていました。もしも、その平蔵さんに女房子供がいたら、どうするつもりだえ。いきなり、おまえさんが実の娘だなどと、名乗ってごらんな。とんでもない騒ぎになるよ」

いせは、笑みを浮かべた。

「そのときは、娘やなどと名乗るつもりは、あらしまへん。昔、母がお世話になったお礼参りに参じました、とだけ言うていんでしまいます」

その口ぶりに、迷いは感じられない。

清右衛門は、膝を直した。

「そりゃまあ、いい心がけだ。しかし、生きているかどうか分からぬのに、あまり先走りしちゃいけないよ」

いせが、真顔にもどる。

「何か、下心があるんやないかと思われへんように、あらかじめ申し上げただけでございます」

見抜かれたような気がして、清右衛門は咳払いをした。

話を変える。

「ところでおまえさん、どこかに宿を取っていなさるのかね」

「へえ。吾妻橋《あづまばし》を渡ってすぐの、中之郷瓦町の吾妻屋という旅籠に、宿を取っておます」

清右衛門は、軽く唇を引き結んだ。

吾妻屋のあるじ光右衛門《みつえもん》は、前歴にあやふやなところのある男で、とかくの噂も聞こえてくる。

さりげなく言う。

「長逗留になるかもしれないし、吾妻屋さんのところで何か不都合なことでもあったら、遠慮なくわたしに言いなさい。そのときは、いくつか懇意にしている旅籠があるから、口をきいてあげよう」

いせは、畳に三つ指をついて、頭をさげた。

「おおきに、ありがとうさんでございます」

そのとき、女房のまつえが土瓶を持ち、茶を入れ替えに来た。

まつえは、いせの湯飲みに茶をつぎ足しながら、軽い口調で言った。

「聞くともなしに、耳にはいってしまったんだけれど、本所の平蔵さんとやらをお探しだそうだね、おまえさん」

「へえ。本所の平蔵言うたら、どなたはんにもすぐ分かると請け合うた、と母は申しておりました」

まつえは、清右衛門に目を移した。

「ねえ、おまえさん。本所の平蔵と聞いて、何か心当たりはないかえ」

子細ありげな口ぶりに、清右衛門はちょっと身構えた。

「まあ、このあたりの町内にも四人ほどいるが、一人はおなじ〈へいぞう〉でも三の〈ぞう〉だから、字が違う。もう一人は、もう七十過ぎの死にかけたじいさんだし、あとの二人はまだはたち前だ。おいせさんの父親には、当てはまらないよ」

まつえが、じれったげに眉を寄せる。

「そうじゃなくてさ。平蔵と聞けば、すぐに思い当たるお人がいるじゃないか、それらしい年格好の」

「何を言ってるんだ。わたしの存じ寄りの中で、ほかに平蔵という名の男はいないよ。それともおまえに、だれか心当たりでもあるのかい」

「心当たりも何も、だれ知らぬ者のない本所の平蔵といったら、あのおかたしかおられますまいに」

清右衛門は冷や汗をかき、笑いながら応じた。

「ああ、それはおれも考えたさ。しかし、名前が同じだからといって、あのおかたを引き合いに出しちゃ、いけないよ。恐れ多いにもほどがある」

「けれど、このあたりに平蔵、という名前だけで通じるおかたが、ほかにいますかえ」

二人のやりとりを聞いて、いせが膝を乗り出してくる。

「すんまへん。その、平蔵さまといわはるおかたは、どなたでございますか」

まつえが、清右衛門にうなずきかけて、先を促す。

少しためらったものの、清右衛門はしぶしぶ口を開いた。

「長谷川《はせがわ》平蔵さま、とおっしゃるおかただ」

「長谷川平蔵さま。どちらにお住まいのおかたでございますか」

「長谷川さまのお屋敷は、この近くの三之橋通りにある。だがね、おまえさんが探していなさる平蔵とは、関わりがないよ。その証拠に、これまであちこち聞き回ったはずだが、だれも長谷川さまのお名前を、出さなかっただろう」

「へえ、初めて聞くお名前でございます。そないに、ご高名なおかたでございますか」

「そうさ。だれも、すぐには口に出せないほど、名の知られたおかただ」

清右衛門は、冗談めかしてそう言い放ったが、いせは眉一つ動かさなかった。

「その平蔵さまは、十八年前も今と同じように、ご高名でいらはりましたので」

抜かりのない問いに、清右衛門はぐっと詰まった。

「さて、そこまではちょっと、な」

また腕組みをして、考えを巡らす。

今の長谷川平蔵は、火盗改《かとうあらため》の頭領として隠れもない存在だが、十八、九年前はどうであったか。

清右衛門は、あらためて言った。

「今は確かにご高名だが、そのころ長谷川さまはまだお役についておられず、お名前も知られておらなんだ。それに、京都へ行かれたことがある、とは思えないね」

「長谷川さまは、今どないなお役についておいやすのでございますか」

「火付盗賊改方《ひつけとうぞくあらためかた》という、火つけや盗っ人をとっつかまえる、だいじなお役目だよ」

いせは、少しのあいだ考えていたが、ふたたび畳に指をついて、頭を下げた。

「どうぞ、その長谷川平蔵さまにお目通りがかなうよう、お力添えいただけまへんやろか」

言葉つきはていねいだが、うむを言わせぬ押しの強さにたじろいで、清右衛門は顎を引いた。

「それは、あんまりむちゃな注文だよ、おいせさん。長谷川さまにお目通りだなんて、地元に住むわたしたちでさえそうたやすく、できることじゃないんだ。それこそ火つけや、押し込みでもやってつかまらないかぎり、長谷川さまにはお目にかかれないよ」

いせは、畳に指をついたまま顔を上げ、すがるように清右衛門を見た。

「そこをどないかして、お頼みでけまへんやろか。お人違いでおいやしたら、きっぱりあきらめて京へもどりますよって、どうぞ望みをかなえてやってくださいませ」

「そう言われても、無理なものは無理だ。まさか長谷川さまに、その昔京都で女子と床をともになされましたか、などと聞けるものかね」

「そんなら、ただお顔を一目見るだけでも、かましまへん」

清右衛門は、いささか途方に暮れて、まつえを見た。

まつえが、けしかけるように、顎を突き出す。

「ここまで、思い詰めていなさるんだ。力になっておあげなさいましよ」

「しかし、いきなりお役宅に駆け込むわけにも、いかないだろう」

清右衛門が応じると、まつえはまつげをひらめかせた。

「ねえ、おまえさん。植富の親方を通じて、今永《いまなが》のご隠居さまにお頼み申したら、どんなものだろうねえ」

それを聞いて、清右衛門はすわり直した。

「なるほど。今永のご隠居か」

実をいえば、なんとなく同じことを考えていたので、背中を押された気がした。

植富こと植木屋の富五郎《とみごろう》は、平蔵の屋敷の庭回りを一手に引き受けるほか、長屋に住む植木好みや、盆栽道楽の家士たちにもかわいがられており、何かと役宅に顔のきく男だ。

今永仁左衛門《にざえもん》は、そうした中でも大の盆栽好きで知られる、古手の書役同心だった。ふだんから、富五郎が役宅に来るたびに長屋へ呼び入れ、盆栽談義を繰り広げている。

しかも、清右衛門とは碁がたき同士、というあいだ柄だ。非番のときなど、清右衛門の家にしばしば足を運んで、終日碁を打つ仲だった。

その仁左衛門が、十月ほど前にあっさり隠居を申し出て、一人息子の仁兵衛《にへえ》に跡目を譲った。

仁兵衛は、まだ若いのに剣術の腕が立つこともあり、書役から召捕廻り方に回された。まだ独り身で、両親と一緒に長屋で暮らしている。

黙り込んだ清右衛門を見て、まつえが催促するように言った。

「今永のご隠居さまなら、長谷川さまにどんなことを申し上げても、おとがめを受けることはございますまいよ」

確かに仁左衛門は、長谷川家に仕える最古参の家士の一人で、身分は同心ながら平蔵の信頼が厚い。

どちらにせよ、いせの思い詰めた顔を見ると憐れな気がして、心が揺らいだ。

そもそも、平蔵にそのような図らざる過去があるとは、とても思えぬ。どうせ、人違いに決まっている。

別人と分かれば、いせも納得してそれ以上の平蔵探しをやめ、京都へもどる気になるだろう。

長谷川平蔵の噂は、よく耳にする。悪には厳しいが、人情の機微に通じたなかなかの人物、との評判が高い。

人違いをしたところで、わけを話せば分かってもらえるはずだし、まさかにお仕置きを食らうこともあるまい。

清右衛門は、腕組みを解いた。

「分かった。お許しが出るかどうか分からないが、やるだけやってみよう」

二

門番が、くぐり戸をあけてくれる。

清右衛門といせは、長谷川平蔵の役宅にはいった。

門の内側で、今永仁左衛門の息子の若い同心、仁兵衛が待っていた。

「これは、今永さま。このたびは、慮外な願いをお聞き届けくださいまして、まことにありがとう存じます」

清右衛門は、精一杯恐れ入った物腰と声音で、仁兵衛に頭を下げた。

後ろに従ういせも、同じように頭を下げて言う。

「京からまいりました、いせと申します。このたびは、長谷川平蔵さまにお目通りがかなう由、まことにありがとうございます」

場所柄を考えてか、武家の娘のようなきちんとした挨拶をするのに、清右衛門はほっとした。

抑揚には、まだ京訛りの趣がいくらか漂っているが、それがかえって快い気もする。

仁兵衛が、ぶっきらぼうに応じた。

「礼を言うなら、おれではなくおやじに言ってくれ。口達者のおやじが、殿さまを説き伏せて、お許しを得たのだ」

清右衛門は、仁兵衛を見上げた。

「恐れ入ります。ご隠居さまは、どちらにおられましょう。お長屋の方でございますか」

「いや。今日は朝から、巣鴨の植木市に行ってしまった。おまえたちの取り次ぎは、おれが引き受ける」

「それは重ねがさね、お手数をかけて申し訳ないことでございます」

清右衛門は、あらためて頭を下げた。

前日の朝、役宅に行く植木屋の富五郎を通じて、仁左衛門にいせの一件を詳しく伝え、平蔵の意向を尋ねてもらったのだった。

すると、早くも八つ過ぎには富五郎がもどって来て、対面のお許しが出たと伝えた。

翌朝四つに、いせを帯同して役宅へ出頭するように、との内意がくだったという。諾否《だくひ》が出るのに、早くても数日はかかると思っていたので、清右衛門はむしろ焦ってしまった。

すぐに、吾妻屋へ使いを出していせを呼び寄せ、事の次第を伝えた。

いせは、焦るどころかすなおに喜びの色を表して、清右衛門に何度も頭を下げた。

一夜明けて、さすがに気を張り詰めた様子のいせを、仁兵衛が遠慮のない目で品定めするのを、清右衛門は内心ほくそ笑みながら見た。

このような、ぶしつけ極まる嘆願を聞き入れてもらった今は、いせが人並み以上の美女だということが、せめてもの救いになった。

仁兵衛が、顎をしゃくる。

「一緒に、庭先へ回れ。長谷川さまは、縁側で小鳥に餌をやっておられる」

仁兵衛の案内で、清右衛門はいせを後ろに従え、玄関の脇から建物をぐるりと回って、日当たりのよい庭先へ出た。

開け放たれた長い廊下に、あぐらをかいて鳥籠に向かう男の姿が、目にはいる。背後の障子は、閉じられたままだ。

これが平蔵だろう。

初めて見る平蔵は、大柄ではないががっしりした体つきの、四十半ばの男だった。無造作にあぐらをかいて、鳥籠の格子のあいだから茶匙らしきものを差し入れ、小鳥に餌をやっている。

仁兵衛は縁先に進んで、平蔵に声をかけた。

「殿。花町、緑町の名主清右衛門と、京都からくだってまいりましたいせを、出頭いたさせました」

平蔵は、餌をやる手を休めず、ぶっきらぼうに言った。

「二人とも、そこの腰掛けにすわって、少し待つがいい」

縁先から二間ほど離れたところに、緋毛氈《ひもうせん》でおおわれた長腰掛けが、置いてある。

それに向かって、仁兵衛が顎をしゃくった。

「そこに控えておれ」

清右衛門は、首を振った。

「いえ、このままで、お待ちいたします」

たとえ勧められても、お上の重職にある旗本の面前で、腰掛けを使うわけにいかない。

仁兵衛もそれ以上は勧めず、二人の斜め後ろに控えた。

やがて、餌をやり終えた平蔵が茶匙をしまい、二人の方に顔を振り向けた。

「おれが、長谷川平蔵だ。早う、そこへすわれ。遠慮はいらぬ」

清右衛門は、頭を下げた。

「わたくしめが花町、緑町の名主、清右衛門でございます。また、これに控えておりますのが、京都からくだってまいりました、いせと申す女子にございます」

いせも頭を下げる。

「いせにございます。このたびは、ぶしつけな願いをお聞き届けくださいまして、まことにありがとう存じます」

「挨拶はよいから、腰掛けにすわれ。風通しが悪くなるわ」

そこまで言われては、辞退するわけにいかぬ。

「それでは、まことに不調法ながら、使わせていただきます」

清右衛門は、いせを促して腰掛けに向かい、腰を下ろした。

そこからだと、少し平蔵の顔を見上げるかたちになる。

平蔵は頰の豊かな、いかにも柔和な顔をしているが、眼の光だけは強い。怒らせたら、さぞ恐ろしい男になるだろう、と清右衛門は思った。

平蔵が、いせを見て言う。

「あらましは、仁左衛門から聞いた。おまえの母親は、十八年前に京都で平蔵と名乗る東国者と契って、おまえを生んだということだな」

むきつけな問いに、清右衛門は少したじろいだが、いせは微動だにしない。

「はい。母から、そのように聞かされましてございます」

「そやつは、何かのおりは本所の平蔵を訪ねて来いと、そう申したのだな」

「はい。本所の平蔵といえば、だれ一人知らぬ者のない名前だ、と」

「その平蔵、何をもってそれほど名を売ったと申したのか、母親から聞いておらぬか」

「聞いておりませぬ。卒中で倒れましたゆえ、母は亡くなるまで言葉が不自由になり、ろくに話ができなかったのでございます」

平蔵は、帯のあいだから扇子を抜き取り、ぱちりぱちりと鳴らした。

「十八年といえば、ずいぶん長い年月よのう。土地も人も、だいぶ変わっていような」

「はい。実のところ、その平蔵と名乗られたおかたが、今も本所にお住まいなのかどうかさえ、さだかではございませぬ。それで、尋ねあぐんでおります」

「おれのほかに、平蔵という名の男が見つからなかった、というのはまことか」

「はい。吾妻屋という旅籠を足場に、あちこち本所の町を尋ね歩きましたが、どこにも見つからなかったのでございます」

「つまり、おまえが尋ね当てた最初の平蔵、そしてただ一人の平蔵がこのおれ、というわけか」

清右衛門は、急いで口を挟んだ。

「ご承知のように、本所の町は広うございます。長谷川さまと同じ、平蔵を名乗る者はほかにも大勢いる、と存じます。たまたま、それを知る者に出くわさなかっただけで、今少し時をかけて探せば、きっと見つかりましょう」

それを断ち切るように、いせが口を開く。

「恐れながら、お尋ねいたします。長谷川さまは、十八年前京にお越しになったことが、ございましょうか」

平蔵は、わずかな間をおいて、含み笑いをした。

「うむ。そのころしばらく、京都に住まったことがある。おれのおやじが、京都西町奉行を仰せつかって、一緒に京都へのぼったのだ。もっとも、おやじは赴任して九月ほどでみまかったから、あまり長居はしなかったがな」

「京へおのぼり遊ばしたのは、いつのことでございますか」

「あれは、確か明和の最後の年、安永に改元される少し前の、十月のことだ。おやじは翌年の六月、奉行在職中にみまかった」

いせが、少し体を乗り出す。

「わたくしが生まれましたのは、安永三年の二月でございます」

清右衛門は、あわてて頭の中で暦をめくった。

もし、安永二年の父親の死よりも前に、平蔵がしまと関わりを持ったとすれば、勘定は確かに合う。

いや、まさか。

平蔵は、少しのあいだいせを見つめていたが、薄笑いを浮かべて言った。

「おまえは、母親に似ているのか」

その問いに、いせは虚をつかれたようだ。

「ひとさまは、よう似ていると言わはります」

にわかに、京訛りが出た。

平蔵が、さもあろうというように、深くうなずく。

「さもあろうな。まるで、生き写しよ」

清右衛門はしんから驚き、思わず腰掛けから腰を浮かした。

生き写しとは、どういう意味だ。

まさか、まさかに、長谷川平蔵がいせの探している、平蔵ではあるまい。

しかし、いせは心の動きを隠すように、静かな声で聞き返した。

「長谷川さまには、母にお会いいただいたことがある、との仰せでございますか」

平蔵がうなずく。

「そうだ。それだけではない。確かに、契った覚えもある」

背筋に、一時に汗が噴き出たような気がして、清右衛門は唾をのんだ。

かりに、身に覚えがあるとしても、長谷川平蔵がそれほどあっさりと、いせの探している当の平蔵だ、と認めるとは思わなかった。

いせが、一呼吸おく。

「恐れながら、長谷川さまには奥方さまやお子さまが、おられましょうか」

「いるが、それがどうした」

いせは口を引き結び、軽く頭を下げた。

「そうしたお立ち場でありながら、そのようにあっさりとわたくしを娘と認めて、よろしいのでございますか」

平蔵が、乾いた笑い声を立てる。

「そう決めつけるのは、まだ早いぞ、おいせ。その時期に、おしまと契った男がおれ一人だったと、証しを立てるまではな」

いせはきっとなって、背筋を伸ばした。

「母は、さような身持ちの悪い女子では、ございませぬ」

「かもしれぬが、それはおまえが物心ついてから、あとの話であろう。生まれる前の母のことなど、分かるわけがあるまい」

清右衛門は横目で、いせが唇を引き締めるのを見た。

それでも、いせはいっこうにへこたれた様子もなく、平蔵に言葉を返した。

「仰せのとおりでございます。もう一つだけ、お教えくださいませ。今、長谷川さまのお名前が、本所の平蔵で十分通用することは、よく分かりました。ただ、十八年前は、いかがでございましたか。やはり、今のようにその呼び名で、通っていたのでございますか」

「おお、通っていたとも。もっとも、意味合いはだいぶ違うがな」

「それは、どのような」

「おれのおやじが、屋敷替えでこの屋敷に移って来たのは、明和元年のことでな。おれはまだ、はたち前後の遊び盛りであった。それから、御目見《おめみえ》のすむ二十三のころまで、本所深川をよく遊び歩いたものよ。体裁が悪いから、元服前のテツサブロウを名乗って、悪さをしたのだ。さよう、おれはそのころ本所のテツと呼ばれる、だれ知らぬ者のない遊び人だったのさ」

清右衛門は、はっと胸をつかれた。

唐突に、若いころ本所一帯に悪評を轟かせた、テツと呼ばれる暴れ者がいたことを思い出す。

確か、金偏に夷《えびす》と書く銕という字で、本名は銕三郎《てつさぶろう》だったと記憶する。

あのテツが、今目の前にいる長谷川平蔵だ、というのか。

ほとんど信じられぬ思いで、清右衛門はまじまじと平蔵を見直した。

あのころ一度か二度、テツを遠くから見かけた覚えがある。

若かったせいもあろうが、テツはもっと痩せた男だったはずだ。目の鋭いところを別にすれば、とても今の平蔵と同じ人物とは思われぬ。

そんな、清右衛門の葛藤も知らぬげに、いせが言う。

「そういたしますと、十八年前に母にお名乗り遊ばしたとすれば、本所の平蔵ではなく本所のテツ、と名乗ったはずだとの仰せでございますか」

「いや、それはなんとも言えぬ。本所の平蔵、と名乗ったやもしれぬ」

清右衛門は、頭の中がこぐらかった。

いせの父親であることを、平蔵は認めようとしているのか。それとも、認めまいとしているのか。

いったい、どちらなのだ。

いせは続けた。

「そのおり平蔵さまは、母にまとまった金子《きんす》をくだしおかれた、とのことでございます。母は、それを元手に小間物屋を開き、わたくしを生み育ててくれました。いずれにせよ、わたくしども母子は平蔵さまに、厚い恩義がございます。もし、その平蔵さまが長谷川さまでおいやすなら、あらためて母の分まで御礼を申し上げます」

そう言って腰を上げ、深ぶかと頭を下げる。

清右衛門も、あわててそれにならった。

平蔵も、やおらあぐらをあらためて、縁に正座した。

「おいせ。おれが、おまえの父親か否かの穿鑿《せんさく》は、やめておこう。おまえの望みを、申してみよ。京都へもどってやり直す、というなら餞別を用意してやろう。また、おまえは絵をよくするそうだが、江戸に残って絵師の道を進みたいなら、それなりの手当をしてつかわす。二、三日考えて、清右衛門に返事をするがよい」

清右衛門は、懐の深い平蔵の対応に、感服した。

「ありがとう存じます」

そう言ってから、いせはにわかに上体を起こして、平蔵を見上げた。

「卒爾《そつじ》ながら、最後に確かめさせていただきたいことが、ございます。よろしゅうございましょうか」

「なんだ。申してみよ」

「母が言い遺したことで、一つだけ申し上げげなんだことがございます」

清右衛門は、何を言い出すのかと不安になり、いせを見た。

平蔵も、興味を引かれた体で、いせを見返す。

「気を持たせるでない。早く申せ」

「母によれば、平蔵と名乗った男の右の乳の上に、濃い茶色というか鉄錆色《てつさびいろ》というか、そうした色合いの丸い痣《あざ》があった、というのでございます。恐れながら、長谷川さまに」

最後まで言わせず、清右衛門はいせをさえぎった。

「これ、さようなぶしつけなことを、お尋ねするものではない。長谷川さまを、どなたと心得ているのだ。お目通りがかなっただけでも」

そこまで言いかけたとき、今度は平蔵が割ってはいる。

「かまわぬぞ、清右衛門。みなまで言わせるがよい」

清右衛門は口を閉じ、恐縮して首をすくめた。

物怖じもせず、いせが続ける。

「長谷川さまに、そのような痣がおありでございますか」

清右衛門は冷や汗をかき、ますます首を縮めた。

少し間をおいて、平蔵が応じる。

「何ゆえ、そのようなだいじなことを、今まで黙っていたのだ。初めに、それを確かめさえすれば、人違いかどうかすぐに分かるであろうに」

いせは、頭を下げた。

「堪忍してくださいませ。ひとさまが、わたくしに下心があるのではと疑うように、わたくしも本物の平蔵さまと名乗るおかたを、すぐに信じるわけにはまいりませぬ。ご当人になりすまし、わたくしを悪所へ売り飛ばそうとする、悪いおかたがいるやもしれませぬ。そのために、最後の最後まで痣のことを、黙っていたのでございます」

清右衛門は、首を振った。

「たとえそうだとしても、よりによって長谷川さまにそれをお尋ねするとは、いったいどういう料簡だ」

とがめられても委細かまわず、いせはまっすぐに平蔵を見て続けた。

「それで、長谷川さま。お答えは、いかがでございますか」

平蔵は、さもおかしそうにからから、と笑った。

それから、おもむろに襟元をくつろげ、右の乳の下まで引き下げる。

それを見て、清右衛門はほっと息をついた。

いせが、わずかに身じろぎする。

平蔵は言った。

「見てのとおりだ。得心がいったか、おいせ」

いせはまた、深く頭を下げた。

「いきましてございます。ご無礼をいたしました」

平蔵は、襟を直して言った。

「三日後に、今一度清右衛門ともどもこの役宅へ、出頭してまいれ。刻限は今日と同じ、朝四つといたす。忘れるでないぞ」

三

三日後の朝四つ前。

長谷川平蔵の役宅の門から、男たちがぞろぞろと出て来る。

それを見て、清右衛門は首をひねった。

どの男も、まだ三十歳にも達していないような若い衆か、明らかに六十を過ぎていると思われる老人の、どちらかだった。

全部で、三十人ほども、いるだろうか。

男たちは口ぐちに何かつぶやき、いかにもわけが分からぬという顔つきで、門前にたむろする。なんとなく、去りがたい様子だ。

しかし、門番が声を出しながら棒で追い立てると、しぶしぶその場を離れ始めた。

いせが、散って行く男たちを見送りながら、不思議そうに言う。

「どないしたんでおまっしゃろな」

清右衛門は、男たちがいなくなるのを待って、応じた。

「おまえさんも、小耳に挟んでいたと思うが、あのあと長谷川さまのお役宅から、本所一帯の町名主にお触れが回ってね。受け持ちの町内に住む、〈へいぞう〉と名のつく男をすべて狩り出して、本日朝五つ半にお役宅へ出頭させよ、というのさ」

「へえ、その噂は吾妻屋はんの旅籠でも、聞いておりました」

「それで集まったのが、今さっきの連中だろうよ」

いせが、当惑顔になる。

「わたしが尋ね回ったときには、一人の平蔵はんも見つからへんかったのに、あないにぎょうさんいてはりましたのか」

「どういう字を書くかは問わずに、〈へいぞう〉と称する男を全部集めよ、というご指示だった。おまえさんが、あてもなく町の者に聞き回ったくらいじゃあ、とてもそこまではできないよ。それを、町名主から五人組、地主、家持ち、家主、地借り、店借り《たながり》と、上から下へお触れを回したら、あっという間にあれだけ集まったわけさ。あんなにたくさんいるとは、わたしも知らなかったがね」

清右衛門が答えると、いせはあきれたというように、首を振った。

「それじゃ、今出て行った男衆は」

「今の男たちは、若い衆と年寄りばかりだった。たぶん、おまえさんのおとっつぁんに不似合いな、半端な年格好の連中がはじき出されたのだろう」

いせが、納得したようにうなずく。

「そう言われてみれば、そないな男衆ばっかりやしたな」

「出頭して来たものの、おまえたちには用がないと言われて、わけも分からずたむろしていた、というところだろう。ただし、お屋敷の中には年格好の当てはまる連中が、何人か残っているはずだ」

そのとき、四つの捨て鐘が鳴り始めた。

「ささ、もう刻限だ。とにかく今永さまに、案内を請おうじゃないか」

清右衛門は、人だかりの消えた門に近づき、門番に名前と用件を告げた。

門番が、すぐにくぐり戸をあけて、二人を中に入れてくれる。

三日前と同じように、そこで今永仁兵衛が待っていた。

挨拶してから、清右衛門は聞いた。

「たいへんな騒ぎでございますな」

仁兵衛が、うんざりしたような顔をする。

「おれも、本所にこれほどたくさんの〈へいぞう〉がいるとは、思ってもみなかった。全部で、五十人近くもいただろう。そのうち、おいせの父親に当たらぬ年格好の者をはじいて、ようやく二十人ほどに絞ったのだ」

「その連中は、どこにおりますので」

「庭先に集めてある。おまえたちには、玄関からはいってもらう」

仁兵衛は、清右衛門といせを玄関に導き、式台に上がらせた。

二人は、だれもいない部屋と廊下を通り抜け、広間に連れて行かれた。

十二枚立ての障子が、すべて閉じられている。障子の外が明るいので、三日前に案内された庭先に臨む、あの長廊下だろうと見当がつく。

仁兵衛は広間を突っ切り、中ほどの障子を左右に開いた。

清右衛門は外を見て、われ知らず腰を引いた。

庭先に、二十人ほどの男たちがさまざまないでたちで、所在なげにたたずんでいる。

そのなりからして、商人もいれば職人らしき者もいるが、いずれも年格好は四十歳から五十歳、というところだ。

仁兵衛が言ったとおり、いせの父親にふさわしい年格好の〈へいぞう〉だけを、選びだしたらしい。

清右衛門といせは、障子から少し離れた座敷の中央に、並んですわった。

仁兵衛が、男たちに言う。

「おれは、火盗改長谷川組の同心、今永仁兵衛だ。このたび、おまえたちにここへ出向いてもらったのは、ほかでもない。これからおまえたちに、いくつか確かめたいことがあるのだ。正直に答えれば、それでよし。もし、偽りを申したり隠しごとをしたりして、あとでそれと分かったときは、きついお叱りを受けるはめになる。くれぐれも、心して返答するのだ。よいな」

仁兵衛の、居丈高な物言いに不安を覚えた様子で、男たちは互いに顔を見合わせた。

それにかまわず、仁兵衛が続ける。

「おまえたち、十九人そろった〈へいぞう〉の中に一人だけ、われらが目当ての平蔵がいる。それを探し出すのが、おれの役目だ」

それを聞いて、男たちのあいだにざわめきが起こる。

仁兵衛は手を上げて、それを制した。

「待て待て、心配いたすな。その平蔵には、お上からご褒美が出るのだ。かりにも、おとがめを受ける恐れはないゆえ、安心するがいい。とはいえ、欲の皮を突っ張らせて偽りを申すと、その分には差し置かぬ。あらかじめ、言っておくぞ」

今度は、男たちもそろって返事をしながら、頭を下げた。

仁兵衛は一息つき、あらためて口を開いた。

「まず初めに尋ねる。これまでに、いっとき京都に住まったことがある者、京都へのぼったことのある者がいたら、手を上げよ」

最初の問いに、男たちは互いに顔を見合わせたまま、だれも手を上げない。

仁兵衛は、辛抱強く続けた。

「何も、考えることはないぞ。たとえ、手形なしで関所破りをしたとしても、それをとがめ立てはせぬ。ともかく、京都の地を踏んだことのある者は、正直に申し出よ」

すると、あまり気の進まない様子ながらも、五人の男が手を上げた。

清右衛門は、思ったよりその数が多いことに、少し驚いた。考えてみれば、伊勢参りのついでに京へ足を延ばす、という者もいるだろう。

仁兵衛はその五人を、縁先に呼び寄せた。

腰を落とし、顔を見回しながら言う。

「おまえたちの中に、今から十九年前の安永元年、詳しく言えば改元以前の明和九年十月から、翌安永二年の六月までのあいだに、京にいた者がいるか。いたら、正直に申せ」

男たちは、また互いに顔色をうかがい合うだけで、何も言おうとしない。

仁兵衛が、厳しい声を出す。

「黙っていて、あとでそうと分かったときは褒美どころか、きついおとがめを受けるやもしれぬぞ」

清右衛門は、あまり気が張り詰めたので足がしびれ、少し膝を緩めた。

隣にすわるいせは、身じろぎもせず庭先を見つめている。

仁兵衛が、業を煮やしたように、立ち上がった。

「どうした。だれも、おらぬのか」

右端にいた、職人風の男がはじかれたように、口を開く。

「ごめんなすってくだせえやし。あっしが京都へのぼりやしたのは、つい三年前のことでごぜえやす。宮大工の修業を兼ねて、寺の修復の手伝いに行っておりやした。お話しの、十何年も前のことじゃあ、ごぜえやせん」

すると、ほかの男たちも堰を切ったごとく、行ったのは十年前とか子供のころとか、口ぐちに申し立てた。

中に一人だけ、口を閉じたままの男がいる。

左端に立つ、月代《さかやき》がわずかに伸びた四十半ばの、色の浅黒い小太りの男だった。

その男が、いかにも困り切った顔をこしらえて、おずおずと言う。

「実は、わたくしはこの土地の者ではございませんので、言いそびれておりました。申し遅れましたが、わたくしは旅商いをしております、武州本庄《ぶしゅうほんじょう》生まれの平蔵と申します。平らな蔵、と書く平蔵でございます」

「武州本庄生まれだと」

仁兵衛が聞き返し、清右衛門も驚いて男の顔を見直した。

いやな予感がする。

「はい。諸国を巡りまして、こちらの名産をあちらで売り、あちらの名産をこちらで売るという、名産売買の旅商人でございます」

清右衛門は、なるほどと思った。

日焼けした顔は、確かに旅商人のものだ。

「そうか。して、ここに出頭したのは、どうしたいきさつだ」

仁兵衛の問いに、男は当惑した顔になった。

「それが、たまたま三日前に江戸に立ち寄りまして、本所中之郷瓦町の備中屋《びっちゅうや》という旅籠に、泊まっておりました。ところが、いきなり町のお役人がお触れを出されたとかで、〈へいぞう〉と名のつく者はすべてこのお役宅へ出頭せよ、と言われたのでございます。宿帳には確かに、武州本庄の平蔵と記帳いたしました。わたくしは、江戸の者ではないと申し上げたのでございますが、備中屋のあるじが長谷川さまのきついお達しゆえ、どうでも出頭するように、と申すのでございます」

仁兵衛がうなずく。

「それはそれとして、今おれが申した安永二年前後に、京都へまいったのか」

「はい。京都には、二十年以上も前から毎年初夏に仕入れに行き、お尋ねの年にも確かにまいっております。どのようなご趣旨かは存じませぬが、わたくしはお上からご褒美を頂戴いたしたり、ましておとがめを受けたりする覚えは、毫《ごう》もございません。よくよく、お調べくださいまし」

そう言って、深ぶかと頭を下げる。

見たところ、着古した紺の無地の小袖に草履という、旅商人らしい地味な作りだ。旅に出るときは、それに加えて股引きにわらじばき、というでたちだろう。

仁兵衛は、ほかの四人の男をもとの場所にもどし、平蔵の前に片膝をついた。

「ありていに申せ。安永二年の初夏、京都へ行ったおりおしまという女子と、ねんごろになったであろう」

平蔵は、瞬きした。

「おしま。いえ、いっこうに覚えがございませぬが」

「隠さずともよい。旅から旅へ商いをしていれば、女子の肌が恋しくなるのは当たり前。契った覚えがあろう」

仁兵衛に決めつけられ、平蔵は喉を動かした。

「それは、わたくしもその土地どちの女子と、ねんごろになったことがない、とは申しませぬ。しかしながら、おしまという名前にはいっこうに、心当たりがございませぬ」

しどろもどろの返答に、仁兵衛はなおも畳みかけた。

「お上のご褒美が、ほしくないと申すか」

平蔵が、ぐっと詰まる。

「そ、それは」

仁兵衛は振り向き、清右衛門と並んですわるいせを、顎で示した。

「そこに控えるのは、おいせと申す女子だ。おまえが、おしまと契った翌年に生まれた、おまえの娘よ」

平蔵は目を丸くして、へっぴり腰になった。

まるで、その場から駆けて逃げ出したい、という風情だった。

「そ、そんな。まったく、身に覚えのないことでございます。本庄には、女房子供もおります。旅先で、子供のできるようなふらちなまねは、いたしたことがございませぬ。ましてや、おしまなどという女子は」

それを遮るように、いせが口を開いた。

「平蔵さま。わたくしは、あなたさまやお家のみなさまがたを、困らせるつもりはございませぬ。また、お金ほしさにくだってまいったわけでも、ございませぬ。死んだ母は、平蔵さまとはただ一夜だけのことではなく、いろいろといきさつがあった、と申しておりました。そのいきさつを、詳しくお尋ねするのも控えることにいたします。ただ、あなたさまとわたくしの母の、二人だけのことでございます。それは、わたくしのことを娘と認めてくだされば、それでよいのでございます」

「そう言われても、こちらには合点のいかぬことでございます。つまりその、おしまさんとやらいう女子と、確かに契ったという証しでもあれば、別でございますが」

平蔵は、開き直ったように上目を遣い、いせを見上げた。

頑固に否定する平蔵に、仁兵衛がぴしゃりと言う。

「よかろう。その証しとやらを、ここで披露してもらうぞ」

平蔵は臆せず、仁兵衛に目を向けた。

「何を披露せよ、と仰せられますので」

仁兵衛は立ち上がり、庭にいる男たちをぐるりと見回した。

「この平蔵と同じように、おまえたちにもすべて証しを立ててもらう。一人残らず諸肌《もろはだ》を脱いで、臍《へそ》から上をおれに見せよ」

男たちのあいだに、ざわめきが広がった。

仁兵衛が、声を張り上げる。

「静かにいたせ。早う諸肌脱ぎになれ。それですべて、用がすむ。すめばお手当が出て、家に帰れるのだぞ」

それを聞くと、男たちはあわてて襟口から腕を抜き放ち、諸肌脱ぎになった。

平蔵も、しぶしぶの体で、それにならう。

仁兵衛は、ひとわたり男たちの上半身を眺め、そっけなく言った。

「よし。おまえたちの用は、もうすんだ。門前で、お手当を受け取ったら、そのまま帰ってよいぞ」

男たちは、ふたたび袖に腕を突っ込みながら、ぞろぞろと庭から出て行った。

平蔵だけが、諸肌脱ぎになったまま手持ち無沙汰に、立ち尽くしている。

仁兵衛は、平蔵の胸元の白い肌に、顎をしゃくった。

「その、右の乳の上の痣は、生まれたときからのものか」

平蔵は、さりげなくその痣に指を触れながら、仁兵衛の顔色をうかがった。

「はい、さようでございますが」

仁兵衛は、清右衛門といせを振り向いて、にやりと笑った。

それから、あらためて平蔵の方に、向き直る。

「その痣が、何よりの証しだ。おしまは死ぬ間際に、平蔵の右乳の上に鉄錆色の痣があった、と言い遺したのよ」

仁兵衛の言葉を聞いたとたん、平蔵の顔がこわばった。

仁兵衛がさらに、追い討ちをかける。

「おまえは、武州本庄の生まれ、と申したな。万が一、おしまに本気で訪ねて来られては困ると思い、名前のよく似た江戸の本所の平蔵、と名乗ったのだろう。申し開きがあるなら、申してみよ」

清右衛門も、そう思っていたところだ。

仁兵衛に迫られて、力の抜けた平蔵はへなへなという感じで、その場に崩れ落ちた。

平蔵の姿が、縁に隠れて見えなくなったので、清右衛門もいせも急いで座敷を立ち、廊下のはなへ出た。

少しのあいだ、平蔵は庭にへたり込んでいたが、やがて身を起こした。

襟元から、腕を入れ直して身繕いをすると、神妙に頭を下げる。

「恐れ入りましてございます。仰せのとおり、おしまさんと契って本所の平蔵、と名乗りましたのはこのわたくしに、相違ございませぬ。おいせさんとやら。どうか、勘弁してやってくださいまし」

四

「そろそろ、やって来るころだろう」

唐丸五郎兵衛《とうまるごろべえ》はそう言って、窓の外を流れる大川に目を向けた。だいぶ、日が傾いている。

神輿《みこし》の源六《げんろく》は、不安を覚えて肩を揺すった。

「それにしても、ちっとばかり遅いんじゃねえか、兄貴」

五郎兵衛が、鼻で笑う。

「あの平蔵のことだ。らちもねえ詮議をして、時をむだに遣っていやがるのよ」

「今日の詮議で、もしおいせの探している平蔵が見つかったら、どうするんで」

「心配するな、見つかりゃしねえよ。十八年も前のことだぜ。それに、そいつがまことの素性を名乗ったかどうかも、怪しいもんだ。ここに、おめえというりっぱな本所の平蔵さまが、控えてるじゃねえか」

五郎兵衛にまともに胸を指さされ、源六は匕首《あいくち》を突きつけられたような気がして、びくりと身を引いた。

五郎兵衛が、顔をしかめる。

「おいおい、源六。おめえも、昨日今日の駆け出しじゃあるめえし、びくびくするんじゃねえ」

あだ名がつくだけあって、五郎兵衛は闘鶏の唐丸のように色が黒く、丸まるとした体つきの持ち主だ。この日は、伸ばした月代を引っ詰めて総髪に結い上げ、郷士風のこしらえにしている。

盗っ人にしては鈍重そうだが、実は身のこなしが見た目よりすばやい上に、人を殺すにもまったく躊躇がない、根っからの悪党だった。

そのため、ほかの盗っ人や仲間内からも、恐れられている。

源六は応じた。

「いや、何もびくびくしちゃあいねえが、女をだますのはどうも勝手が悪くてよ」

「だますといっても、金を巻き上げるのとはわけが違う。それどころか、死んだと思っていたおやじに会えて、おいせは大喜びするだろう。これ以上の功徳が、あるものか」

「だまし切れるかどうか、どうにもおぼつかねえ気分なのさ」

「別に、一生だませってんじゃねえ。小金をくれてよ、二、三日も一緒にいてやりゃあ、それでいいのだ。あとは、おめえがどっかへ姿をくらましちまやあ、分かるこっちゃあねえ。おめえがその気なら、あのあまを吉原へ叩き売って金に換えても、おれに異存はねえよ。あれだけの玉だ、きっと高く売れるぜ」

五郎兵衛が言ってのけたので、源六はごくりと喉を動かした。

いせが美女だということは、物陰からちらりと見ただけだが、すでに分かっている。

「そいつはちっと、あこぎがすぎるような」

「ばかを言え。おれたちの仕事に、あこぎもくそもあるものか。根性を据えてやるんだ」

しかたなく膝を直して、軽く頭を下げる。

「分かった。とにかく、やってみるさ」

五郎兵衛と源六は、大川の白鬚の渡しに近い船宿、船久《ふなきゅう》の二階でいせを待っていた。

すでに、大川につながる源兵衛堀沿いの旅籠、吾妻屋に船を回してある。帰りはのぼりになるが、ほんの三十町足らずの隔たりだから、さほど時はかからぬはずだ。

火盗改の長谷川平蔵を、以前から不倶戴天の敵とみなし、いつかその寝首を掻こうというのが、五郎兵衛の宿願になっている。闇の世界で名を売り、仲間内に睨みをきかせる存在になるには、それがいちばんなのだ。

いせが、本所の平蔵を探しに京都から来た、という話をたまたま耳にした五郎兵衛は、長谷川平蔵に近づく格好の機会と考え、一計を案じたのだった。

源六は、それに一口乗ることを承知したものの、いまだに気が進まなかった。

そうこうするうちに、船久の半纏《はんてん》を着た船頭が猪牙船《ちょきぶね》を操り、船着き場に寄せて来た。

「来たぜ、源六」

五郎兵衛の声に、源六は大川へ目を向けた。

木の間越しに、風呂敷包みを抱えて船をおりるいせの姿が、ちらりと見える。

「おめえは、隣に隠れていろ」

五郎兵衛に言われて、源六は隣の部屋に移った。

ぴたりとふすまを閉ざし、息を殺して耳をすます。

やがて、はしご段に軽い足音が響き、障子の開く音がした。

いせの声がする。

「遅うなりました。堪忍しとくれやすな、八五郎《はちごろう》はん」

八五郎は、五郎兵衛がいせに名乗った、偽の呼び名だ。

「おう、おいせさんか。時がかかるかもしれぬと思って、船を回しておいたのだ。ちょうどよかったぜ」

どこから出るのか、と思うほどの猫なで声に変わったので、源六は苦笑いをした。

五郎兵衛が続ける。

「それで、どうだったい。長谷川さまのご詮議で、おめえさんの探している平蔵が、見つかったのかい」

「いいえ、見つかりませなんだ」

五郎兵衛は、調子のいい笑い声を立てた。

「はは、そうだろう、そうだろう。実の平蔵は、おれがちゃんと押さえているんだ。おめえさんが、約束さえ果たしてくれたら、すぐにでも連れて来てやるぜ」

「その平蔵はんは」

いせは言いかけてやめ、言い直した。

「うちのてておやは、今どこにおりますのんえ」

「そいつは、まだ言えねえ。おめえさんが仕事を終えたあとで、約束どおり引き合わせるつもりだ。さっさとすませりゃ、それだけ早く会えるってもんよ」

少し間があり、いせが応じる。

「分かりました。すぐに、かかりまひょ」

「その意気だ。ところで、今日も長谷川さまに、お目にかかったのか」

「へえ、ゆっくりと、お目にかかりました」

「そりゃよかった。二度見りゃあ、忘れっこねえだろう。早く、かかってくれ」

「よろしおすけど、一人にしておくれやすな。そばにおひとがおらはると、気が散って仕事が進みまへんよって」

「分かった。それじゃ、おれは隣に引っ込んでいよう。すんだら、呼んでくれ」

それを聞くなり、源六はあわててふすまの端に、身を引いた。

ふすまの中ほどが、やっと体がはいるくらい引きあけられ、五郎兵衛がすべり込んで来る。

ふすまを閉じると、五郎兵衛は唇に人差し指を当てて、源六のそばにすわり込んだ。

源六は、隣の気配に耳をそばだてたが、いせがかすかに立てる小さな音以外に、何も聞こえてこない。

旅籠吾妻屋のあるじ、光右衛門から五郎兵衛につなぎがあったのは、六日前のことだと聞いている。

光右衛門は、六郷生まれの五郎兵衛の幼なじみで、何かといってはいかがわしい話を、持ち込んでくるらしい。

むろん、旅籠屋という正業を持っているので、盗っ人仲間とまではいいにくいが、その付き合いは身内のようなものだ。

源六が、五郎兵衛から聞かされたのは、こういう話だった。

光右衛門によると、京都からくだって来たいせという娘が、本所の平蔵と名乗る男を探している、という。なんでも、十八年前に自分の母親と関わりを持ったおり、そのように名乗ったそうだ。

いせは、子供に絵を教える絵師の卵だとかで、平蔵はその父親に当たるらしいという。

光右衛門は、それを聞いてすぐさま長谷川平蔵のことを、思い浮かべた。

平蔵を宿敵と狙う五郎兵衛から、平蔵が二十年近く前に京都に住んでいた、と聞いた覚えがあったからだ。

その話を聞いた五郎兵衛は、すぐにいせを利用して平蔵に近づこうと、あれこれ知恵を巡らした。

いせは、本所の平蔵という名乗りを頼りに、町内をあちこち探し回ったようだが、いっこうに見つからない。

どうせ、見つかるわけがないと踏んだ五郎兵衛は、光右衛門に入れ知恵をした。

いせを、平蔵の役宅に近い本所緑町近辺の、町名主のもとへ送り込む。

町名主は、だれ知らぬ者のない本所の平蔵と聞けば、いやでも長谷川平蔵に思い当たるはずだ。

平蔵が、いせの探す当の平蔵かどうかは、分からない。

しかし、話の眼目となる十八年前という時期は、平蔵が京都にいたといわれる時期と、ほぼ重なっている。

平蔵が、その平蔵でないとは、言い切れぬ。

どちらにせよ、探し当てなければ京都へもどらぬ、というほど思い詰めているいせは、おそらく長谷川平蔵に対面しようと、やっきになるだろう。

町名主ならば、平蔵と面識があっておかしくないし、いせを引き合わせるべく骨を折ろう、という気になるかもしれない。

平蔵もその話を聞けば、義理人情をわきまえるといわれる男だし、身に覚えがあろうとなかろうと、いせと会うに違いない。

五郎兵衛から、その策を打ち明けられたとき、源六はうまくいくかどうか危ぶんだ。

本所の平蔵、と聞いて町名主が長谷川平蔵を思い出し、しかも対面を取り持つ気になるかどうか。

そうした人任せの仕事は、あまり当てにできないのだ。

しかし、だめでもともとと思えばいい、と五郎兵衛に言われてみれば、反対する理由はなかった。

実際、月行事に当たっていた町名主の清右衛門は、目算どおりいせを長谷川組の役宅へ連れて行き、平蔵との対面を果たさせてやった。

そのあげく、やはり長谷川平蔵はいせの探す平蔵ではない、と分かったらしい。いせは肩を落として、吾妻屋へもどって来た。

しかし、その直後から本所一帯に町触れが回り、〈平蔵狩り〉が始まった。

五郎兵衛は、光右衛門を通じていせに近づき、親切ごかしに気を引く話を持ちかけた。

自分の知り合いで、若いころ京都に住んだことのある、四十五、六の男がいる。

その男は、横川の東側にある柳島町の指物師《さしものし》で、平助《へいすけ》という。若いころから、本所界隈では腕のいい職人として、よく知られた男だった。

ところが、平助は五郎兵衛と酒を飲んで酔ったおり、自分のほんとうの名は平助ではなく、平蔵というのだと漏らした。

若いころ、京都へ京建具の修業に行ったが、はでに遊び回って身動きが取れなくなり、逃げるように江戸へ舞いもどった。

そのとき、遊び相手だった何人かの女たちに、江戸へ来たら本所の平蔵を訪ねろ、と吹いたというのだ。

もし、長谷川平蔵の役宅に集められた中に、平助こと平蔵が出頭していなかったら、自分がその当人をいせのもとへ、引きずって来てやる。煮るなと焼くなと、好きなように料理するがいい。

そのかわり、こちらも一つだけ聞いてもらいたい、だいじな頼みがある。

それがいせに持ちかけた、五郎兵衛の取引話だった。

筋書きを聞かされ、その平助の役を引き受けるように言われて、源六は最初尻込みをした。

自分は確かに、もと指物師だ。

しかし、今は五郎兵衛の指図で家の出入り口、鍵のかかった建具などをこじあける、押し込み強盗の一人にすぎない。

悪事は働くが、女をだましたことはなかった。そういうことには、てんから不器用なたちなのだ。

とはいえ、手下の中に四十半ばの年格好で、多少とも堅気のにおいを持つ男は、ほかにいない。五郎兵衛の命令ともなれば、断ることはできなかった。

それで源六はしぶしぶ、その役回りを引き受けたのだった。

五郎兵衛が急に手を上げ、ふすまの向こうに顎をしゃくった。

われに返った源六の耳に、隣の部屋からかすかな物音が、届いてくる。

紙を、広げたり畳んだりするような、乾いた音だった。

いつの間にか、窓の障子に夕闇が迫っている。

ほどなく、隣の部屋から声がかかった。

「終わりましたえ、八五郎はん」

「おう、ご苦労だったな」

五郎兵衛は、源六に静かにするように合図して、隣の部屋にもどった。

源六は、閉じられたふすまに身を寄せ、隣の気配をうかがった。

また、紙の音がする。

五郎兵衛の口から、感に堪えたような声が漏れた。

「ううむ、こりゃあてえした出来だ。これなら、一目で分かるってもんだぜ。さすがに、絵師を名乗るだけのことは、あるじゃねえか」

源六は、ほっとした。

五郎兵衛が持ちかけていた、長谷川平蔵の似顔絵というやつが、どうやらうまく仕上がったらしい。

いせが言う。

「わたしの目に、狂いはあらしまへんえ。それで納得しなはったら、すぐにもほんまの平蔵はんに、てておやに会わしておくれやす」

「あわてることはねえ。今会わしてやる」

五郎兵衛は、機嫌のいい声でそう応じると、源六に呼びかけてきた。

「おい、平蔵。こっちへ出て来な」

へい、と返事をしようとして、源六は喉を詰まらせた。

咳払いをして、おもむろにあいだのふすまを、引きあける。

中にはいり、神妙に正座した源六は、あらかじめ考えてきたとおり、紋切り型の挨拶をした。

「おはつにお目にかかります。本所の平蔵と申します。おしまさんには、気の毒なことをいたしました」

そう言って頭を下げながら、背筋に冷や汗が浮くのを感じる。

「そしたら、あんたはんがうちのておやの平蔵はん、ということになりますのん」

いせに言葉を返されて、額にも汗が噴き出た。

「面目ないことながら、そのとおりで」

その様子を見て、五郎兵衛が助け舟を出すように、口を開いた。

「それはともかく、平蔵。おいせさんの描いた、この絵を見てみるがいいぜ」

言いながら、手にした紙を広げて見せる。

上等の、鳥子紙《とりのこがみ》と思われる卵色の紙に、墨一色で男の顔が描かれていた。

眼光けいけいとして、唇をぐいと引き結んだその面立ちは、いかにも火盗改の頭領にふさわしい、気魄に満ちたものだった。

額や目尻、口元のしわの具合からして、四十代の半ばに見える。

同じ年ごろながら、一方は火盗改で自分は盗っ人だと思うと、身が縮んだ。

五郎兵衛が続ける。

「これさえありゃあ、いつでも挨拶できるってもんだぜ」

源六は焦った。

「まあまあ、八五郎さん。その話は、またあとにいたしましょう」

五郎兵衛はにやりと笑い、懐から裸の小判を一枚取り出すと、いせの前に投げた。

「これは、平蔵とおれからの、心ばかりの餞別だ。遠慮なく、持って行きな」

いせは、それをじろりという感じで見たが、眉一つ動かさずに言った。

「こないな大金、もらうわけにいきまへん」

口ぶりとは逆に、こんなはした金はいらない、という風に聞こえた。

五郎兵衛が、むっとした顔で続ける。

「あと二、三日江戸見物を楽しんだら、京都へ帰るがいいぜ。おかげで、とっつぁんとも会えたことだし、もう江戸に用はねえだろう」

本性を現した様子に、源六ははらはらした。

確かに、長谷川平蔵の似顔絵を手に入れたら、いせに用はないのだ。

いせが、それを聞き捨てにして、源六に言う。

「あんたはんは、どちらのおかたでございますか。うちのてておややなどと、しょうもない嘘を言わはらんと、ほんまのことを言いよし」

いきなり図星をつかれて、源六はしどろもどろになった。

「そ、それは、つまり」

そこで言葉を詰まらせ、五郎兵衛に助けを求める。

五郎兵衛は動ぜず、とぼけた口調で聞き返した。

「こいつが、おめえのとっつぁんでねえとは、どういうこった。当人が、そうと認めてるんだから、間違いはねえよ」

いせが、ふてぶてしい笑みを浮かべる。

「そやかてうち、長谷川さまのお役宅でほんまのてておやに、会いましたんや」

「な、なんだと」

五郎兵衛も、源六に劣らず驚いた様子で、のけぞった。

「うちのてておやは、右のお乳の上に茶色いうか、鉄錆色の痣がおますのや。あんたはんのお乳の上に、そないな痣がございますか。あるんやったら、見せてもらいとうおすな」

源六は絶句して、いせを見返した。

そんな話は、五郎兵衛からもだれからも、聞かされていない。

いせは、勝ち誇ったように背後の障子に、声をかけた。

「お父はん、はいって来てくれへんか」

それを待っていたように、障子がすっと開いた。

そこに顔を出したのは、源六と同じ年格好と思われる、日焼けした小太りの男だった。

男は、おずおずと敷居の内側にすわり、頭を下げた。

「おいせの父の、平蔵でございます。以後、お見知りおきくださいますよう」

源六はあっけにとられ、腰を浮かした。

いせが、声を高めてとがめる。

「おまはんたち、なんのためにうちに長谷川さまの似顔絵を、描かせたんや。ほんまのこと、言いよし。嘘言うたら、あきまへんえ」

五郎兵衛は、手にした似顔絵を懐に突っ込み、脇に置いた長脇差をつかみ上げた。

片膝立ちになってどなる。

「うるせえ、このあま。黙らねえと、ただじゃおかねえぞ」

「いいえ、黙りまへん。その絵、返してもらいまひょ」

一歩も引かぬいせに、五郎兵衛はよほど頭に血がのぼったのか、いきなり長脇差を抜き放って、いせに突きつけた。

「おい、源六。下へ行って、船の用意をさせろ。こいつらを始末したら、大川伝いに海へ出て、下総へ逃げるのだ」

「分かった」

源六が飛び起きたとき、半分開いた障子が音を立てて、全部あけ放たれた。

そこに立ちはだかったのは、五郎兵衛が懐に入れた絵に描かれた、初老の男だった。

いや、顔立ちは似顔絵そっくりだが、絵にあるような額や目尻のしわがなく、口元も引き締まっている。

絵の男が、二十年も若返ったようだった。

「て、てめえは」

呆然とする五郎兵衛に、男がいせをかばうように前へ踏み出し、刀を引き抜く。

「おれは、火盗改長谷川平蔵組の同心、今永仁兵衛だ。この船宿のまわりは、おっつけ捕り手で取り囲まれる。神妙にするがいいぞ、唐丸の五郎兵衛」

五郎兵衛は、それを聞いて歯嚙みした。

「くそ、このあま。だましやがったな」

「だましたのは、お互いさまやおへんか」

負けずに言い返すいせに、五郎兵衛は怒りにわれを失ったごとく、長脇差を振りかざして、斬りつけた。

今永仁兵衛は、とっさにいせを父親の方へ押しもどし、五郎兵衛の刃を下からはね上げた。

すさまじい鉄《かね》の音がして、夕闇に火花が飛び散る。

源六は、五郎兵衛の長脇差が飛ばされた、と思った。

しかし、膂力《りょりょく》のある五郎兵衛はそれに屈せず、はね上げられた刀をそのままの勢いで、相手の頭上に叩きつけた。

仁兵衛は、わずかに体を傾けてその刃を斜めにすかし、返す刀で五郎兵衛の肩口をしたたかに、斬り下ろした。

どっと噴き出す血しぶきに、源六は目を回してへなへなと、その場に崩れ落ちた。

五

いせは、にじり口の前に、膝をついた。

今永仁兵衛が、背後から茶室に声をかける。

「殿。おいせを連れてまいりました」

「そうか。おいせ、近う寄れ」

いせは、膝を一つ進めて、頭を下げた。

「いせにございます。このたびは、何かとごめんどうをおかけいたしまして、お礼の申しようもございませぬ」

「なんの。礼を言うなら、仁兵衛に言うがよい。こたびのことはすべて、仁兵衛の働きだったのだ」

「はい。今永さまには、何度もお礼を申し上げましてございます」

「おれの方こそ、そなたに礼を言わねばならぬ。ひょうたんから駒とはいえ、唐丸の五郎兵衛を仕止めることができたのも、もとはと言えばそなたのおかげよ。五郎兵衛は、ここ数年なりをひそめていたが、半年ほど前ひそかに江戸に舞いもどって、悪事をたくらんでいたのだ。おかげで、その芽をつむことができたわ」

「本所中の〈へいぞう〉はんを集めよ、という長谷川さまのお触れが回ったとたん、五郎兵衛がほんものの平蔵と会わしてやる、と取引を持ちかけてきたときから、何やらおかしい気がいたしました。なんのために、長谷川さまのお顔を覚えて、似顔絵を描けと言うのか、分からなかったのでございます」

中から、軽い笑い声が聞こえる。

「それは、おれの顔を見て生き延びた盗っ人が、一人もおらぬからよ。盗っ人のあいだでは、おれの似顔絵が百両で売れるという、もっぱらの噂だ。五郎兵衛はけちな悪党だが、おれの似顔絵を手に入れて高値で売るか、それともどこかでおれを狙い討ちにするか、どちらにしてもおれに煮え湯を飲ませて、名を上げようとしたのだ。そなたが、五郎兵衛の持ちかけた話を、仁兵衛に打ち明けてくれたおかげで、けりをつけることができた。それゆえ、礼を言うのはおれの方だ、というわけさ」

後ろで、仁兵衛が言う。

「とはいえ、おいせが殿のご尊顔を描くかわりに、わたくしの似顔絵を描いたのには、驚きました。まさしく、二十年後のわたくしにそっくり、と存じます」

「さよう。おいせ。そなたはなかなかに、絵の腕が立つようだな」

「恐れ入りましてございます。お望みでございましたら、お殿さまの似顔絵も描かせていただきます」

「ほう。庭先で、おれと一度話をしただけで、顔を覚えたと申すか」

「はい。ここにおられる今永さまに、わたくしの絵箱をお持ちいただいております。お許しいただければ、すぐにもこの場で描いてごらんに入れます」

少し間があき、返事がある。

「持ち帰らずに、すぐにおれによこすと申すなら、描いてみよ」

「かしこまりました」

いせは、仁兵衛から絵箱の包みを受け取って、絵筆と紙を取り出した。

膝の上に紙を広げ、仁兵衛が差し出す墨壺に絵筆をつけて、描き始める。

煙草を二、三服する間に絵を描き上げ、仁兵衛に手渡した。

仁兵衛は、絵を見て軽く眉をひそめたが、すぐに口元に笑みを浮かべた。

何も言わずに、にじり口に片膝をつく。

「殿。でき上がりましてございます」

「おう、早いではないか。見せてみよ」

仁兵衛は、障子を半分ほど引きあけて、絵を中へすべり込ませた。

それから障子を閉め、またいせの背後にもどる。

しばらく、沈黙があった。

にわかに、茶室の中から火薬がはぜるような勢いで、笑い声がはじけた。

それを聞いて、われ知らず肩に力のはいっていたいせも、つい笑ってしまった。

中から、声がかかる。

「これは、おまえのおやじの顔ではないか」

「はい。本庄の平蔵の顔でございます」

また、少しのあいだ、沈黙が続く。

「初めて庭で会ったとき、縁先にいたのがまことの長谷川平蔵ではない、と分かったと申すのか」

「はい。いかに、下情に通じておられるとは申せ、まことの長谷川さまならば、見も知らぬ女子の願いを聞き入れて、肌をさらしたりはなさらぬでございましょう」

また、軽い笑い声。

「それでは、なぜ本庄の平蔵を長谷川平蔵、と見破ったのだ」

「わたくしは、曲がりなりにも絵師でございます。乳の上の痣が、鉄錆色の絵の具で描かれたもの、と分からねば絵師の看板を下ろします」

「遠目にも、それと分かったと申すか」

「はい。その上、外歩きの旅商人になりすますために、お顔に薄茶の練り粉をお塗り遊ばして、日焼けの色を作られましたことも」

「ほほう。なかなか、よい目をしておるではないか。絵師にしておくのが、もったいないほどよのう」

ほとほと感心した口ぶりだ。

「逆に、わたくしからお殿さまに、お尋ねしたいことがございます」

「なんだ。申してみよ」

「何ゆえ、わたくしの父親になりすまそうと、お考えになったのでございますか」

含み笑いが聞こえる。

「そなたの話に、何か裏があるのではないか、と疑ったからよ。十八にもなって、顔を見たこともない父親を探しに、わざわざ京から江戸へくだって来るなど、あまりにできすぎておる。そこで、とりあえずおれの代役を立てて、縁先でそなたと話をさせたのだ。柳井誠一郎《やないせいいちろう》という、歴としたおれの影武者よ。万が一、そなたがその代役に向かって、わが父でございますなどと申し立てたら、きつく詮議するところであった」

一息入れ、さらに続ける。

「それどころか、いかにもまことらしい痣の話を持ち出して、正直に父親でないことを認めたので、ますます興がわいてきた。それで、とりあえずおまえの父親になりすまし、しばらくそばについてみる気になったのだ。裏があるなら、そのうちぼろを出すだろう、と思ってな。ところが、おまえの方からそこにいる仁兵衛に、五郎兵衛のことを打ち明けたものだから、いちどきに話が明らかになった、という次第さ」

昨日のこと。

平蔵探しの詮議が終わり、いせが仁兵衛と本庄の平蔵を後ろに従え、役宅から吾妻屋へもどると、船久から差し回された猪牙船が、待っていた。

あるじの光右衛門は、いせを自分の部屋に呼び入れると、差し回しの船に乗って大川をのぼり、船久へ行くように言った。その船宿で、八五郎と一緒に父親の平蔵が待っている、というのだ。

光右衛門はそのとき、いせが仁兵衛、本庄の平蔵と一緒とは、知らなかったらしい。

いせは、あとについて来た仁兵衛を物陰に呼び、八五郎こと五郎兵衛との取引のいきさつを、ありていに告げた。

仁兵衛は、ただちに吾妻屋に乗り込み、光右衛門を自身番屋へ引き立てて、厳しく追及した。

たまらず光右衛門は、船久で待っているのは旧知の唐丸五郎兵衛だ、と白状した。

仁兵衛は、そのまま光右衛門を番屋に預け置き、吾妻屋にもどった。

いせと本庄の平蔵に、当面五郎兵衛の筋書きどおりに、事を運ばせる旨を伝えるとともに、二人に手を貸すよう因果を含めたのだった。

仁兵衛と平蔵は、先回りするために一足早く旅籠を出て、大川沿いの道を船久へ向かった。

いせは、逆に四半時ほど船頭を待たせておき、猪牙船に乗るのを遅らせた。

そのあげく、当初の筋書きはみごとに書き換えられ、五郎兵衛は命を落とすはめになった。喪心した源六も、その場でお縄を頂戴した。

ただ、騒ぎのあいだにいつの間にか本庄の平蔵が、姿を消してしまった。

いせにそれを指摘されると、仁兵衛はどこへ消えたか見当もつかぬ、とうそぶいたものだ。

茶室から、また声がかかる。

「それにしても、おいせ。そなたは、本庄の平蔵を偽物と見破ったが、なぜおれのこしらえだと分かったのだ。顔に長谷川平蔵、と書いたつもりはないぞ」

いせは考えを巡らし、おもむろに返答した。

「それは、なんとなく長谷川さまが母のにおいを、漂わせておられたからでございます」

背後から、仁兵衛があわてたような口ぶりで、たしなめる。

「これ、おいせ。めったなことを、申すでない。あの痣は絵の具で描いたものだ、とおまえも言ったではないか。殿を父親に見立てるなど、無礼にもほどがあるぞ」

いせは、振り向かなかった。

「痣があった、と母が言い遺したというのは、わたくしの作り話でございます。それに乗せられた者こそ、下心のあるおかたと分かりましょう」

茶室の内も外も、ひときわしんとした。

やがて、中から声が聞こえる。

「これから、どうするつもりだ、おいせ。江戸に残るか」

「いいえ、京へもどります。わたくしの父親は、本庄の平蔵でございました。父親は、わたくしに合わせる顔がないと考え、姿を消したに違いないと存じます。わたくしは、一度父親の顔を見ただけで、満足いたしました。このまま京へもどり、絵師の道を極めるつもりでございます」

長い沈黙があった。

やがて、ひときわ重おもしい声が、響いてくる。

「達者で暮らせよ、おいせ」

それきり、何も聞こえなくなった。

いせは、絵箱を膝の上で包みなおし、立ち上がった。

向き直ると、仁兵衛が見つめてきた。

それまでの、厳しい同心の顔と打って変わって、人なつこい笑みを浮かべている。

「おれはまだ、京へのぼったことがない。一度、天使突抜とやらいうところへ、行ってみたいものだな」

いせは微笑を返し、仁兵衛に頭を下げた。

「そのときは、本所の仁兵衛とお名乗りやす」

そばをすり抜け、門に向かって歩き始める。

鬼殺し

一

ちよは目を覚ました。

隣には、あるじの唐桟屋《とうざんや》藤兵衛《とうべえ》の一粒種で、八歳になる壮吉《そうきち》が寝ている。壮吉は闇を怖がるので、一晩中行灯《あんどん》をつけたままだ。半開きにした口から、かすかな寝息が漏れてくる。

二年近く前、母親を流行病《はやりやまい》で亡くしてから、壮吉はちよと一緒でなくては眠れなくなった。

ちよもまた、日ごろ壮吉をかわいがっていたから、藤兵衛に壮吉と一緒に寝てやってほしい、と頼まれたときも二つ返事で引き受けた。壮吉に、桶川の実家に残して来た弟の面影を、見いだしたのかもしれない。

目が覚めたのは、かすかに人声らしきものが聞こえたせいだった。

耳をすますと、それは泣くかうめくかするような気味の悪い声で、ただならぬものが感じられた。

枕から頭を起こし、なおも耳をそばだてる。一瞬、藤兵衛とはるの睦言《むつごと》か、と思った。

いや、そうではあるまい。

ちよと壮吉は、藤兵衛の居室の近くに寝間を与えられているが、これまで睦言が聞こえてきたことは、一度もない。そういうとき、藤兵衛は居室に近い渡り廊下の先にある、離れを使うのがならいだった。

はるは、半年ほど前藤兵衛が引き入れた、素性の知れぬ女だ。

藤兵衛によれば、以前上方でなじみになった女だとかで、それ以上のことはだれも聞かされていない。

藤兵衛は、唐物の店売りをしている弟ともども、山っけの強い算盤ずくの商人、といわれている。その藤兵衛が、いずれははるを後妻に入れると言い渡し、店の者にそのつもりで接するよう念を押したのは、よほど惚れたからに相違ない。

途切れとぎれに、同じような苦しげな声が届いてくる。それも一人、二人ではないようだ。

ちよは、はっと思い当たった。

もしや、このところ世間を騒がしている盗賊、赤鞘《あかさや》なにがしの一味ではあるまいか。

赤鞘一味は、先ごろ捕縛されて獄門にかかった凶盗葵小僧のあと、にわかに跳梁《ちょうりょう》し始めた盗っ人だ。

じわり、と冷や汗が出る。

突然、外廊下の遠くから足音らしきものが、聞こえてきた。聞こえた、というよりかすかな床の響きで、それと察しがついた。

子供のころ、父親に連れられて山へ狩りにはいり、獲物の動く気配を学んだ体験が、今でも生きているのだ。

伝わってきた足取りは、身軽な獣が走るようなすばやい動きだった。明け方までには、まだだいぶ間があるはずだ。こんな夜更けに、そうした忍びやかな動きをする者は、盗っ人以外に考えられない。

ちよは寝床を抜け出し、急いで行灯の灯を消した。

軽い響きが、藤兵衛の居室から二人の寝間につながる、廊下の角あたりで止まった。様子をうかがう気配がする。

廊下の鴨居には、角ごとに掛け燭台が取りつけられており、その明かりがかすかに障子に映っている。

ちよは膝立ちになり、障子を見つめた。

わずかな間をおいて、今度は床にまったく響かないほどの、静かな忍び足が始まる。

何者かが、障子の外をこっそり通り抜ける動きが、微妙な光の揺れで感じ取れた。

そのかすかな動きは、外の長い廊下を左手奥の厠《かわや》の方に、向かっていた。

厠のそばには、雇い人が裏庭への出入りに使う、閂《かんぬき》のかかった通用口がある。

ちよは手探りで、箱枕を取り上げた。

勇を奮って寝床を抜け出し、そっと障子をあける。

うずくまったまま、首を出して左をのぞき見た。

角の鴨居に吊るされた、掛け燭台の下で小さな黒い影がくるり、と振り向く。

そのとたん、ちよはそこに鬼の顔を見た。

恐怖に動転しながらも、とっさに体を起こして箱枕を振り上げ、鬼を目がけて投げつける。

同時に鬼の姿は消え、箱枕は無人の廊下をころころ、と転がった。

二

明け六つの鐘が鳴る。

番屋から、日本橋松島町の唐物問屋唐桟屋が押し込みにあった、と火盗改《かとうあらため》長谷川《はせがわ》平蔵《へいぞう》の役宅に知らせがはいったのは、この日未明のことだった。

大川を挟んで、本所の反対側に位置する松島町は、四方をすべて武家屋敷に囲まれた、飛び地のような町だ。そこは、隣接する大名屋敷とほぼ同じ広さの一郭で、西側には銀座が控えている。

番屋に駆け込んだのは、唐桟屋のあるじ藤兵衛の内妻、はるだった。

はるによれば、深更九つ半ごろ唐桟屋に盗賊が押し入り、あるじの藤兵衛が斬り殺された、という。

番屋からの急報で、その夜宿直を務めていた俵井小源太《たわらいこげんた》と今永仁兵衛《いまながにへえ》は、泊まり番与力の柳井誠一郎《やないせいいちろう》を起こして、事の次第を告げた。

誠一郎は、小源太と仁兵衛に唐桟屋へ急行するよう命じ、自分はすぐに手勢を集めてあとを追う、と言った。

小源太と仁兵衛は、とりあえず松島町の番屋に駆けつけ、半ば放心状態のはるを励まして、詳しいいきさつを聞いた。

はるの話では、九つの鐘が鳴ってほどなく藤兵衛に誘われ、離れにつながる渡り廊下から庭伝いに、土蔵にはいり込んだらしい。

土蔵には、藤兵衛秘蔵の笑い絵が隠してあり、それを見ながら一夜を楽しもう、という趣向だった。

ところが、いざ事に及ぼうとしたとき、何者かが土蔵の中扉を押し破ろうとする、ただならぬ物音が聞こえた。

外扉も中扉も、中にはいるとき錠前をはずしたが、念のため中扉だけは内側から、閂がかけてあった。

もっとも、それは形ばかりの貧弱な閂で、力を入れて押せばすぐに壊れる体《てい》の、お粗末なしろものだった。

藤兵衛は、はるを高く積まれた長持ちの陰に隠し、中扉に近寄った。

「だれだい、今ごろ」

そんなことを、問いかけたようだった。

それからあとのことを、はるはよく覚えていない。

ごく短く、争うような物音が続いたあと、藤兵衛のものらしきうめき声が聞こえ、静かになった。


はるは、恐ろしさのあまり長持ちの陰から、奥へ奥へとすさって逃げた。しまいには、隅に積まれた緞子《どんす》の敷物の中にもぐり込み、息を殺していたという。

そのあいだ中、長持ちの蓋を開く音や器物の触れ合う音、重いものを運び出すような音が、間断なく続いた。

その様子から、盗っ人が押し入ったことは、すぐに知れた。

記憶が定かではないが、物音が静まって四半時ほどもたったころ、ようやくはるは恐るおそる、敷物の下から這い出した。

そのとき、土蔵の中に置かれた四つの燭台の灯は、すべて消えて真っ暗闇だった。

無我夢中で外へ逃げ出すとき、藤兵衛の体につまずいたような気がするが、確かめる余裕はなかった。

そのまま、はるは土蔵の裏にある木戸から外へ出て、番屋に駆け込んだという。

はるの話を聞いているあいだに、手代の左之助《さのすけ》、小僧の新太《しんた》という店の者が二人、縛られた縄を自力で抜け、番屋に転がり込んで来た。

小源太と仁兵衛は、はると新太をそのまま番屋に残し、左之助の案内で唐桟屋へ向かった。

左之助によると、古株の番頭勘右衛門《かんえもん》が逃げようとして、頭目らしい男に斬殺されたという。ほかの雇い人たちは、まだ縛り上げられたままらしい。

仁兵衛と左之助に、店の者たちを解き放つように言って、小源太はまっすぐ土蔵に足を運んだ。

横幅五間、奥行き十間ほどもある、大きな土蔵だった。

周辺に置かれた、四つの燭台を全部点灯して、内部をつぶさに検分する。

蓋をはずされた長持ちや木箱が、まるで大掃除の最中でもあるかのように、雑然と並んでいる。

開いた箱をのぞいてみると、値打ちのありそうな器物だけを持ち去り、一見して金になりそうもないものは、残していったことが分かる。

そうした長持ちや木箱のあいだに、朱に染まった藤兵衛らしき死体が、倒れていた。

左肩から、心の臓まで一太刀に斬り下ろされており、すでに息はなかった。即死と思われる、みごとな太刀さばきだ。

このところ、二件続いた大がかりな押し込みについて、手先の歌吉《うたきち》は赤鞘の儀三郎《ぎさぶろう》のしわざに違いない、と言い切った。

歌吉によれば、何年か前もっぱら江戸近郊の豪農を荒らす、赤鞘の刀を差した儀三郎という名の、腕の立つ盗っ人がいたという。

これまでの二件で、斬り殺されたのは三人だけにすぎないが、いずれも鮮やかな切り口を残しており、かなりの手だれのしわざと思われた。

小源太は、さらに土蔵の中を調べた。

死体と長持ちの奥に、藤兵衛とはるが寝ていた布団が敷かれ、枕元に笑い絵の束がきちんと置いてある。

手に取って見ると、いずれもみごとに彩色された、豪華な枕絵だった。

長持ちや、木箱が山と積まれたそのいちばん奥に、はるが隠れたという緞子の敷物が、何枚も重ねて置いてある。

見え隠れする奥の壁の、一丈ほど上の方にうがたれた、小窓を見上げた。格子がはまっているが、明かり取りのためのものだろう。

そうこうするうち、柳井誠一郎が検使役や小者を引き連れて、到着した。

小源太は、はるから聞き出した話を誠一郎に伝え、それから仁兵衛に手を貸すために、母屋へ向かった。

広間には、縄を解かれた男女の雇い人が十数人、硬い顔で身を寄せ合っていた。

盗賊一味は、そこに雇い人たちを集めて引き据え、縛り上げたらしい。だれもが、まだ縛られたままのように動かず、押し黙っている。

その広間は、店売りに卸す商いものを陳列する場所らしく、壁際に陳列台がしつらえてある。

本来なら、そこに唐天竺《からてんじく》の到来物が並んでいるのだろうが、台のあちこちに隙間が目立った。値の出そうなものだけを、盗賊が持ち去ったあとらしい。

残されたのは、重いわりに金になりそうもない、天然石の細工物ばかりだ。

広間の隅に、仁兵衛の姿が見えた。

仁兵衛は、人の形に盛り上がった緋毛氈《ひもうせん》を、見下ろしていた。

小源太がそばに行くと、仁兵衛は深刻な顔で言った。

「番頭の、勘右衛門でございます」

緋毛氈を半分まくると、うつぶせになった半白髪の男の上半身が、あらわになった。

一刀のもとに、後ろ袈裟に斬られている。前からと後ろからの違いこそあれ、藤兵衛と同じ切り口だった。

「だれか、下手人を見た者は、いないのか」

小源太の問いに、仁兵衛はちらりと雇い人たちに目をくれて、低く応じた。

「斬ったのは、赤鞘の刀を差した大男だ、と申しております。おそらく、歌吉の言う赤鞘の儀三郎に、間違いございますまい」

「ほかに、一味の顔を見た者は」

「おりませぬ。賊はみな、覆面をしていたそうでございます」

そう言ってから、仁兵衛は思い出したように続けた。

「ただ、おちよと申す下働きの娘が、素顔をさらした賊の一人を見た、とのことで」

「ほんとうか」

「はい。もっとも、赤い髪の鬼がどうのこうのと、要領を得ぬことを申しております」

「赤い髪の鬼だと」

おうむ返しに言って、小源太は仁兵衛の顔を見直した。

「よし、おれが話を聞こう。おちよは、どこにいる」

「渡り廊下の手前の、藤兵衛の居室に近い寝間に、壮吉と一緒におります」

「壮吉とは」

「藤兵衛の一人息子、と聞きました。二年ほど前、流行病で母親を亡くした、とか。今度は、父親を殺されたのでございますから、よほど運の悪い子供でございますな」

三

「鬼だと」

長谷川平蔵が、茶をたてる手を止めて、聞き返す。

俵井小源太は、しかたなく応じた。

「はい」

柳井誠一郎が、とりなすように言う。

「つまりはその、鬼のような顔をした男、ということでございましょう」

平蔵は、小源太を見た。

「ちよは、鬼だと申したのか。それとも、鬼のような顔をした男、と申したのか」

小源太は当惑して、咳払いをした。

「確かに鬼であった、とちよは言い張っておりますが、柳井さまの仰せられるとおり、鬼のような顔をした男、という意味でございましょう」

「鬼と、鬼のような顔をした男では、だいぶ違うであろう」

平蔵が真顔で言うので、小源太はますます当惑した。

「そこでわたくしも、そやつは頭に角でも生えていたのか、と聞いたのでございます。するとちよは、角もなく体の作りもさほど大きくないにせよ、燃える炎のような赤い髪をしていた、と申しました。眉も同じく赤く、むかでのように一本につながって見えた、とのこと。目はナツメほどもあり、青い光を放っていたそうでございます」

平蔵は黙って、また茶をたて始めた。

誠一郎が言う。

「それだけ聞くと、まるで子供がかぶる面のような、珍妙な顔でございますな。絵草子を読みすぎて、幻を見たのではございませぬか」

小源太も続けた。

「いかにも、さように存じます。掛け燭台の下の、薄暗い廊下で異形《いぎよう》の者を目にすれば、そのように見えても不思議はございませぬ」

平蔵は、茶碗を小源太の前に置いて、おもむろに言った。

「そのちよなる娘は、気が顚倒するとわれを失うような、頼りない女子なのか」

「いえ、十七歳なりに口のきき方も振る舞いも、しっかりいたしております。ただ、桶川から出て来た田舎娘ゆえ、まだ世間知らずで」

小源太はあとを濁し、茶碗に手を伸ばした。

「頂戴いたします」

誠一郎が、言葉を添える。

「藤兵衛が連れ合いを亡くしたあと、ちよは母親がわりに息子の壮吉のめんどうを、よく見ているようでございます。店の者たちによれば、壮吉もちよになついているとのこと。下働きとはいえ、利発で機転のきく気丈な娘と、近所の者たちもほめております」

平蔵はうなずいた。

「なるほど。さような娘ならば、たとえ暗いところでも見間違える、ということはあるまい。そやつは、まことに鬼であったやもしれぬな」

小源太は、茶にむせて咳き込んだ。

あわてて懐紙を取り出し、口元をぬぐう。

「し、しかしながら、おとぎ話ならいざ知らず、この世に鬼がいるとは思えませぬが」

「いや。出会うたことのない者には、鬼に見える相手がいなくもないぞ」

「と、仰せられますと」

「異国の者よ。たとえば、酒を飲んだオロシャの大男を初めて見た者は、赤鬼かと思うであろう」

誠一郎は、虚をつかれたように顎を引いたが、すぐに首を振った。

「恐れながら、遠い蝦夷地ならばともかく、この江戸にオロシャ人はいない、と存じますが」

小源太も、大急ぎで付け加える。

「それに、先ほども申し上げましたとおり、ちよが見た鬼とやらは、さして大柄ではなかった、とのことでございます」

平蔵は、二人を見比べた。

「異国の者は、オロシャ人だけではない。それに、概してわれらより大きいとはいえ、みながみな大男とは限らぬだろう。日本人にも、角力《すもう》の雷電《らいでん》のように大きな者が、いるではないか。さすれば、異国に小柄な者がいても、不思議はない」

確かに、そのとおりだ。

誠一郎が言う。

「手口や頭目のいでたちから見て、こたびの押し込みも赤鞘の儀三郎、及びその一味のしわざ、と思われます。さりながら、きゃつらのこれまでの二度の押し込みに、さような異形の者が交じっていた、という話は耳にいたしませぬ。こたびは、その鬼とやらの覆面がたまたま取れて、正体が現れたのでございましょうか」

平蔵は、少し考えた。

「いずれ、捕らえてみれば、分かることよ。それより、こたびの押し込みのあとで、店から姿を消した者が、だれかおらぬのか」

小源太は、膝をあらためた。

「そのことでございますが、手代が一人姿を消しております。徳三《とくぞう》という、店にはいってまだ一年ほどにしかならぬ、新顔の男だそうで」

「素性は」

「実は、口入れ屋を通じておらぬということで、はっきりいたしませぬ」

「身元引請人はだれだ」

「それも、おりませぬ」

平蔵の眉が、ぴくりと動く。

「口入れ屋、身元引請人なしの雇用は、ご法度になっておる。よもや、それを知らぬ藤兵衛でもあるまいに、何ゆえさような者を雇ったのだ」

「店の者によりますと、藤兵衛は一年前たまたま夜道で辻強盗にあい、通りかかった徳三に助けられた、とのことでございます。その縁で、徳三を雇うことになったようだ、と申しております」

徳三の前歴については、上方からくだって来た旅の商人ということしか、知らされていなかった。

口入れ屋を通さずに、身元の不確かな者を雇うことはまかりならぬ、と町奉行所から通達が出ていたが、藤兵衛はかまわず自分が身元引請人になって、徳三を店に雇い入れたという。

もっとも、徳三は人なつこい上によく気がきくところから、店の者ともすぐになじんだらしい。半年もしないうちに、正式の手代になった。

誠一郎が言う。

「おそらく、その徳三なる男が、引き込み役を務めたのでございましょうな」

「そうであろう。して、この押し込みも赤鞘の儀三郎のしわざに、間違いないのだな」

平蔵の念押しに、小源太はうなずいた。

「少なくとも歌吉は、確かだと言い切りました。皆殺しにはせぬまでも、刃向かう者や逃げようとする者を、一刀のもとに斬り下ろすやり口は、これまでの二件の押し込みと、同じでございます。素顔はさらしませぬが、いずれも頭目は赤鞘の大刀を腰に帯びた大男、という点で見た者の口上が一致いたしております」

平蔵は天井を仰ぎ、独り言のように言った。

「ふむ。赤鞘の大男に、赤髪の小男か」

茶室にしばし、沈黙が流れる。

やがて誠一郎が、思いついたように言う。

「殿は先ほど、異国の者はオロシャ人だけではない、と仰せられましたな。それがしにも一つ、心当たりがございます」

小源太は、誠一郎を見た。

「近ごろ、どこかの異国船が江戸近辺に流れ着いた、という話は聞いておりませぬが」

誠一郎も、小源太を見返す。

「漂流船ではない。毎年長崎から、オランダのカピタン（商館長）一行が上さまの拝謁を得るため、江戸へ出てまいるではないか。オランダ人には、赤い髪に青い目をした者が多い、と聞いたぞ」

そう言ってから、ふと眉をひそめて、平蔵に目を移した。

「ちなみに今年は、参府の話が伝わってまいりませんが、いかがいたしたので。もはや五月、すでに拝謁がすんだのでございましょうか」

平蔵は、小源太の茶碗を引っ込めた。

「おれも、そのことを考えていた。例年ならば、カピタン一行は正月半ばに長崎を発ち、二月下旬に江戸に着く。三月の初めごろ、お上の拝謁を得てオランダの方物《ほうぶつ》を献上し、一月ほどで江戸を発つのだ」

「すると、カピタン一行はすでに今年の参府をすませ、長崎へもどりましたので」

「いや。聞くところによると、近年オランダとの取引が減少してきたゆえ、カピタンの参府も五年目ごとに一度、と減らされたのだ。昨年、参府が行なわれたことからすれば、次は寛政六年という勘定になる」

誠一郎は、顎を引いた。

「つまり今年は、オランダ人の参府がないわけでございますか」

「さよう。ただし、長崎の大通詞《おおつうじ》が奉行所の役人とともに、江戸へ代参に出てまいった。大通詞は、持参した方物を在府（江戸詰め）の長崎奉行に届け、それを奉行がお上に献上したはずだ」

「カピタンをはじめ、オランダ人はだれも江戸には来なかった、と」

小源太が聞くと、平蔵は目を光らせた。

「表向きはな」

「もし、一行に紛れ込んでいたとしても、赤い髪に青光りする目の持ち主ならば、かならず人目につくでございましょう」

「人目につかずに、ひそかに江戸へ出てまいる手立ても、なくはないのだ」

平蔵の言葉に、小源太は虚をつかれた。

通常の者でも、関所を抜ける手形や書付がいるのに、異国の者にできるはずがない。

ほかに、方法があるだろうか。

誠一郎が、膝を進めて言う。

「ちなみに、カピタン参府のおりの旅宿は、日本橋本石町の長崎屋と決まっております。名代の大通詞も、そこに宿泊しているはず。とりあえず、オランダ人が紛れ込んでいないかどうか、調べてみることにいたします」

「紛れ込んだにせよ、ひそかに潜入したにせよ、長崎屋には滞在せぬだろう。かならず、噂になるからな。これには、何か裏がありそうだ。おれにも、いささか心当たりがある。日のあるうちに、歌吉とおりんを呼んでおけ」

「かしこまりました」

応じる誠一郎に、平蔵はつけ加えた。

「もう一つ。ゆうべ、藤兵衛が殺されるまでのいきさつを、今一度はるに確かめてみよ。消えた徳三についても、できる限り詳しく聞き出すがよい」

四

「おまえと藤兵衛は、いつも土蔵で事に及ぶのか」

俵井小源太の問いに、はるは恥ずかしげに目を伏せた。

「いつも、というわけではございません。月に一度ほどでございます」

「床をともにするのは、月のうちにどれほどだ」

はるが、困惑したように、目を上げる。

「そのようなことが、このたびの押し込みに関わりがある、とお考えでございますか」

「あるかもしれぬし、ないかもしれぬ。それは、聞いてみなければ分からぬ」

小源太が突き放すと、はるはしぶしぶという感じで、口を開いた。

「四、五日に一度、つまり月に六度か七度でございます」

藤兵衛の年を考えれば、少ない数ではない。

はるは、すでに三十を過ぎた大年増だが、藤兵衛に比べれば半分ほどの年だ。

藤兵衛の妻も、死んだときは四十前後だったというから、だいぶ年が離れていた。息子の壮吉がまだ八歳、というのもうなずける。

大年増とはいえ、はるは柳腰のむしろ痩せ形の女で、男なら藤兵衛ならずとも、すぐに目をつけそうな、えもいわれぬ色気があった。すれ違ったあと、かならず振り向いて見たくなる女、といってもよい。

小源太は、渡り廊下の手前の藤兵衛の部屋で、はるから話を聞いていた。

「ふだんはこの部屋で、お祭りを始めるのか」

はるはまた、目を伏せた。

「いいえ。近くの部屋に、息子の壮吉とおちよが寝ておりますので、そのときは渡り廊下の先の、離れに移ります」

「そして月に一度は、そこから土蔵にもぐり込むのだな」

「はい。ゆうべが、それでございました」

「およそ、何刻のことだ」

「土蔵にはいる少し前、九つの鐘が鳴り出したのを、覚えております」

「中扉だけ内側に閂があって、それを下ろしたと言ったな」

「はい。刻限が刻限だけに、だれかがはいって来るなどとは、考えもいたしませなんだ」

はるはそう言い、芝居がかったしぐさで、身を縮めてみせる。

「賊が押し入って来たときには、おまえはもう長持ちの陰に隠れていたのか」

「と申すより、ただならぬ気配を察した宅に、押し込まれたのでございます」

「それで、奥へ奥へと逃げて、最後に敷物のあいだにもぐり込んだ、というのだな」

「はい。そのさなかに、宅が難にあったことは、察せられました。ただ、恐ろしさのあまり体がすくみ、出るに出られなんだのでございます。見殺しにしたと言われましても、返す言葉がございませぬ」

はるは、消え入るような声でそう言い、目の下をたもとで押さえた。

小源太は、その芝居がかったしぐさを見て、少し鼻白んだ。

話を変える。

「おまえは藤兵衛と、いつ、どこで知り合ったのだ」

「五年ほど前に、京の島原で働いておりました時分、唐物の買いつけにまいりました宅と、知り合ったのでございます。そのあと、京へのぼるたびにお相手を務め、前の奥さまが亡くなられてほどなく、身受けされた次第でございます」

島原にいたとすれば、はるからにじみ出るつやっぽさも、なるほどと思われた。

「すぐには江戸に、来なかったのか」

「はい。しばらくは、京へのぼられたおりにだけ、お世話をさせていただきました。そして、半年ほど前に初めてこちらへ、呼び寄せられたのでございます」

不意をつくために、小源太はむきつけに尋ねた。

「後妻にはいる約束か」

はるは、たじろがなかった。

「はい。死後一年が過ぎて、きちんと喪が明けたら祝言を挙げる、と申しておりました」

だとすれば、まだ正式の夫婦ではないことになる。

このまま、なんの障りもなくはるが店を継ぐ、というわけにはいかないだろう。

「ところで、おまえより半年ほど前に店にはいった、徳三という手代が押し込みのあと、姿を消してしまったのだ。そのことは、承知しているな」

「はい。左之助さんから、そのように聞きました。徳三さんが、盗っ人を引き込む手引きをしたらしい、という話も耳にしております」

「おまえも、そう思うか」

はるは首をかしげ、考えるそぶりをした。

「それはなんとも、申し上げようがございません。ただ、盗っ人が引き上げたあと、わたくしが逃げようとして、土蔵の後ろの裏木戸に取りついたとき、閂がはずれていたのでございます」

小源太は、はるの顔を見直した。

「まことか。番屋での聞き取りのおりには、そんな話は出なかったではないか」

「気が顚倒しておりましたので、申し忘れたのでございます。裏木戸の閂は、よほど頑丈にできておりますので、自然にはずれることはございません。夜の戸締まりは、手代が交替ですることになっておりまして、ゆうべは徳三さんの番でございました」

「徳三がはずしておいた、というのか」

「締め忘れたのでなければ、わざとそうしたのでございましょう」

小源太は、少し間をおいた。

「それは妙だな。赤鞘の一味は、裏木戸からはいったのではないぞ」

「は」

はるは、いくらかうろたえた様子で、小源太をちらりと見返した。

土蔵の鍵を含む鍵束は、藤兵衛の居室の手文庫にしまわれており、持ち出された形跡はなかった。おそらく、徳三が藤兵衛の不在のおりに蠟を使って、型を取ったと思われる。

ただし、赤鞘の儀三郎が敷地内に押し入ったのは、裏木戸からではなかった。

小源太は、はるの顔をのぞき込んだ。

「裏木戸の近くの、路地に面した土塀の上と内側に、とがったもので引っ搔いたような、搔き傷が見つかった。一味は、そこから鉤縄《かぎなわ》を使って、侵入したと思われる。そのあと、儀三郎ら何人かが土蔵を襲い、残りの者は徳三が閂をはずした勝手口から、母屋に押し入ったのだ。裏木戸とは、関わりがないのだ」

小源太が言うと、はるは白い喉をかすかに動かして、庭先に目を移した。

先を続ける。

「あの夜、裏木戸の締まりを確かめる役は、徳三の番だったと言ったな。嘘だろう」

はるは黙ったまま、畳に目をもどした。

「まだある。例の、藤兵衛とおまえが楽しんだという枕絵は、枕元にきちんと束ねてあった。ほんとうに眺めていたのなら、ばらばらに散らばっているのが普通だ。あれは、かたちばかり用意しただけ、とみたがどうだ」

だめを押すと、はるは唇を引き締めたものの、なおも口を閉ざしたままでいた。

心が揺れている様子に、少し口調を和らげて続ける。

「おまえが、藤兵衛とまだ祝言を挙げていなかったとすれば、この店をすんなりと引き継ぐことはできまい。何か隠しごとがあるなら、ありていにしゃべった方が、身のためだ。話によっては、力にならぬものでもないぞ」

はるは、少し長すぎると思われるほど、考えていた。

それから、静かに小源太に目をもどし、頭を下げて言った。

「恐れ入りましてございます。かくなる上は、ありていに申し上げます」

五

蠟燭の灯が、かすかに揺れる。

オランダ稽古《けいこ》通詞《つうじ》の吉村治之進《よしむらはるのしん》は、燭台の光を浴びて立つ大男を見上げ、恐ろしさに身震いした。

「そげなこと言われましても、おいはなんも知りまっせんけん」

「嘘をつくと、ためにならぬぞ。おまえたち、先ごろ長崎から江戸へ出て来た者の中に、かならずオランダ人がいたはずだ」

「ばってん、江戸参府は五年目ごとに一度と、去年決まりが変わりましたけん、今年はカピタンをはじめオランダ人は、だれも来とりまっせんとね」

治之進は、すでに長崎への帰路についた大通詞、加福安次郎《かふくやすじろう》とともに代参の一行に加わり、三月上旬に江戸に来た。天候のせいで、例年よりだいぶ遅れての、江戸入りだった。

在府の長崎奉行に、はるばる運んで来たオランダの方物を届け、奉行がそれをお上に献上する、という手順になっていた。

それも三月、四月と市中を震え上がらせた盗賊の詮議、ことに葵小僧の探索と捕縛騒ぎのせいで、大幅に遅れた。奉行が、お上に献上品を奉呈したのは、五月上旬になってからのことだった。

一行は江戸を出立したが、治之進ほか数名の小通詞、稽古通詞らが長崎屋に居残り、残務処理に携わっている。江戸のしきたりや、道筋に明るい者が残されたのだ。

この日、治之進は骨休めに繰り出した吉原からの帰り、日本堤で何者とも知れぬ一味に拉致され、場所も分からぬ掘っ建て小屋に連れ込まれた。

そして今、その頭目らしき赤鞘の大刀を帯びた、覆面の大男に責め立てられている。まわりを、同じようないでたちの男どもに囲まれ、とても逃げられそうな雲行きではない。

大男の隣にいる、副頭目格と思われる覆面の男が、口を開く。

「おめえが、オランダ通詞の吉村治之進だということは、とうに知れてるんだ。おれたちに力を貸さぬかぎり、生きては帰れねえぞ」

治之進は唾をのみ、口元をぬぐった。

こちらの、名前も身分も知られていると分かって、急所をつかまれた気分になる。吉原で、いささか羽目をはずしすぎたのが、たたったかもしれない。

大男が、あらためて口を開く。

「もう一度言うぞ。おまえたちの一行に、髪が赤くて目の青い、人相の悪い男がいたはずだ。今どき、この江戸に現れる異国人といえば、オランダ人のほかにおらぬわ。妙に身軽な、異国人にしては小さな男よ。心当たりがあるだろう」

詰め寄られて、治之進はたじろいだ。

「おいたちの一行に、そげな男はおらんかったとよ」

それを聞くと、大男が覆面越しにしゅっと息を鳴らして、隣の男に声をかけた。

「善七《ぜんしち》。こやつに、礼儀を教えてやれ」

善七と呼ばれた副頭目格は、見た目にはいささか鈍重そうな、小太りの男だった。

その善七が、手にした平たい竹ベラのようなもので、治之進の横面を張り飛ばした。

治之進は、目から火花が散ったような気がして、その場に横倒しになった。

善七の声が、降ってくる。

「嘘をつくな、とおかしらが言ったのが、聞こえなかったのか。正直に言やあ、命だけは助けてやる。さもねえと、なますにして海へほうり込むぜ」

治之進は、くらくらする頭を振りながら、なんとか体を起こした。

「う、嘘ではございまっせん。こんたびは、一行の中にオランダ人は一人も、おりませなんだげな」

そう言ってから、すぐに付け加える。

「ただ、おましゃんがたの仰せらるる怪しかオランダ人なら、心当たりがあるとでございます」

善七は、竹ベラを引いた。

「言ってみろ」

「長崎で、カピタンが甲賀の忍びのように使っている、ウィレムと称するオランダ人が、おりますばい」

「ウィレム、だと」

大男が、おうむ返しに言う。

「はい。縮れた赤い髪に青い目の、オランダ人にしては小柄な男じゃけん、間違いなかとでございます。顔の作りが、並の者よりだいぶゆがんどるけん、ちょっと見には鬼の面のように、見えますたい。オランダでは、軽業師ばしちょった、という噂じゃ」

大男は、なるほどというようなしぐさで、うなずいた。

「その男が、おまえたちとは別に江戸に来ている、というわけか」

少しためらったものの、しぶしぶ治之進は口を開いた。

「はい。来ていても不思議はなか、と思うちょります」

「なぜだ」

治之進は、一息ついた。

この大男は、ただのごろつきではない。

所作に妙な重みがあるし、話しぶりから町方の者とも思えぬ。善七ら、ほかの連中とは違う。もとは、侍の出のように思える。

怒らせたら、容赦なく命を取られそうだ。こんなところでやられたら、死んでも死にきれぬ。

治之進は言った。

「ウィレムは以前から、カピタンの密命で薩摩島津家のご家中を相手に、抜荷の手引きばやっとりますばい」

「抜荷の手引きだと。オランダ人は、長崎どころか出島から出ることすら、許されておらぬはず。抜荷など、もってのほかではないか」

治之進は、喉を動かした。

出島の決まりを知っているとなると、この男はやはりただ者ではない。

肚《はら》を決めて言う。

「許されておらんけん、忍びまがいの者ば使って薩摩とのつなぎを、つけとりますばい。もしかすっと、ウィレムは名代の大通詞の参府に合わせて、江戸へもぐり込んだかもしれまっせん」

「いくらオランダの忍びでも、おまえたち一行に紛れ込むならともかく、独り身で長崎から江戸へ来ることは、できぬだろう」

「できぬものでも、なかとでございます。島津のご家中とは、ふだんからつなぎができとりますけん、薩摩の船ば使って品川沖へ乗りつけるのは、たやすかことと存じます」

善七が、竹ベラで自分の太ももを、ぱんと叩いた。

「そう言やあ、高輪の薩摩島津家の下屋敷は確か、品川の海に面しておりやすぜ、おかしら。屋敷の前には、専用の荷揚場もある、と聞いた。ウィレムの野郎が、もし薩摩屋敷にかくまわれているとすりゃあ、見つからねえはずだ」

治之進は、恐るおそる聞いた。

「おまえしゃまがたは、なしてあのオランダ人の軽業師に、そんげんこだわらっしゃるとね」

大男の、覆面のあいだからのぞく目が、ぎろりと光る。

しばし、じりじりするような沈黙のあと、大男は懐に手を入れた。

取り出したものを、治之進の前の茣蓙《ござ》に投げる。

それは、薬包の形に折り畳まれた、薄い油紙だった。

「あけてみろ」

大男に促されて、薬包を開く。

治之進は、頬がこわばるのを感じた。

そこにくるまれていたのは、ざらめに似た薄茶色の粗い粉だった。

なめてみなくても、それが何かは分かった。オランダ渡来の魔薬、マンドロガに違いない。

「それが何か、オランダの通詞を務めるおまえなら、分かるはずだ」

うむを言わせぬ口調に、治之進はつい応じてしまった。

「は、はい。これはおそらく、マンドロガで」

マンドロガは、ごく少量で鎮痛によく効く高貴薬だが、実のところは媚薬としても卓効がある。ひそかに、幕閣や大名家に出回り始めたため、公儀では禁制品とされている。

大男がうなずく。

「そうだ、マンドロガだ。その、ウィレムとかいうオランダの忍びが、それを大量に隠し持っているはず。そいつをごっそり、おれたちがいただく。おまえに、その手伝いをしてもらいたいのだ」

治之進は、すばやく考えを巡らした。

おそらく、出島に勤めるオランダ役人のだれかが、江戸で高くマンドロガを売りさばこうと、ウィレムを送り込んで来たに相違ない。カピタンはそれを知らないか、知りながら知らぬふりをしているかの、どちらかだろう。

いずれにせよ、近年日本との取引高が低下してきたことから、出島としては少しでも裏金を稼ごう、という魂胆らしい。

しかし、この大男はなぜマンドロガのことを、知っているのか。

治之進は、思い切って大男を見上げた。

「そげなことば、知っておらるるおまえしゃまは、いったいどなたでございますか」

大男が、せせら笑う。

「おれか。おれは、赤鞘の儀三郎とひとに呼ばれる、盗っ人さまよ」

その名を聞いて治之進は、身が引き締まるのを感じた。

同時に、背筋が冷たくなる。

江戸へ来てから、赤鞘の儀三郎の名を耳にしたのは、一度や二度ではない。先般、葵小僧なる凶盗が獄門にかかったあと、間なしに名を売り始めた盗賊の頭目だ。

つい先日も、唐桟屋という唐物問屋に押し入り、あるじと番頭を殺したという噂を、聞いたばかりだった。

しかし、その頭目があっさり正体を明かしたとなれば、手を貸しても生きて帰してはもらえぬ、ということではないか。

ここが、思案のしどころだ。

治之進は気を落ち着け、神妙に聞き返した。

「ばってん、そげなおかたがおいに何をせよ、と言わるるとでございますか」

赤鞘の儀三郎が、覆面の下で笑うのが分かる。

「ウィレムは、薩摩屋敷に隠れているに違いない。おまえは、なんとしてもウィレムを誘い出して、おれのところへ連れて来るのだ」

六

日が西に傾く、夕七つ半ごろ。

三十前後の、長羽織を着た小柄な男が、薩摩島津家の下屋敷の門で、案内を乞うた。

格子窓越しに二、三のやり取りがあり、ほどなく門番がくぐり戸をあけて、男を中に入れる。

門前の通りを背に、品川の海へ釣竿を投げている歌吉に、りんは声をかけた。

「今の男を、見たかい」

「ああ、ちらっとな。どんな男だ」

「三十くらいの、小柄な男さ。顔に、あばたが残っていたよ。たぶん、長崎の男じゃないかね」

「長崎だと。どうして、そんなことが分かる」

「ばってん、ばってんと二度口にするのが、耳に届いたのさ」

「しかし、ばってんを遣うのが長崎だけ、とは限らねえだろう。薩摩でも、遣うんじゃねえか」

「薩摩弁は、また別ものと聞いたよ。それに、今の男がやって来るのを見ていたら、妙に前かがみになって、爪先でのめるように歩いて来たのさ」

「それがどうした」

「長崎は坂や石段が多いから、町の人はみんな前かがみに歩く癖がつく、と聞いたことがあるんだよ」

　歌吉は釣竿を引き上げ、りんを見返った。

「なるほど。坂や石段をのぼるときは、だれでも前かがみになる。おめえの言うとおり、長崎者かもしれねえな」

「だけど、長崎の男が薩摩屋敷に、なんの用があるのかねえ」

「目の端で見ただけだが、ただの町人じゃねえな、あの男は。もしかすると、先ごろカピタンの名代で参府に来た、オランダ通詞の一人かもしれねえ」

「その人たちは、とうに長崎へ発ったんじゃないかえ」

石にすわったまま、歌吉はりんの方に向き直った。

「俵井の旦那によれば、役人への挨拶回りとかの雑用をこなすのに、下っ端の通詞が何人か長崎屋に居残った、という話だぜ」

りんは、眉根を寄せた。

「そんな男が、薩摩屋敷になんの用だろうね」

「怪しいやつが出入りしたら、あとをつけろというお指図だ。出て来るのを、待とうじゃねえか」

俵井小源太からは、薩摩の下屋敷に出入りする者を見張れ、と指図を受けている。ことに、風体や振る舞いの怪しい者がいたら、あとをつけて正体を突きとめろ、と言われた。

こういうときのために、りんは握り飯と水のはいった竹筒を、いつも用意している。

日が暮れ、二人が腹ごしらえをしたあとも、男は出て来なかった。

ようやく姿を現したのは、門内に消えてから二時半ほどもたった、夜四つ過ぎのことだった。

ただ、出て来た長羽織の男は一人ではなく、連れがいた。

提灯の明かりに、ぼんやりと浮かんだその連れは、暗い色の小袖と袴を身につけ、深編笠をかぶった男だった。

大刀を一本、落とし差しにしているだけで、何も手にしていない。外目には、浪人者としか見えぬいでたちだ。

長羽織の男は、提灯を持って先に立った。

歌吉とりんは、二人が高輪の大木戸の方に向かうのを確かめ、少し遅れてあとをつけ始めた。用心のため、提灯には火を入れない。

前を行く二人の影が、提灯の明かりに浮かび上がる。暗い東海道の往還に、人通りはほとんどない。

半町と歩かぬうちに、歌吉がささやいた。

「おりん。あの浪人者、おかしいと思わねえか」

りんはうなずいた。

「あたしも、そう思うよ。あれは、お侍じゃないね」

浪人者の足取りは、腕を振らずに歩く普通の侍の歩き方と、明らかに異なっていた。

両腕を、踏み出す足と逆向きに前後に振りながら、すべるように歩くのだった。

それに、歩くとき腰の刀がじゃまになるのか、鞘をほとんど下向きに差している。

長羽織の男がときどき振り向き、それをしぐさで差し直させるのだが、すぐにもとにもどってしまう。

りんは続けた。

「あれは、町人がお侍に化けてるんだ、と思うよ」

歌吉が、口の端で応じる。

「町人なら、見よう見まねでもっと侍らしい歩き方を、するだろう。ありゃあ、町人でもねえよ」

「それじゃ、坊主かい」

「いや。編笠をかぶってるから分からねえが、ありゃあ日本人じゃねえ。異国の男よ」

りんは驚き、歌吉を見た。

「それじゃ、あの男は俵井の旦那がおっしゃっていた、オランダ人の鬼とかなんとかってやつかい」

「つらを見りゃあ、すぐに分かるんだがなあ。どっちにしても、あの前かがみの野郎がオランダ通詞なら、連れの男はその鬼とやらとみていい、と思うぜ」

海に沿って、大木戸へ向かう道の左側は町屋で、右側の岸辺にはところどころ、荷揚場が設けられている。

大木戸まで一町ほどに迫ったとき、二人の男は左手の町屋のあいだの道へ、曲がり込んだ。

歌吉とりんは足を速め、二人を追った。

曲がり角まで来ると、前方に長羽織の男が持つ提灯が、揺れていた。

二人の男は、寺のあいだの坂をのぼったりおりたりして、しまいには大木戸を半町ほど越えた、同じ往還に出た。

どうやら、浪人者が番人の不審を招くのを恐れて、大木戸を通るのを避けたらしい。

道はしだいに岸辺を離れ、両側に町屋が延び始める。

前を行く二人は、札の辻の二股道を左に取って、三田の町にはいった。

しかし、そう長くは歩かなかった。四町ほどで、左側の町屋のあいだの道をはいり、姿を消した。

歌吉は、りんを置いて通りを突っ走り、二人が消えた曲がり角に行った。

りんは、星明かりの下を小走りに駆け出し、歌吉のあとを追った。

角に身をひそめ、道の奥をうかがう歌吉に、ささやきかける。

「提灯が、見えるかい」

「いや。この先は行き止まりで、寺らしい門があるだけだ。そこにはいったようだ」

「あたしたちも、はいってみようよ」

「そうもいかねえ。門の石段に男がすわって、見張りをしていやがる。ここからは、はいれねえ」

「どうしようかね」

歌吉は、少しのあいだ考えていたが、やがて言った。

「おれはこのあたりで、寺を見張ることにする。おめえは、俵井の旦那に事の次第を、お知らせしろ。もし、二人にまた動きがあるようなら、おれ一人であとをつける」

「分かった」

りんは足音をしのばせ、見張りの男に見られないように、同じ道を引き返した。

七

赤鞘の儀三郎が言う。

「あのオランダ人に、どう持ちかけたのだ」

吉村治之進は、小ずるそうな笑みを浮かべて、儀三郎を上目遣いに見た。

「どげんもこげんもなか。ウィレムは、江戸へマンドロガば売りさばきに来たこつ、すぐに認めましたたい。あやつめ、どんがんしてもあれを売り切らねば、出島へ帰れんとでござる。カピタンに申し訳が立たぬし、薩摩にもそれなりの口銭ば払わねば、帰りの船に乗せてもらえんけん」

儀三郎のそばに立つ善七は、じっと治之進を見下ろした。

善七には、この男はどうも信用ならぬやつという、いやな勘が働いている。

善七には、大胆なだけで考えるのが苦手な儀三郎を、陰で支えてきた自負がある。

武州岩槻《いわつき》の、三代にわたる浪人者の儀三郎をこれと見込み、頭目に据えたのが始まりだった。

それまでは、田舎のこそ泥の集まりにすぎなかったのを、儀三郎とともにれっきとした盗賊一味に仕立て、江戸へのして出るまでに育て上げたのだ。

それだけに、足をすくわれるような危ない橋は、渡りたくない。

善七は、横から口を出した。

「ウィレムと、どう話をつけたんだ」

「はい。どげな量でも、おまはんの持っとるマンドロガば、全部買い取るちゅうお人がいると、そげん言うてやりましたげな」

赤鞘の一味は今、芝田町と赤羽橋の中途にある三田のぼろ寺、浄仙寺《じょうせんじ》にひそんでいる。住職の春寛《しゅんかん》は、善七の幼なじみの生臭坊主で、金さえ払えば自分の寺を、盗っ人宿に差し出してくれる。一味が寺を使うあいだは、所化《しょけ》どもを連れて吉原へ遊びに行き、何日でも居続ける。

いずれは乱行がばれて、所化もろともお縄になるに違いないが、そうなる前に機を見て春寛を、始末しなければならない。

ウィレムは、今善七たちがいる本堂の裏手の小部屋で、一人酒を飲んでいる。儀三郎と善七は、これから治之進に通弁をさせて、ウィレムと取引を始めるつもりだ。

小部屋の外は裏庭で、その向こうは松平なにがしの広大な大名屋敷だから、少しばかり声や音を立てても、聞きとがめられることはない。

儀三郎が言う。

「はなから痛めつけて、無理やり口を割らせるのは手間がかかるし、嘘をつかれる恐れもある。おまえとウィレムとのよしみで、うまく話をつけてマンドロガの隠し場所を、吐かせるのだ。あとは、おれたちがうまくやる」

治之進は、また小ずるい笑みを浮かべた。

「そのおりには、おいにもマンドロガばちょっとばかり、回してもらいたかとね」

善七も、笑い返す。

「おう、おかしらもおれも、そのつもりだ。おめえは仕事がら、江戸詰めの大名家や老中筋に、顔がきくだろう。場合によっちゃあ、さばきを手伝ってもらってもいいんだ」

「さばく先なら、なんじゃかんじゃ心当たりがあるけん、任せてもらいまっしょ」

儀三郎が、背後に控える手下たちを見返って、声をかける。

「おまえたちは、ここでしばらく待て。門の見張りが何か言ってきたら、すぐに奥へ知らせるのだ。分かったな」

手下たちはいっせいに、へい、へいと応じた。

善七は治之進を急き立て、儀三郎のあとについて奥の小部屋に行った。

四畳半の隅に置かれた、低い供物台にすわるオランダ人の姿が、燭台の光に浮かび上がる。

小豆色の小袖と、同じ色の袴を身につけたウィレムの姿は、珍妙なものだった。

畳に投げ出した脚は、日本人よりはるかに長く見えるが、立ち上がると五尺三寸の善七と、さほど背丈が変わらない。オランダ人にしては、いたって小柄な方だろう。

それより目立つのは、赤い髪とつながった眉、それにゆがんだ目鼻と口の、奇妙な造作だった。生まれつきか、それとも何かに押しつぶされたのか、うっかりすると鬼の面のように見える。

ウィレムは、刀の鐺《こじり》を畳に突いて腕を支え、三人を見た。

治之進が愛想笑いを浮かべ、儀三郎と善七を交互に指さしながら、何か言う。

ウィレムが立ち上がり、胸に手を当てて軽く頭を下げたので、儀三郎も善七もそれにならった。

ウィレムは、ふたたび供物台に腰を下ろし、善七ら三人は畳にすわる。

「始めろ」

儀三郎が短く言い、治之進はうなずいて膝を進めた。

治之進とウィレムは、しばらくオランダ語でやり取りを続け、善七は二人の表情やしぐさを、注意深く見ていた。

ウィレムの顔は、ゆがんでいるのではっきりとしないが、どこか疑いを抱いているような、硬い表情に見えた。

一方治之進の顔には、なんとか説得しようという必死の色が、表れていた。

ほどなく、治之進が二人を見て言う。

「ウィレムは、三斤《きん》（約一・八キログラム）ほどのマンドロガば、江戸へ持ってまいった、と言うております」

善七は、儀三郎と顔を見合わせた。

マンドロガは、売り値で一匁《もんめ》（三・七五グラム）一両をくだらない、といわれる。三斤ともなれば、途方もない額に達しよう。

　儀三郎が言う。

「百両で、全部買い取ると、そう言ってくれ」

治之進は、すばやく頭の中で勘定する様子だったが、すぐに眉を寄せた。

「ばってん、そいじゃあちっと、安すぎっと」

「商売は駆け引きだ。百両でだめなら、いくらで売るか聞いてみろ」

治之進が、ウィレムにそれを伝える。

ウィレムは首を振り、指を立てて何か言った。

「八百両、言うちょります」

治之進の通弁に、儀三郎は笑った。

「ばかな。闇でさばくのに、それは欲張りすぎだ。二百出すと言え」

それを聞くと、ウィレムは六百五十両に下げた。

そうしたやり取りが、何度か続く。

とどのつまりに、四百二十五両で話がついた。

「マンドロガは、金と引き換えに渡す、言うちょります。どがんすっとね」

治之進に聞かれて、儀三郎は善七を見た。

　善七は言った。

「金は、おれたちの手元にある。ウィレムに、マンドロガをここへ持ってくりゃ、引き換えに渡すと言ってやれ」

それから、反対側の隅にかぶせてあった風呂敷を、引きのけた。

その下に、千両箱が置いてある。

蓋をあけると、半分ほど埋まった小判が、鈍い光を放った。七百両ほど、はいっているはずだ。

ウィレムは、それを見て目を輝かせた。

しかし、治之進から善七の言葉を聞かされると、たちまち難色を示した。

治之進は、ウィレムが何か言うのを聞いて、苦笑いしながら通弁した。

「マンドロガば持って来たとたん、ばっさり斬られるのはごめんだ、と申しちょります」

そうくることは、善七の読みにはいっていた。

「それなら、どこに隠してあるか言ってくれ。おれたちが金をかついで、一緒にそこへ行こうじゃねえか」

治之進が、またウィレムと話を始める。

今度は、かなり長いやり取りが続き、善七はいらいらした。ウィレムを痛めつけて、さっさと吐かせた方がよかったかもしれぬ、と思う。

ようやく、治之進が向き直った。

「ウィレムが言うには、自分が隠し場所へ案内するけん、おいに一人だけついて来るように、ちゅうこつじゃ。おいが、そこにマンドロガがあることば確かめたら、おましゃんらと一緒に金ば運んで、隠し場所へもどって来るがよか、ちゅうとりますたい」

善七は儀三郎を見た。

儀三郎は、おまえに任せるというふうなしぐさで、小さく顎を動かした。

善七は、治之進に目をもどした。

「分かった。ただし、おめえ一人じゃだめだ。徳市《とくいち》を一緒に、つけて行かせる」

「トクイチ、ちゅうと」

「手下の一人よ。腕っ節は頼りねえが、引き込み役の得意なやつだ」

徳市は、唐桟屋にも徳三と名を変えてもぐり込み、仲間を引き入れている。

治之進の通弁を聞くなり、ウィレムはゆがんだ顔をいっそうゆがめた。いかにも、不服そうだ。

しかし、治之進がさらに二言三言、なだめるように何か言うと、不承不承うなずいた。

それを見て、儀三郎が勢いよく立ち上がる。

「よし、行ってこい」

暗い道を歩きながら、ウィレムはしきりに後ろを気にした。

それを横目で見ながら、治之進は徳市の顔色をうかがった。

引き込み役をするだけあって、徳市だけはほかの仲間とだいぶ様子が違い、崩れたところがない。外からは、四十がらみの実直な商人にしか、見えないだろう。

話し好きらしく、歩きながらいろいろ問いかけてくるが、治之進は生返事で応じた。

どうやら、あとを追って来る者はいないと判断したのか、ウィレムが足を速める。

治之進は、肚を決めていた。

先刻の寺でのやり取りのおり、赤鞘の儀三郎も善七と呼ばれた男も、覆面をしていなかった。

素顔をさらすのは、名前を明かす以上に危険なことだから、その意味は一つしかない。

やはり、用がすんだら自分は殺される、ということだ。

だが、むざとやられはしない。

札の辻の近くまで来た。

「あ」

わざと声を立て、治之進はたたらを踏んでみせた。

「どうした」

並んで歩いていた徳市が、足元をのぞくようにかがみ込む。

すかさずウィレムが、徳市の背後から喉元に腕を回し、一気に絞め上げた。

オランダ人にしては小柄でも、軽業師だけに腕力は並のものではなく、徳市は声も出さずにそのまま、喪心した。

ウィレムは、徳市の体を高札場の柵の中へ、引きずり込んだ。

思いどおりの筋書きに、治之進はほくそ笑んだ。

赤鞘一味から、どのように話を持ちかけられようと、臨機応変に急場をすり抜けるつもりで、薩摩屋敷から寺への道みちウィレムと、肚を合わせておいた。

徳市が一緒について来る、というのは筋書きにはいっていなかった。

そこで、最後の通弁のときに途中で始末しよう、と意を通じておいたのだ。あの、オランダ語の分からない二人を欺くのは、むずかしいことではなかった。

その場を離れながら、治之進はウィレムにオランダ語で言った。

「そろそろ、マンドロガどこ隠したか、教えてくれ。薩摩屋敷や、船の中、違うね」

「ああ、違う。そんなところへ隠したら、サツマのやつらに取られてしまう」

「そなら、どこ隠した」

ウィレムは、少し考えてから、おもむろに言った。

「おれを、トウザンヤに連れて行ってくれ」

治之進は闇の中で、ウィレムの顔を見た。目だけが、ぎらりと光っていた。

「唐桟屋。この前、赤鞘一味、襲った店か」

「そうだ。あの店のあるじ、トウベエとマンドロガの取引をしているとき、さっきの連中が押し込んで来た。おれはとっさに、マンドロガの包みを取り上げて、奥へ逃げた。逃げ道は、壁の高いところにある小窓しかない。袋を持ったままでは、のぼり切れぬ高さだ。やむなく、マンドロガを緞子の敷物の中に突っ込んで、なんとか逃げ出したわけさ。小窓は格子がはまっていたが、開け閉めができたのが幸いだった。裏木戸の外には、一味の見張りが二人もいたので、しかたなく店の建物の中を通り抜けた。途中、部屋にいた女に顔を見られたが、とにかく別の出口から外へ逃げたのだ」

治之進はあきれて、足を止めた。

なるほど、そういうことだったのか。

逃げ出すとき、ウィレムは見本のはいった油紙の包みを落とし、それを赤鞘の儀三郎が見つけた、という次第だろう。

「藤兵衛との取引、だれが仲立ちした」

「トウベエの妻の、ハルという女だ。ハルは、以前ナガサキのマルヤマの遊女で、おれとは顔見知りだった。カピタンに呼ばれて、よくデジマに来たからな。そのあと、ハルはキョウへ移ったが、そのあとトウベエに金で買われて、エドへくだったのだ。ハルが、キョウからマルヤマに、手紙でそう書いてきた。その知らせが、デジマにも届いたのだ」

それを聞いて、なんとなくからくりが読めた、と思った。

なじみの元遊女が、江戸の大手の唐物問屋にはいったと聞いて、出島のオランダ人はそれを取引に利用しよう、と思い立ったのだろう。

ウィレムが続ける。

「おれは、サツマ屋敷からトウザンヤまで、道筋を書いた紙をハルにもらったが、もどったあと捨ててしまった。もう道筋を、思い出せない。まして夜は、方角も分からない。おまえは、この町に詳しいはずだ。案内してくれ」

治之進は、考えを巡らした。

「今から行っても、だいじょうぶなのか」

「だいじょうぶだ。おれが中にはいって、ハルをこっそり起こす。おまえは、店まで案内してくれれば、それでいい」

「おいの案内料、高いぞ」

「分かっている。トウベエには、マンドロガをゴヒャクリョウで売る、と約束した。それは、一緒に土蔵の中にいたハルも、承知している。あんたには、その一割やる」

治之進は、首を振った。

「それでは、案内できない。百両か、マンドロガ両手に一杯、もらいたい」

ウィレムは、どちらが得か考えているようだったが、やがて渋い顔で言った。

「欲張りめ。ハルが、その場で金を渡してくれたら、ヒャクリョウやろう。早く案内してくれ。ただし、バンヤとかキドとかの、ない道筋をな」

八

吉村治之進は、裏木戸を押した。

厚くて重い木戸で、中から閂がかかっているらしく、とうてい破ることはできない。

ウィレムが言う。

「心配ない。おれが、塀を乗り越える。中から、戸をあけてやる」

治之進は、一間半ほどもある高いナマコ塀を見上げ、首を振った。

「この塀、高い。越えられるか」

鉤縄でもあれば別だが、いくら軽業師でも素手でこの高い塀を、のぼれるだろうか。

「待っていろ。すぐにあけてやる」

ふと、置き去りにされる不安を覚え、念を押した。

「ほんとに、あけてくれるか」

「あける。おまえがいなければ、薩摩屋敷へもどれないからな」

確かに、そのとおりだ。

ウィレムは、路地の反対側に身を引いたかとみるや、まっしぐらに塀に突進した。

つぎの瞬間、ウィレムの体は立ち塞がる塀に飛びつき、蜘蛛のように這い上がった。

たちまち、天辺の瓦に指をかけて体を引き上げ、ひょいとまたがる。

どうやら、目地のわずかな凸起を手がかりに、壁を駆けのぼったらしい。

ウィレムの姿が消えたかと思うと、すぐに内側で閂がはずれるかすかな音がして、木戸がわずかに開いた。

治之進はその隙間から、中にすべり込んだ。

木戸を閉じ、閂をもどそうとする治之進を、ウィレムが制する。

「ほうっておけ。どうせ、あとで逃げるんだ」

それもそうだ、と治之進は手を離した。

月明かりをすかして、土蔵の外壁を見上げる。

高い屋根の下に、小さな明かり取りらしい窓が、口をあけている。ウィレムが逃げ出した、というのはあの小窓のことだろう。

治之進とウィレムは、土蔵の前に回った。

大扉に、いかにも頑丈そうな錠前が、取りつけてある。

ウィレムは、渡り廊下らしい細長い建物を指して、ささやいた。

「ハルは、あの長い渡り廊下の先に寝間がある、と言った。おれは、そこへ忍び込んで鍵と一緒に、ハルを連れて来る。おまえは、ここで待っていろ」

「分かった。もし、もどらなかったら、番屋行っておまえのこと、訴えるぞ」

ウィレムはそれに答えず、渡り廊下の方へ駆け出した。

縁の下へもぐったように見えたが、そのままウィレムの姿は消えた。

思ったほど長くは、かからなかった。

渡り廊下の、とっつきの雨戸が音もなく開いて、白い夜着をまとったはだしの女が、置き石におりて来た。右手に、鍵束を持っているのが、星明かりに見える。

女のあとから、ウィレムが姿を現した。

治之進は月明かりに、近づいて来る女の顔を見た。

はるであれ、だれであれ美しい女には違いないが、まったく見覚えがない。

丸山には、大勢の遊女がいた。地元なので腰が引け、治之進も頻繁にはかよえなかったから、見覚えがなくて当然だろう。

そばへ来ると、はるは治之進にちらりと目をくれただけで、すぐに大扉の錠に取りついた。

はるが、ウィレムに声をかける。

「これをちょっと、持っていておくれ」

驚いたことに、はるの口から出たのは片言ながら、オランダ語だった。

おそらく、出島に出入りしているうちに、覚えたのだろう。藤兵衛と、ウィレムのあいだの通弁も、務めたに違いない。

ウィレムが、錠を支える。

はるは、鍵束から目当ての鍵を選んで、難なく錠をはずした。

治之進はウィレムに手を貸し、大扉をゆっくりと引きあけた。十分油を差してあるらしく、まったく音はしなかった。

中は板敷で、一間ほど先に別の小さな中扉があったが、はるが押すとすぐに開いた。

はるは、どこからか取り出した火打ちを打って、そここに立っている燭台に、順に火をつけた。

土蔵の中が、ひときわ明るくなる。それでも、さほど遠くまでは光が届かず、奥の方は暗いままだった。

片付けをしていないのか、長持ちや木箱がまだばらばらに置いてあり、荒らされたあとが残っている。

ウィレムが言った。

「トウベエが死んでも、取引の話は生きている。今度はあんたと、同じ割りで取引する。今すぐ金を用意するなら、マンドロガはそのまま置いていく。あとで払うというなら、マンドロガはとりあえず持って帰る。どうするか、考えろ」

燭台の光を浴びたウィレムは、まさに鬼のような顔つきだった。

臆する様子もなく、はるがオランダ語で応じる。

「何言ったか、分からない」

ウィレムは、治之進に顎をしゃくった。

「通弁しろ」

治之進は、ウィレムの言葉を長崎弁で、繰り返した。

はるが、薄笑いを浮かべる。

「盗っ人にはいられて、うちの店は一文なしだよ。そんなお金はないね」

しかたなく、そのとおり伝える。

ウィレムは、真意をはかるようにはるを見つめたが、やがて肩をすくめた。

「それじゃ、しかたがない。マンドロガを取り返して、引き上げるか」

治之進もうなずく。

「そうするしかない。おいが、さばくのを、手伝う。心配、ない」

オランダ語でそう言ったとき、突然背後から声がかかった。

「マンドロガは、おれがもらっていくぞ」

驚いて振り向くと、開いた中扉の戸口にいつの間にか、黒装束の影が大小二つながら、立ち塞がっていた。

発した声から、大きな方が赤鞘の儀三郎と分かって、治之進は言葉を失った。

もう一人は、そのずんぐりした体つきから、善七と見当がつく。

あれほど、後ろに気を配りながらやって来たのに、どうして二人がここにいるのか。

「こんなこともあろうかと、おめえたちのあとをつけて来たのよ。徳市をやって、ほっとしたのが運の尽きだ。こっちは、夜歩きが本業でな。間違っても、おめえたちに気がつかれるような、へまはしねえさ」

その声は、確かに善七だった。

儀三郎が、あとを続ける。

「おとなしく、マンドロガを差し出せば、命まで取ろうとは言わぬ。おれたちも、ここで騒ぎは起こしたくないからな」

二人は、刀を抜いた。

善七が、体つきに似ぬすばやさで、壁際から奥へ回る。小窓から逃げるのを、さえぎるつもりだろう。

善七は言った。

「さあ、マンドロガをどこに隠したか、さっさと言え。ここへやって来たからには、この土蔵の中にあるに違いねえんだ」

儀三郎が、治之進を見る。

「逃げようとしてもむだだ、とウィレムに言ってやれ。土蔵の外には、手下どもが待ち構えているのだ。観念して、マンドロガを渡せ、とな」

いやも応もなく、治之進はそれをウィレムに伝えた。

ウィレムは、鬼のような顔をいっそうゆがめたが、何も言わない。

儀三郎が、抜き身を構えてずい、と前に出る。

治之進は、あわてて言った。

「ま、待ってくらっせ。マンドロガは、奥の敷物の山ん中のどっかに、突っ込んであるごたる。ウィレムが、おいにそう言ったけん、間違いなかと」

それを聞くなり、善七がくるりと体の向きを変え、奥へ行こうとする。

同時に、ウィレムがいつの間に抜いたのか、手にした刀を頭上に振りかざし、善七の背に斬りかかった。

気配を察した善七が、とっさに横へ逃げる。

ウィレムは、空を切った刀を持ち直すなり、体ごと宙を一転して治之進を飛び越え、儀三郎に襲いかかった。

不意をつかれた儀三郎は、かろうじてその刃を鍔元で受け止め、ウィレムをそばの木箱へ、どんと突き放した。

体勢を崩しながら、ウィレムはかたわらの長持ちに、飛び上がった。

さらに、隣の木箱の蓋を踏み台にして宙を舞い、儀三郎の頭上に斬りつける。

儀三郎は、それを間一髪かいくぐって、飛びおりるウィレムの胴を斜め上に、なぎ払った。

ウィレムは悲鳴を上げ、床にどうと転げ落ちた。

あたりに血しぶきが飛び散り、たまげた治之進は床に這いつくばった。

善七が、体をひるがえして奥へ突き進み、積み上げられた木箱の向こうへ、勢いよく飛び込む。

敷物をはがすような、ばたばたする音がしばらく続いたが、やがてあたりがしんとなった。

木箱の陰から、覆面を取った善七が険しい顔つきで、姿を現した。

三人のそばにもどり、治之進を睨みつける。

怒りのこもった声で言った。

「敷物のあいだにゃ、マンドロガどころか塩の一つまみも、見当たらねえぜ」

這いつくばったまま、治之進は善七を見上げた。

「そ、そげなこと言われても、ウィレムは確かにそこへ隠したと、そう言ったげな」

「そげなことも、くそもあるか。正直に、隠し場所を言わねえと、命はねえぞ」

治之進はうろたえ、そばに横たわるウィレムの体を、揺すり立てた。

「おい、ウィレム。ほんのとこ、どこさに隠したとね」

言ってから、言葉が通じないことを思い出す。

それより何より、ウィレムは醜い顔を恐ろしいほどゆがめ、すでに死んでいた。

儀三郎が、血にまみれた抜き身をはるに突きつけ、押し殺した声で言う。

「ウィレムが言う場所にないとすれば、おまえがそれを見つけて別のところに隠した、ということになる。きりきり白状いたせ」

はるは、夜着の襟を無造作に搔き合わせながら、恐れげもなく応じた。

「わたしは、何も知りませんよ。嘘だと思うなら、土蔵でも店の中でも好きなだけ、お探しなんし」

女郎言葉が出た。

「脅しと思うなよ。このまま、むざむざ手ぶらで引き上げる、おれではない。マンドロガが手にはいらねば、おまえの命をもらっていくだけだ」

儀三郎がうそぶいたとき、奥に積まれた木箱の一つの蓋が、ばんと開いた。

中から、陣羽織に身を固めた侍が、すっくと立ち上がる。

「欲がすぎるぞ、赤鞘の儀三郎。ここへもどったのが、運の尽きだ。神妙に、お縄を頂戴せい」

治之進は驚き、あわてて身を起こした。

儀三郎も善七も、ぎょっとしてたじろぐ。

「て、てめえはだれだ」

「火盗改の、長谷川平蔵だ。唐桟屋に通じる道は、すでに捕り手で固めた。手下どももおまえたちも、もはや逃れられぬぞ。おとなしく、得物を捨てるがよい」

それを合図のように、あちこちの木箱や長持ちの蓋が開いて、鉢巻きに襷掛《たすきが》けをした捕り手が、姿を現した。

「くそ」

善七が、はるを人質に取ろうと、そばへ駆け寄る。

しかし、はるをつかまえるより先に、木箱から飛び出した捕り手の一人が、十手ではっしと面を打った。

善七は悲鳴を上げ、その場に崩れ落ちた。

治之進は、震えながら床の上を這って、手近の木箱の陰に隠れた。

儀三郎は、覆面からのぞく目を赤く血走らせ、刀を振り上げた。

「おれは、葵小僧のようにはいかぬぞ。平蔵だろうとだれだろうと、じゃまするやつは片端から、血祭りに上げてやる。武州岩槻浪人、岩見《いわみ》儀三郎、見参」

そう叫ぶなり、長谷川平蔵と名乗った侍目がけて、疾風のように突き進む。

間一髪、その前に別の捕り手が、立ち塞がった。

「火盗改、長谷川組召捕廻り方同心、俵井小源太だ。相手をするぞ」

呼ばわるが早いか、腰をひねって大刀を抜き合わせた。

九

柳井誠一郎は言った。

「儀三郎め、なかなかの手だれでございましたな。身ごなしのよい、あのオランダ人の軽業師を、あやまたず胴を抜き捨てるなど、なかなかできるわざではございませぬ」

長谷川平蔵がうなずく。

「うむ。おぬしが立ち会えば、もっとてこずったやもしれぬな。小源太の、がむしゃら剣法につられて、あやつも勝手が狂ったのであろう」

俵井小源太は、顎を引いた。

「それは、あまりなお言葉。わたくしが、尻餅をついたように見えましたのは、あくまで狙いのうちでございます。下から突き上げれば、上から振り下ろすよりも切っ先が早い、と判断したまでのことで」

平蔵が笑う。

「もうよい、もうよい。赤鞘の儀三郎を成敗したのは、ともかくお手柄であったぞ、小源太。一服せよ」

そう言って、小源太の前に茶碗を置いた。

しかたなく、それを飲む。

正直なところ、苦い茶はあまり好きではないのだが、飲まぬわけにいかなかった。むしろ、その前に出る甘い茶請けの方を、楽しみにしているのだ。

誠一郎が、また口を開く。

「それにしても、あのオランダの鬼めが赤鞘の一味ではないと、よく見抜かれたものでございますな、殿」

「一味はいつも、そろって覆面をしているのに、ちよによればその鬼は、素顔をさらしていた。とすれば、そやつは赤鞘の配下の者ではなく、まったく別用で唐桟屋に来ていた、ということになる。おそらく、昨夜と同じようないでたちで、忍んで来たのであろうよ」

「しかしながら唐桟屋藤兵衛と、マンドロガの取引をするために来ていたとは、考えもいたしませなんだ」

「おれも、そうと確信があったわけではない。ただ、オランダ人が江戸へもぐり込むとすれば、危ない橋を渡る値打ちのある目当てが、かならずあるはず。抜荷相手の薩摩は、おそらくマンドロガを買い叩くゆえ、さしたるもうけにはならぬのだろう。江戸へ持ち込めば、はるかに高く売れる。そこで、はるのつてをたよりに唐桟屋へ、話を持ち込んだに違いあるまい」

はるは、京の島原へ身を移す以前、十年ほど長崎の丸山遊郭にいた、という。カピタンに呼ばれ、出島にしばしば出入りするうちに、ウィレムと知り合ったらしい。薩摩の船に便乗して、品川沖から江戸に潜入したウィレムは、島津家の中間《ちゅうげん》を唐桟屋へ使いに出し、はるとつなぎをつけた。

はるが持ちかけたもうけ話を、欲の深い藤兵衛が断るはずがなかった。それが結局、藤兵衛の命取りになったのだ。

裏木戸の閂がはずれていた、とはるが小源太に言い出したのは、引き込み役を務めた徳三に、注意を向けさせるためだった。実際には、藤兵衛がウィレムを中に入れるために、自分ではずしておいたのだ。

ウィレムは、赤鞘一味が侵入する気配に気づくや、いち早くマンドロガの包みを抱え、はるとともに奥へ逃れた。

はるは長持ちの陰に隠れたが、ウィレムは木箱を伝って壁に飛びつき、小窓から外へ脱出した。ただ、邪魔になるマンドロガの包みを、緞子の敷物の間に押し込むのを、はるは見ていた。

藤兵衛が死に、値の張る手持ちの商いものや、貯め込んだ金を奪われたと分かると、はるは正妻でもない自分の立場が、いかにもろいものかを思い知った。

藤兵衛には、唐物の店売りをする手ごわい弟が、一人いる。その男にかかれば、藤兵衛を失ったはるなど手もなく、唐桟屋から追い出されるだろう。

その不安から、はるもいっときはマンドロガを横取りして、逐電しようかと考えた。それで、敷物のあいだからマンドロガの包みを抜き、藤兵衛の居室の天井裏に隠した、という。

しかし、たとえうまく逃げられたとしても、大量のマンドロガをさばく手立ては、まったくない。

そこへ小源太に、裏木戸の閂や笑い絵のことを突かれて、とても無事には逃げおおせぬと、あきらめたのだった。

平蔵が言う。

「小源太。おまえの実の手柄は、赤鞘の儀三郎を仕留めたことではなく、はるの口を割らせたことよ。マンドロガがからんでいる、と分かったからこそ薩摩屋敷を見張らせ、唐桟屋で待ち伏せすることも、できたのだ。儀三郎が、マンドロガの一件に気づかぬわけはないし、そうなればかならずそれを奪いにもどる、と読んだまでよ」

りんの知らせを受けるなり、平蔵は誠一郎以下の捕り手を唐桟屋へ急行させ、待ち伏せの手筈を整えたのだった。

誠一郎が、また口を開く。

「殿。はるの扱いは、いかがいたしましょうや」

「詮議するまでもないわ。ありていに白状いたしたゆえ、お構いなしといたせ。店を去るなら、藤兵衛の弟なり店の者なりに、まとまった金を出すよう、口添えしてやるがよい。ついでに、最初に鬼を見たと申したちよとやらにも、何か褒美を与えよ」

「承知いたしました。して、通詞の吉村治之進については」

「当人は、どう弁解しているのだ」

「自分は何も知らぬと、通弁ならぬ強弁をいたしております。ウィレム、儀三郎がともに死んだ今となっては、死人に口なしでございます。自分に都合のいいように、話をこしらえましょう」

平蔵が、誠一郎の顔を見る。

「生き残った、善七ら手下の連中と一緒に、溜まり牢へほうり込んでおけ。もし、一味とのあいだに関わりがあるなら、手下たちがけりをつけてくれようて」

小源太は、笑いを嚙み殺した。

おそらくあの通詞は、無事にはすまないだろう。

ふと、思いついていう。

「殿。例の、はるから召し上げたマンドロガは、どういたせばよろしいので」

「あれは、拾得物だ。持ち主が現れるまで、預かっておけばよい。出て来なければ、火盗改のものといたす。なんといっても、このお勤めは金がかかるからのう」

そう言って、平蔵は含み笑いをした。

黒法師

一

両国橋を渡ったところで、美於《みお》は立ち止まった。

さりげなくかがみ込み、下駄の鼻緒を直すようなこなしで、ちらりと後ろの様子をうかがう。

橋を渡る人びとの中に、歩みを緩めたり止めたりする者はおらず、みな同じ足取りでやって来る。

ひととおり、そうした人びとをやり過ごしてから、美於は立ち上がった。

肩のあたりに、なんとなく人の目を感じたのだが、気のせいだったようだ。

立ち上がって、西広小路から浅草御門の前を抜け、柳原通りを八辻ケ原の方へ向かう。

この日、美於は火盗改《かとうあらため》長谷川平蔵《はせがわへいぞう》の役宅がある、南本所三之橋通りへ足を運んだ。

同心の俵井小源太《たわらいこげんた》に、〈清澄楼《せいちょうろう》〉で耳にした下谷近辺の秘密賭博について、沙汰を上げるためだった。

ふだん、手先の者がじかに役宅を訪ねることは、めったにない。

やむをえぬときは、姿をやつしたり夜半に裏木戸を使ったりして、目立たぬようにするのが習いだ。

しかし美於は、料理屋〈清澄楼〉の使いという名目で、公然と出入りを許されている。

ただ、この日小源太は使いの小者を通じて、〈めぬきや〉で待つと言ってきた。

〈めぬきや〉は、役宅の南側の深川富川町にある居酒屋で、昼間は一膳飯屋も兼ねる。いつも込み合うせいで、賄いの小女を三人も使っている。

店の裏階段を上がった二階に、天窓しかない六畳の隠し部屋があり、そこが火盗改と手先の者たちの、密談の場所だった。

小源太に沙汰を上げ、美於が〈めぬきや〉を出たときは、夕べ七つになっていた。

途中、背後にいやな気配を感じたのは、両国橋を渡り始めたときのことだ。わけは知らず、盗っ人だったころの勘が働いた、としか言いようがない。

背後に、怪しい動きを見せる者はいなかったから、やはり気のせいなのだろう。

そう思いつつ、新シ橋から神田川を対岸へ渡ったものの、どこか落ち着かない気分だった。

このまままっすぐ、不忍池のほとりの〈清澄楼〉へもどるのも、ためらわれる。

神田川沿いに、広い火除道《ひよけみち》を足ばやに西へ歩きながら、どうでも確かめずにはいられなくなった。

和泉橋のたもとへ差しかかると、美於は橋を背に小間物屋の角を右へ折れて、神田佐久間町の町屋にはいった。

直進すれば、密集する幕臣の屋敷町にいたるが、その境目の道を今度は左に曲がる。辻番所の前を通り過ぎ、一つ先の辻にぶつかったところで、また右に折れた。

そのとっつきに、小さな稲荷の祠《ほこら》がある。

そろそろ西へ日が傾き、人通りはほとんどない。

美於は、すばやく祠の裏手に回り込み、そこに身をひそめた。

十も数えぬうちに、頭に置き手ぬぐいをした三十前後の男が、祠の前を通り過ぎた。背負った四角い箱から、煙草売りと分かる。

男の横顔には見覚えがあり、美於はにわかに胸が騒いだ。

男の頬が、ただならず張り詰めるのを見て、つけて来たのはこの男だ、と悟った。曲がったとたん、美於の姿が掻き消えたために、焦ったに違いない。

美於は祠の後ろから出て、足を速めようとする男の背中に、声をかけた。

「だれかお探しかい、遠耳《とおみみ》の」

男は足を止め、張っていた肩の力を抜くようにして、ゆっくりと向き直った。

薄笑いを浮かべて言う。

「気がついていなすったのか、お美於さん」

「蛇の道は蛇、というからね」

以前美於は、黒蝦蟇《くろがま》の麓蔵《ろくぞう》という盗っ人の一味に、身を置いていたことがある。

麓蔵は、子供のころから美於を養ってくれた、いわば親代わりの男だ。後年、美於が堅気になるのを許したばかりか、〈清澄楼〉の仕事まで世話してくれた。

遠耳の半助《はんすけ》は、その麓蔵の下にいた仲間の一人で、もっぱらつなぎや見張りの役を務める、美於に次ぐ年若の下っ端だった。

半助と顔を合わせるのは、美於が麓蔵の頼みで長谷川平蔵のあとを追い、本物か替え玉かを見分けるという、因果な役目を負わされたとき以来になる。

当時すでに麓蔵は、足を洗った美於が平蔵の手先になったことを、承知していた。

その上で、弟の仇を討つため平蔵に一太刀浴びせようと、平蔵の顔を知る美於の助力を求めたのだ。

かつて麓蔵は、人をあやめたり傷つけたりしたことがなく、平蔵をして「盗っ人のかがみよ」とまで、言わせた男だ。

二人の板挟みになった美於は、どちらの恩人をも裏切らぬかたちで、その難題を取りさばいた。

麓蔵の引き際も、みごとなものだった。

いざ平蔵を襲う段になったとき、麓蔵は右腕と頼む洲走《すばしり》の鎌吉《かまきち》にあとを託し、一味の者をその場から去らせた。私怨を晴らすのに、子分たちを巻き込みたくなかったのだ、と思う。

平蔵に、曲がりなりにも一矢を報いた麓蔵は、何も思い残すことなく獄門にくだった。

鎌吉や、半助ら一味の者たちはそれきり、消息を絶ってしまった。

そして今、思いも寄らず当の半助が美於の前に、姿を現したのだ。

「元気そうで、何よりでござんすね、お美於さん」

相変わらず、ていねいな口調だ。

当時から半助は、麓蔵にかわいがられていた美於を立て、よく気を遣った。その癖が、抜けないようだ。

「おまえさんもだよ、遠耳の」

半助は手を振った。

「遠耳は、やめてくれ。半助、と呼んでおくんなさい」

それから、そばを人が通るのに気づいて、声を高くする。

「立ち話もなんでござんすから、そのあたりで一休みいたしやせんか」

「いいともさ」

美於は身をひるがえし、先に立って神田川の方へ足を向けた。

あとをつけて来た、半助の狙いがどこにあるのか、突きとめなければならない。

路地を抜けて、佐久間町にもどる。

いくらか不安なのは、麓蔵の許しを得て足を洗った自分が、その後火盗改の手先になったことを、半助が知っているかどうか、だった。

娘同然に美於のめんどうをみ、堅気になることも快く認めてくれた麓蔵が、子分たちにその秘密を漏らした、とは思えない。

もし漏らしていたら、盗っ人のあいだにたちまち噂が広まり、今日まで無事ではいられなかっただろう。

しかし、万一ということもある。

美於は振り向き、右手の茶店を指した。

「そこでどうだい、半助さん」

「ようござんす」

二人は、前後して葭簀《よしず》張りの茶店にはいり、あいた座台に腰を下ろした。

半助が甘党だったことを思い出し、美於はお茶と豆大福を二つ頼んだ。

半助は、閑散とした茶店をそれとなく見回し、低い声で言った。

「黒蝦蟇のおかしらは、お気の毒なことをいたしやしたね」

「あとのいきさつを、知ってるのかい」

半助がうなずく。

「しばらくして、噂を耳にいたしやした。目当てのお人に一太刀浴びせて、獄門にくだったんでござんしょう。それを聞いて、おれもいくらか気が晴れやした」

人目に立つ場所で、平蔵の名を出さないだけの分別は、備わっているようだ。

「そのとおりさ。おかしらも、思い残すことは何もなかったろう」

茶と豆大福がきて、二人はいっとき口をつぐんだ。

茶を飲み、豆大福を少し食べてから、美於は聞いた。

「あれから、どうしていたのさ。ちっとも、消息を聞かなかったけれど」

「仲間はみんな、ばらばらになりやした。おれは洲走の兄貴と一緒に、江戸を離れやしてね。今は別のおかしらの下で、働いておりやすよ」

まだ、足を洗っていないらしい。

美於は、役者のように鼻筋の通った半助の顔を、じっと見つめた。

「おまえさんなら、足を洗ってまともな職につくことも、むずかしくなかったろうに」

半助の口元に、自嘲めいた笑みが浮かんだ。

「女はともかく、男は一度道を踏みはずしたら、たやすくもとへはもどれねえのさ」

そう言って、茶をごくりと飲む。

「あのときが、足の洗いどきだったんじゃないか、と思うがねえ」

半助は、肩を軽く揺すっただけで、それに答えなかった。

美於は、さりげなく聞いた。

「今のおかしらは、なんというお人なんだい」

「黒法師《くろほうし》と呼ばれる、坊主崩れのおかしらでござんすよ」

目を配りながらも、あっさり問いに答えた半助に、内心ぎくりとする。

「ふうん。聞いたことがないね」

とっさに応じたものの、実のところその名前はここ一年ほどのあいだに、何度か耳にしていた。

「鎌吉の兄貴が、信州松本に住む昔なじみを頼って行くのに、くっついて行ったんでござんすよ。その、昔なじみというのが黒法師のおかしらの、つなぎをやっていたんで」

美於はわざとらしく、笑ってみせた。

「黒蝦蟇のあとに黒法師とは、おまえさんもよっぽど黒ってやつに、縁があるんだねえ」

冗談に紛らして、お茶を飲む。

半助はため息をつき、しみじみした口調で言った。

「鎌吉の兄貴もおれも、黒法師のおかしらに拾われてなきゃあ、今ごろはどこかの街道でごまのはいか、こそどろをやっていたところさ」

職人風の男たちが、どやどやとはいって来る。

美於は口をつぐみ、考えを巡らした。

黒法師は、広い信州一帯の豪農、豪商を相手に押し込みを働く、盗賊の一人だそうだ。信州には、少なくとも二人の盗賊が幅をきかせ、人びとを悩ましているらしい。そのうち、より知られた方の一人が黒法師だ、と聞く。

今のところ、江戸ではあまり噂にならぬものの、火盗改の与力同心のあいだでは、しばしば口の端《は》にのぼる盗賊だ、という。

同じ手先の歌吉《うたきち》や友次郎《ともじろう》、小平治《こへいじ》の口からも一、二度名前が出たことがある。

そうしたことから、信州ではひそかに火盗改に出張ってほしい、との声も出ているようだ。

鎌吉と半助が、その黒法師の下で働いていると知って、美於は少なからず気が張った。秘密賭博どころの話ではない。

職人たちが、奥の座台でにぎやかに話し始めるのを待ち、あらためて尋ねる。

「どんなお人なんだい、その黒法師というのは」

半助は、いかにも芝居がかったしぐさで、背をかがめた。

さらに声を低めて言う。

「背丈は五尺そこそこだが、胆のすわったおかたでござんすよ。ただ一つ、血を見ることをいとわねえのが、黒蝦蟇のおかしらとちっとばかり、違うところでね」

美於は眉をひそめ、半助の顔を見た。

「だとしたら、ちっとどころか、大違いじゃないか。おまえさんも鎌吉さんも、黒蝦蟇のおかしらから盗っ人の心得を、さんざん叩き込まれたはずだよ。おまえさんたち、血を見ても平気なのかい」

半助は、脇に置いた商い箱から火種を取り出し、きせるに煙草を詰めて火をつけた。

煙を吐き、美於を見ずに言う。

「実はそのことで、お美於さんに相談があるのさ」

「相談。そのために、わたしのあとをつけて来た、というわけかい」

「まあ、そんなとこでござんすよ」

「どこから、つけて来たのさ」

「たまたま、両国橋の向こう側の東広小路で、お見かけしやしてね」

「ほんとかい。用があるなら、はなから〈清澄楼〉へ訪ねて来れば、いいじゃないか。わたしが、あそこで下働きをしていることは、とうに承知だろう」

「むろん、知っておりやすとも。ただ、今日はちょいとほかの用で川向こうの、横網町へ出向いたもんでね。それをすませてから、〈清澄楼〉へ回ろうと橋を渡りかけたとき、前を行くお美於さんの姿が、目にはいったんでござんすよ。それでつい、あとを追ったようなわけで」

「店まで、ついて来る気だったのかい」

「いや。店へもどる前に、声をかけるつもりでおりやした」

半助は、煙草をせわしなげに吸って、吸い殻を土間に叩き落とした。

南本所横網町は、両国橋を渡った東広小路の、すぐ北側に位置している。

半助の言い条がほんとうなら、先刻美於が〈めぬきや〉で小源太と会い、密談したことは知らないはずだ。

しかし、とぼけただけかもしれない。

ただ、あとをつけられている気配を感じたのは、帰りに両国橋を渡ったときだった。それを考えれば、あながち嘘とも言い切れない。

美於は詮索をやめ、そっけなく言った。

「それで、わたしに相談というのは、どんなことなんだい」

半助は、軽く肩を動かした。

「そいつは、こんなに人のいるとこじゃあ、話せやせんよ。川っぷちでも歩きながら、聞いてもらいやしょうか」

そう言って、二人分の茶代をそこにおき、商い箱を背負った。

店を出た美於は、半助のあとについて神田川沿いの広い道を、西へ向かった。

半助が、ほとんど口を動かさずに、話し始める。

「信州にゃ、ほかに正体の知れぬ盗っ人がもう一人、野放しになっておりやしてね。卍《まんじ》と呼ばれる盗っ人だが、こいつは押し込み先でかならず人をあやめる、とんでもねえ悪党でござんす」

卍という盗賊は、聞いたことがない。

半助は続けた。

「それに比べりゃ、黒法師のおかしらはおれたちが加わったころ、まだ分別のあるお人だったんだ。押し込み先で、相手を傷つけることもなかった。それが、ここ半年ほどまるで人が変わったように、刃物を振るい始めたんでござんすよ」

「ふうん。何かきっかけでも、あったのかい」

「そうなんで。実は、一味の中におかしらの娘でおたよ、というのがおりやしてね」

「娘だって。実の娘かい」

「へえ。これがなかなかの器量よしで、いつも引き込み役を務めておりやした。そのおたよが、半年前松本城下の油問屋に押し込んだおり、正体がばれちまいやしてね。どうしたはずみか、手代の一人に匕首《あいくち》を奪われて、刺し殺されたんでござんすよ。かっとなったおかしらが、その手代を斬り殺したのが始まりといやあ、始まりでござんした。それからというもの、おかしらはだれにしろ手向かいする者がいると、容赦なく始末するようになったんで」

美於は、口をつぐんだ。

美於自身も、黒蝦蟇の麓蔵を父親のように思っていたが、血のつながりはなかった。にもかかわらず、麓蔵は美於を実の娘のように親身に、扱ってくれたのだ。

それが、血を分けた娘を殺されたとなれば、父親の嘆きもひとしおだっただろう。

とはいえ、そこまでひどく人が変わってしまうとは、よほどのことに違いない。

「きっかけがどうあれ、情け容赦もなく人を殺すようになっちゃ、押し込みもおしまいだよ。半助さんも、そうなりたいのかい」

美於の問いに、半助は口を閉じた。

それきり、筋違《すじかい》御門の向かいを通り過ぎるまで、何も言わない。

やがてまた、口を開いた。

「ただ、おかしらはなぜか手下のおれたちには、殺しを押しつけねえんだ。それだけは、ありがてえと思っていますのさ。だが、その分別だっていつまで続くか、分かったもんじゃねえ。いずれはおれたちも、殺しに手を染めるはめになる」

そこで、また一度口を閉じた。

それから、思い切ったように続ける。

「そうなってからじゃ、もうあとへは引き返せねえ。それで、鎌吉の兄貴もおれも今のうちに、なんとかしようと肚《はら》を決めたんでござんすよ」

二

「つまり、足を抜く気になった、というわけかい」

美於が聞くと、半助は首を振った。

「そうしてえところだが、すぐに足を抜けるってもんじゃ、ござんせんよ。お美於さんの場合は、黒蝦蟇のおかしらが話の分かるお人だったから、堅気になれたんだ。盗っ人の世界は、そんなに甘くはねえ。足抜きをした日にゃあ、とことん追われて息の根を止められるのが、おちでござんすよ。盗っ人の掟は、おめえさんにも分かっているはずだぜ」

背中に、冷たいものが走る。

自分の場合も同じ、というよりははるかに厳しいだろう。

もし、火盗改の手先を務めていると知れたら、盗っ人たちになぶり殺しにされても、文句は言えない。

「それじゃ、どうしようと言うのさ」

「実は、信州での仕事がむずかしくなったので、おかしらは江戸へ出て一働きしよう、と考えていなさるのさ」

美於は驚いて、半助の顔を見た。

「ほんとかい、それは」

「ほんとうだ。おれがその先乗り、というわけでござんすよ」

それを聞いて、つい含み笑いをする。

「お江戸には、長谷川平蔵さまという火盗改の頭領が、でんと控えていらっしゃるんだ。つかまえてくださいと、首を差し出すようなものさ。いくら田舎の盗っ人でも、長谷川さまを知らないわけじゃあるまい」

「それくらいは、百も承知さ。承知の上で、おかしらは火盗改に一泡吹かせようと、腕を鳴らしていなさるんだ。実をいえば、おれが先刻横網町に足を運んだのも、狙いの大《おお》店《だな》の下見をするという、だいじな用向きだったんでござんすよ」

半助はそううそぶき、石ころを神田川に蹴り込んだ。

美於はむしろあきれて、昌平橋のたもとで足を止めた。

「いいかげんにおしよ。どれほどの大泥棒か知らないが、信州から不案内な江戸へ出て来て、いきなり押し込みができるものかね」

半助は、涼しい顔で美於を見返した。

「なあに、いきなりじゃあござんせんよ。手下のおれたちも知らねえうちに、おかしらは一年半も前からなじみの女を、狙いの店へ送り込んでいなすったんだ。その女に手引きさせよう、というもくろみでござんすよ。おれはついさっき、その女とつなぎをつけて来たのさ」

美於は顔をそむけ、喉を動かすのを見られないようにした。

川面《かわも》に目を向けたまま、気のないふりで探りを入れる。

「そんな話をわたしにして、どうしようというのさ。わたしが、恐れながらと火盗改のお役人衆に差し口をしたら、一巻の終わりじゃないか」

「そこでござんすよ、相談というのは」

半助が、また歩き出した。

美於もあわてて、あとを追う。

「どういうことだい」

「お美於さんが、〈清澄楼〉の旦那や勝手向きの使いで、火盗改の役宅に出入り御免だってことは、おれもよく承知している。黒蝦蟇のおかしらから、聞いておりやしたからね」

ひやりとしながら、美於は顔色を変えないように、唇を引き結んだ。

「だからどうだ、と言うのさ」

聞き返すと、半助は足を止めてくるりと向き直り、言ってのけた。

「今となっちゃ、おれは黒法師のおかしらのあくどいやり口に、ついていけなくなった。おれが手引きいたしやすから、黒法師のおかしらを火盗改の手で、取っつかまえてもらいてえ。相談というのは、そのことでござんすよ」

何を言い出すのかと、美於は半助の顔をつくづくと見た。

「おまえさん、自分のおかしらを売ろう、というのかい」

「そうさ。鎌吉の兄貴も、おれと同じ考えでござんすよ」

頭が混乱する。

「黒法師がお縄になれば、おまえさんたちもただじゃすまないよ」

「それは、分かってまさあ。無罪放免にしてくれ、とは言わねえ。だが、少なくとも鎌吉の兄貴もおれも、人さまを手にかけたことはねえ。それはお美於さんも、知っていなさるはずだ。お上にも、お情けはありやしょう。たとえ盗っ人でも、自分から進んで悪党を差し出した者を、獄門にはできめえ。おれたちとしちゃあ、悪くても遠島か、できることなら追放ってところで、話をつけてえと思ってるのさ」

虫のいい話ではある。

しかし、盗っ人ながら鎌吉も半助も、非道に走らなかったことは、よく知っていた。

「どうやって、手引きするつもりだい」

「おれが、お美於さんに押し込み先や日取りを、詳しく教えやす。そいつを、お美於さんが火盗改に、伝えるんだ。そうすりゃあ、その日にその店で待ち伏せして、黒法師一味を一網打尽にできる、という寸法でござんすよ」

半助はまた体を回し、昌平坂の方へ向かった。

坂に面した、湯島聖堂に差しかかる手前を右に折れ、神田明神の方へ足を向ける。

「そうたやすく、いくものかね」

美於が疑いを挟むと、半助は顔だけ振り向けた。

「いきやすとも。こんな楽な仕事は、ござんせんぜ」

美於は少し、考えるふりをした。

「それにしたって、火盗改はおまえさんの話がほんとうだという、確かな請け合いをほしがるだろう。たとえば、黒法師をお縄にするまでおまえさんが、お役宅で人質になるとかね」

半助は体を回し、後ろ向きに歩きながら言った。

「そいつは、できねえ相談だ。押し込みのときにおれがいなけりゃ、おかしらはおかしいと思いやすよ。鎌吉の兄貴もおれも、おかしらと同時にお縄にしてもらわなきゃあ、裏切ったことがばれちまう」

そのとおりかもしれぬ。

半助の人となりは、美於もよく知っているつもりだ。

しかしそれは、麓蔵の下にいたころの話でしかない。半助と鎌吉が、今でも信をおくに値する男かどうかは、なんとも言えなかった。

「いっそ、この足でおまえさんが自分でお役宅に行って、恐れながらと訴え出たらどうだい」

水を向けると、半助は首を振った。

「おれが訴え出ても、信じてもらえますまいよ。お美於さんが、あいだにはいってくれなきゃあ、この話はうまくまとまらねえ。なんとか、引き受けてもらえやせんかね」

「わたしが、火盗改のお役人に引き合わせてあげるから、今の話をしてやればいいじゃないか」

「そいつも、勘弁してくだせえ。役人とじかに話すのは、おれの性分に合わねえ。こっちも、お美於さんにあいだに立ってもらってこそ、わが身の安泰を図れるってもんで」

美於は半助の真意を、もう一つ読み取れなかった。

しかし、黒法師とやらを捕らえることができるなら、火盗改も取引に応じるかもしれない。

とりあえず、中継ぎをしてみるのも悪くあるまい、と肚を決めた。

「それじゃ、押し込み先と日取りを、聞こうじゃないか」

美於が言うと、半助はまた首を振った。

「そいつは、まだ言えやせんよ。火盗改が、おれの申し出を聞き入れてくれる、と決まってからでないとね」

もっともな言い分だ。

「分かった。だけど、黒法師についてもう少し詳しい話を聞かないと、お役人衆を納得させられないよ。子分たちの数とか、いつもどんな手口で押し込むのか、とかね」

半助は、聖堂の角で立ち止まり、少し考えた。

「分かりやした。どこか、あまり目立たねえところで、話をしやしょうぜ。茶店や、飯屋でねえ方がいい」

「それなら、この先の神田明神の境内で、話を聞こうじゃないか。腰掛けもあるし、そばで盗み聞きされる心配も、ないからね」

三

俵井小源太の話を聞き終わると、柳井《やない》誠一郎《せいいちろう》は眉根を寄せた。

「黒法師が、江戸へ出て来る、とな」

そう言って、長谷川平蔵の顔を見る。

平蔵は、頰の筋をぴくりとさせて、茶をたてる手を止めた。

小源太に目を向ける。

「その黒法師を、手下どもが売ろうと申すのか」

「はい。お美於の話では、配下の洲走の鎌吉と遠耳の半助の二人が、心を合わせているようでございます」

「鎌吉と半助は、以前お美於とともに黒蝦蟇の麓蔵の下にいた、仲間同士であったな」

「さようでございます。お美於によれば、鎌吉も半助も麓蔵同様手荒な仕事が嫌いで、盗っ人の本分をわきまえる男たちだった、とのことで」

小源太の言に、誠一郎が苦笑する。

「盗っ人の本分とは、あまり笑えぬざれごとだな」

「ただし、黒法師の捕縛に手を貸したからと申して、二人とも自分たちの罪を帳消しにしてほしい、とまでは望んでおりませぬ。ともかく、獄門だけは免れたい。悪くとも遠島か追放、できれば江戸払いあたりですませられぬか、と考えているようでございます」

平蔵も笑いを漏らして、また茶をたて始めた。

「虫のいい連中よな。盗っ人なら、十両盗めば首が飛ぶことくらい、承知しておろうに」

「その罪を、黒法師一人に押しかぶせよう、という魂胆でございますな」

誠一郎が言い、小源太もうなずいた。

「むろん下心は、見えすいております。ただ、半助とやらの話と食い違うのは、黒法師の仕事ぶりでございます。半助によれば、ここ半年ほど前から黒法師の仕事が荒くなり、死人も出ているとのこと。しかし、黒法師に限って江戸にはそうした話は、いっさい伝わっておりませぬ。一方で、卍と称する得体の知れぬ一人働きの盗賊が、血も涙もない人殺しだとの沙汰は、届いております。二人の盗賊が、ごっちゃになっているようなな」

誠一郎が、あとを引き取る。

「その関わりで、当方に信州松本の松平家《まつだいら》、小諸の牧野家《まきの》などの江戸屋敷から、内々に殿のご出馬を求める声が、しきりでございます。ただ、黒法師一味は家財を奪い去るだけ、とのこと。小源太の申すとおり、押し込み先で家人を殺傷する悪党は卍の方だ、との沙汰が聞こえております」

小源太は、膝を乗り出した。

「人を殺傷するにせよしないにせよ、盗っ人に変わりはございませぬ。黒法師が、みずから江戸へ乗り込んで来るとなれば、これぞ飛んで火に入る夏の虫。せっかくの好機を、逃す手はないと存じます」

平蔵は茶筅《ちゃせん》を置き、床の間の掛け軸をにらんだ。

「いつ、どの店に押し込むつもりかは、まだ明らかでないのだな」

「はい。火盗改が、仕置きに手心を加えると請け合えば、半助は押し込みの詳細を告げると、お美於にそう申しているそうでございます」

誠一郎が、平蔵に問いかける。

「いかがいたしましょう。これがまことの話ならば、損な取引にはなりませぬが」

平蔵は、たてた茶を誠一郎の前に置き、腕組みをした。

「しかし裏を読めば、おれたちを罠にかけて鼻を明かそうという、黒法師のたくらみやもしれぬぞ」

茶碗を手に取って、誠一郎が応じる。

「たくらみがあるとすれば、どのような仕掛けでございましょうな」

「たとえば、横網町のなにがしの店を襲うと偽りを告げ、おれたちの備えをその方へそらして、まったく別の町の別の店を襲うという手がある」

平蔵の言葉に、小源太は胸を張った。

「さような姑息《こそく》な手に、われらが乗ると考えるような盗っ人なら、たいしたことはございませぬな」

誠一郎は茶を飲み干し、小源太を見た。

「まあ、待て。そのほかにも、おれたちをたぶらかす奇計奇策が、あるやもしれぬぞ」

「どのような奇策でございますか」

小源太が聞き返すと、誠一郎はとぼけた顔をした。

「それは、黒法師になったつもりで、おぬしが考えればよい。おれは、半助の申し出がまことだとして、どう取り計らうかを考える」

平蔵は笑って腕を解き、また茶をたて始めた。

小源太は、干菓子を手に取りながら、考えを口にした。

「お美於の話によれば、半助は盗っ人には珍しい実直な男、とのことでございます。さりながら、念のため罠であったときの備えに、別の手勢をいずれへでも繰り出せるよう、待機させておけばよろしいのでは」

茶筅を使いながら、平蔵が顔を上げずに聞いてくる。

「黒法師が、手引きさせるために目当ての店に送り込んだ、というなじみの女の名は分からぬのか」

「お美於も、それを聞き出そうといたしましたが、半助はどうしても明かさなんだ、と申しております。名を言えば、どの店か当たりがついてしまうゆえ、口を閉ざしたのでございましょう」

　平蔵は、茶碗を小源太の前に置いた。

「一服いたせ」

「頂戴いたします」

　小源太が茶を飲むあいだに、誠一郎が平蔵に尋ねる。

「備えのため、左《さ》金吾《きんご》さまにもお声がけいたした方が、よろしゅうございましょうか」

　平蔵は、眉間にしわを寄せた。

「ほうっておけ。おれたちだけで、十分間に合う仕事よ」

　御先手鉄炮組の組頭松平左金吾は、火盗改の御用繁多な秋から春にかけて、本役の長谷川組を助勢する当分加役に、任じられている。

　平蔵より、はるかに禄高の高い大身の旗本で、しかも老中筆頭の松平越中守《えっちゅうのかみ》定信《さだのぶ》の、縁戚に当たる。

　それを鼻にかけて、本役の平蔵にも権高な振る舞いをするため、煙たい存在なのだ。

　誠一郎が、ふと思いついたように言う。

「この次にお美於と半助が会ったおり、歌吉か友次郎に半助のあとをつけさせる、という手はいかがでございましょう。首尾よく、黒法師の居どころを突きとめられれば、押し込みの前にお縄にすることもできましょう」

誠一郎の思いつきに、平蔵は首を振った。

「半助が狙いどおり、黒法師のところへ案内してくれればよいが、そやつもそれほど不用心ではあるまい。気づかれたら、それでおしまいだ。押し込みのときまで辛抱して、どのように舞台が回るものか、見届けようではないか」

「それでは、お美於の口から半助に話がついたと言わせて、よろしゅうございますか」

小源太が確認を求めると、平蔵はうなずいた。

「かまわぬ。くれぐれも、半助のあとをつけさせるのは、やめておくのだぞ。たとえ罠であろうと、とりあえずは向こうの話に乗るのだ」

そう言って、口元に笑みを浮かべる。

四

黒法師は、七人の配下の者たちを、見回した。

いちばんの古手、ざんばらの小左衛門《こざえもん》。二番手の、鳥越吉兵衛《とりごえきちべえ》。そのあとに権左《ごんざ》、長次郎《ちょうじろう》と続く。

さらに、黒蝦蟇の麓蔵の配下だった、洲走の鎌吉と遠耳の半助。

そして、黒法師自身の娘、たよ。

破戒僧だった自分が、やはり色道に落ちた吉祥尼《きっしょうに》に生ませた、とびきりの美女だ。

たよを見るたびに、先のことが案じられてくる。

たよは気性が激しく、手荒なことを嫌う黒法師のやり方に、常づね文句をつける。すぐにかっとなる、母親の血を受け継いだようだ。

したがって、いつも押し込みの仕事に加える、というわけにいかない。ふだんは、別の場所で暮らすように仕向け、どうしてもというときだけ呼び出すのだ。

たよを抑えられるのは、自分のほかに半助くらいしかいない、と思う。

若い半助は、かしらたる自分に気を遣いながらも、どうやらたよに惚れているらしい。

たよにせよ、はなも引っかけない顔をしているが、まんざら半助を嫌いでないことは、親だからよく分かる。

手下になって、まだ二年ほどしかたっていないが、黒法師は何かと目端のきく半助を、買っていた。それゆえ、さほど日のたたぬうちから、つなぎの役を任せるようになったのだ。

もし、たよと半助がその気でいるなら、添わせてやってもよい。

もっとも、そのときは二人にきっちり足を洗わせ、堅気にしなければならない。

黒法師は咳払いをして、邪念を振り払った。

一味の者を引き連れ、十日ほど前に信州を離れた黒法師は今、千住大橋から少しのぼった戸田川沿いの、三河島村の荒れ寺にひそんでいる。

船を使えば、戸田川から大川をへて江戸へ出るのに、さして苦労はない。

黒法師は、おもむろに言った。

「いいか。この次の押し込みが、江戸での初仕事になる。いつものことだが、間違っても人を手にかけるようなことは、しちゃあならねえぞ。知ってのとおり、卍とやらの悪党がのさばり始めて、とんだ迷惑をこうむった。やつのおかげで、ここんとこ信州じゃあ用心棒を雇ったり、得物を用意したりする家が増えて、仕事がやりにくくなった」

そこで、一息ついた。

卍のことを思うと、いつでも頭に血がのぼる。

あのような、極悪非道な押し込みがはびこるようでは、まさに世も末だ。

話を続ける。

「このままだと、おれたちもおっつけ血を見ずにゃあ、すまなくなる。地役人の詮議も、厳しくなった。そろそろ、信州を引き払って江戸へのして出ても、いいころだろう」

鎌吉が顔を上げ、小太りの体を揺すって言う。

「しかし、おかしら。江戸は信州よりずうっと、けんのんなところでござんすよ。詮議の厳しいことじゃあ、ほかの土地と比べものにならねえ。おれも半助も、二年前まで江戸で働いていたから、よく分かるんで」

隣にすわった半助が、そのとおりだと言わぬばかりに、男前の顔をつるりとなで下ろして、二度うなずく。

黒法師は、衣の裾を払った。

「その覚悟は、おれもできているさ。信州だろうと江戸だろうと、ともかく押し込みで血を流すのは、とうしろうのやることだ。まあ、おれもかすり傷一つ負わせるな、とまでは言わねえ。しかし、卍のような非道な殺しだけは、どうあっても許せねえのよ。おれもこれで、もとは坊主だ。おれの仲間内の手で、仏を出したくはねえんだ」

それは実のところ、何をしでかすか分からぬ娘のたよ一人に、釘を刺すせりふだった。

そのたよが、口を開く。

「あたしは、ひとっところに腰を落ち着けるのは、考えものだと思うね。江戸の仕事を終えたら、東海道沿いに稼ぎながら旅をして、上方へのぼろうじゃないか」

わざとのように、唐突に関わりのない話を持ち出すのは、居心地が悪いときのたよの癖だ。

それを受けて、髭面の吉兵衛が言った。

「そいつは、いい考えだ。東海道なら、おれも裏街道につてがある」

それをきっかけに、ほかの手下も口ぐちにしゃべり出す。

黒法師は手を上げ、それを制した。

「まあ、待て。まだ、話は終わっちゃいねえ。以前信州じゃあ、こっちが抜き身を見せさえすりゃあ、刃向かうやつはいなかった。しかし、近ごろはずいぶん違ってきたし、江戸じゃあなお様子が分からねえ。もし、刃向かうやつが出てきやがったら、峰打ちで黙らせるんだ。決して、斬っちゃあならねえぞ」

あちこちで、ぶつぶつ言う声が聞こえる。

そのとき、ざんばらの小左衛門が、口をきいた。

「おめえたち、今さらとやかく言っても、始まらねえわな。おかしらの言うとおり、おどすだけおどしてだめなら、ぶっ叩いて黙らせるしかねえだろう」

鎌吉がだめを押す。

「そうだ。おかしらの言うことを、聞こうじゃねえか」

長次郎が、異を唱えた。

「だがよう、向こうがそれでも黙らなかったら、どうするんでえ。よってたかって、ぶっ殺すしかあるめえよ」

ほかの手下たちが笑い、黒法師もつい苦笑してしまった。

権左が割り込む。

「人をぶっ殺そうとぶっ殺すまいと、おらたちはどのみち極楽へは、行けねえだ。取っつかまりゃあ、獄門は間違いねえしな。おらも、好きこのんで人を殺したかあねえが、てめえが殺されそうになったときゃ、遠慮なくぶっ殺すぜ。それだけは、言っとくだぞ」

そうだそうだ、と長次郎があおり立てた。

ひとしきり騒いだあと、手下たちが静かになるのを待って、黒法師は言った。

「ともかくおれの考えは、今言ったとおりだ。わけもなく、人を手にかけるようなまねをしたら、このおれに引導を渡されることになるぞ。それだけは、肝に銘じておけ」

そのとき、たよが甲高い声で言った。

「そんなことより、そろそろ今度の押し込みについて、段取りを聞こうじゃないか」

それを聞いて、急にしんとする。

鎌吉が、思い切ったように口を開いた。

「その前に、確かめておきてえことがある。おかしらの名は、関八州はもとより江戸表にまで、聞こえておりやしょう。江戸にゃあ、あの名高い火盗改の長谷川平蔵が、待ち構えておりやすぜ。そこへ、こっちから飛び込んで行くのは、つかまえてくれと言うようなもんだ。考え直す気はござんせんかね、おかしら」

黒法師は唇を引き結び、きっと鎌吉をにらんだ。

「鎌吉。この押し込みは、一年半も前からきっちり仕込んできた、間違いのねえ仕事だ。江戸のとば口までのして来て、今さら尻込みするとはどういう料簡だ」

「別に、尻込みしてるわけじゃねえ。ただ、江戸の横網町といえば平蔵の役宅がある、南本所の一角でござんすよ。よりによって、皮切りに乗り込むような場所じゃあねえ、と思いやすがね」

黒法師は胸を張り、うそぶいた。

「だからこそ、やってのけるのよ。火盗改の鼻先で、みごと押し込みをしおおせたら、おれたちの名が上がる。江戸の盗っ人が、どれほどのしろものか知らねえが、おれの流儀を見せてやるのだ。それも、殺しなしにな」

一度言葉を切り、あらためて続ける。

「くどいようだが、もし今度の仕事でむだな殺しをするやつがいたら、きっとおれが始末をつける。それを、よく覚えておくがいいぜ」

またざわざわするのを、小左衛門が抑えて言った。

「分かりやした。おれたちも、せいぜい血を流さねえように、心がけやしょう」

黒法師はうなずき、半助を見やった。

「ところで、半助。おふじとのつなぎは、どうなってるんだ」

半助はひょこり、と首を動かした。

「うまくいっておりやす。あとは日取りと、刻限を伝えるだけでござんすよ」

それを聞いて、鎌吉がふんふんというように、うなずく。

黒法師も、頰を緩めた。

「そうか。おふじのことだから、抜かりはあるまいがな」

ふじは、三年前にたよの母親が首をくって死んだあと、晴れてその後釜に入れた囲い女だ。

犬のように柔順な上に、愛想も器量も人一倍いい、ときている。まさに、引き込み役として送り込むのに、打ってつけの女だった。

もっともこの一年半は、ときどき半助をつなぎに江戸へやるだけで、黒法師自身は一度も顔を見せていない。仕込みのためとはいえ、女としては不満も募るだろう。

この仕事が終わったら、離れていたあいだの負い目を償うため、何かしてやらなければならぬ。

たよと半助のことより、その心配をする方が先だ。

たよが、じれったげに言う。

「そろそろ、肝腎の押し込み先と日取りを、教えてもらおうじゃないか。ここまで来て、もう三日も足止めを食ってるんだ。いいかげんにしておくれよ、おかしら」

それを聞いて、黒法師はわれに返った。

「おう、そのことよ。半助。みんなに押し込み先を、教えてやってくれ」

半助が、やおら立ち上がる。

「おかしらが、おふじさんを送り込んだ先は、横網町の三馬屋《みんまや》でござんすよ。大川端の、松前と津軽の下屋敷に近い米問屋で、あるじの儀右衛門《ぎえもん》は金をうなるほど、貯め込んでいやがる。何より、船で楽に大川を行き来できる、もってこいの場所で」

手下たちのあいだに、ため息が漏れる。

川っぷちと聞いて、いくらか気が楽になったようだ。

黒法師は、あとを続けた。

「押し込みの日取りは、今月の晦日《みそか》と決めた。気持ちを、引き締めておけ」

手下たちが、指を折って日を数えるのを見て、さらに続ける。

「今から、七日先よ。小左衛門と権左は、船の手配を頼むぜ。吉兵衛と長次郎は、麻縄と目隠しの用意だ。鎌吉とたよは、食い物をそろえてくれ。それから、半助。晦日の真夜中過ぎ、八つの鐘が鳴って四半時のうちに、押し込むことにする。その日までに、うまく仕込みをしておけ。おふじにも、その旨伝えるんだぞ」

「へい」

半助は頭を下げ、大きく息をついた。

その半助を、子細ありげに見る鎌吉に気づいて、黒法師は少しいやな感じがした。

五

鎌吉は、戸田川沿いの揚場に近い葦の茂みに、身を潜めていた。

やがて、三日月に照らされた薄闇の中を歩く、軽い足音が聞こえた。川沿いの道を、黒い人影がやって来る。

近づくのを待って、鎌吉は茂みの中から立ち上がった。

驚いて立ち止まる人影に、鎌吉は声をひそめて呼びかけた。

「おれだ、おれだ。鎌吉だ」

それを聞いて、身構えた人影がほっと力を抜き、そばにやって来る。

「どうしたんだ、兄貴。みんなと一緒じゃねえのか」

半助の問いに、鎌吉は首を振った。

「ついさっき、酒を調達しに出て来たのよ」

そう応じて、手にさげた徳利を示し、逆に問いかける。

「それよりおめえ、だれかにつけられはしなかったろうな」

半助は闇の中で、小さく笑った。

「そんなどじは踏まねえよ、兄貴」

鎌吉と並んで、葦の茂みにしゃがみ込む。

「よし。それで、お美於との話し合いは、どうなった」

「うまくいきやした。お美於は、顔見知りの火盗改の同心と話がついた、と言っておりやす。ただ、お美於は信用できても、その同心がこっちの注文どおり、動いてくれるかどうかは、分からねえ」

「おかしらのことは、江戸にも聞こえているはずだ。その、黒法師をお縄にできるとなりゃ、話に乗らねえ方がおかしい。長谷川平蔵は、確かに手ごわい男だそうだが、盗っ人相手でも仁義は守る、と聞いた。黒蝦蟇の一件でも、おかしら一人を獄門に送っただけで、おれたち手下の穿鑿《せんさく》はろくろく、しなかったじゃねえか」

半助は、少し考えた。

「それは、お美於がからんだせいだろう、と思いやすよ。お美於はよほど、平蔵に気に入られてるらしい。そこがちょいと、気がかりなんでござんすよ」

鎌吉は、茂みのあいだから暗い川面を眺め、あまり口にしたくないことを言った。

「おめえ、まさかお美於が平蔵の手先になった、と言いてえんじゃあるめえな」

「そうは言ってねえ。ただ、そうだとしても不思議はねえ、という気がするだけでござんすよ」

半助の返事に、鎌吉は考え込んだ。

もし、美於がほんとうに手先になったのなら、この取引はどういうことになるのか。

しばらくして、鎌吉は口を開いた。

「お美於がどうだろうと、おれの考えは変わらねえ。おれは、人殺しのおたよと一緒の仕事は、したくねえのだ。そのためにも、このしおを逃したくねえ。黒法師のおかしらには悪いが、このまま娘と一緒に年貢を納めてもらう。分かるだろうな」

半助がうなずく。

「分かりやす。おれも、兄貴と同じ考えだ」

「おめえが、おたよに惚れているのは、薄うす分かってるよ。だが、あんな女と一緒にいちゃあ、おめえのためにならねえんだ」

半助は、あわてたように、首を振った。

「おれはおたよに、なんの未練もござんせんよ。兄貴に、あの話を聞いたときからね」

「それなら、それでいいが」

「ただ、火盗改にやる気を起こさせるために、黒法師のおかしらを人殺しの大悪党、と嘘を言ったのがちょいとばかり、気にかかりやす。おたよに死なれて、人が変わっちまったなんぞと、作り話をしちまったんで」

「それは、しかたあるめえよ。おかしらと一緒に、卍を名乗る面汚しのおたよを差し出しゃ、火盗改も納得してくれるだろう」

たよが、黒法師に隠れてひそかに卍と名乗り、別の筋で一人凶悪な押し込みを働いていることを、鎌吉はあるきっかけで知ってしまった。のちに隠れ切支丹、と分かった材木問屋から卍が奪い去った、純金の十字架をたよがひそかに隠し持つのを、おのれの目で見たのだ。

よほど気に入ったのか、たよはその十字架を肌身離さずつけていた、とみえる。信州の盗っ人宿で、酔いつぶれたたよを布団に押し込もうとして、鎌吉はその胸元に光る十字架を、見てしまった。

純金の十字架の噂は、以前から盗っ人のあいだに流れていたので、すぐにそれと見当がついた。

そのあと、卍の押し込みが起きるのはいつも、たよが黒法師のもとにいないとき、と分かった。何よりも、たよのそばにいるとそれと分かるほど、血のにおいが立ちのぼってくる。それで、卍の正体がたよだということを、確信したのだ。

黒法師は、たよを猫かわいがりにかわいがっており、その秘密を知ることには耐えられないだろう。

この期に及んでは、父娘もろとも火盗改に差し出すほかに、手はない。

黒法師にはすまないが、どのみち娘のおぞましい正体を知ったら、父親として生きる気にならないだろう。

鎌吉は聞いた。

「お美於には、押し込みの日取りと刻限を、伝えたんだな」

「伝えやした。火盗改が、どう手筈をつけるかは、おれにも分からねえ。おれと兄貴も、黒法師やおたよと一緒に捕り方に、取っつかまることになっておりやす」

「そうか。おれたちも、そうたやすく娑婆へは出られねえだろう。たとえ、江戸払いですむにしても、半年はかかるはずだ」

「覚悟はできておりやすよ」

そう応じた半助の目が、三日月にきらりと光った。

六

晦日から朔日《ついたち》に替わった、暁八つ過ぎ。

黒法師一味は、大川をまたぐ両国橋の四、五町上手の、蝦夷松前家の下屋敷に沿った河岸に、三艘の船を漕ぎつけた。一艘は、盗品を運ぶための、空船だ。

半助は、下屋敷と津軽家の抱《かかえ》屋敷に挟まれた細い道に、黒法師を導いた。

空は雲におおわれており、かりに晴れても新月の時期だから、暗闇に変わりはない。

そこを一町ほど南にはいれば、横網町の町屋のとっつきにぶつかり、そのすぐ左側が目当ての三馬屋だった。

三馬屋の裏手は、店の広い庭を隔てて松前家下屋敷の、高い土塀に接している。下屋敷の側は、一千坪を超える抱地《かかえち》になっており、畑が広がるだけで建物はない。

道に面した三馬屋の土塀も、下屋敷に劣らず高く造られており、たやすくは越えられない。

抱地の内側から、太い松の枝が一本塀の外へ、張り出している。それが、ただ一つの手がかりだった。

長次郎が、用意した鉤つきの麻縄を、取り出す。

半助は、今にも火盗改の捕り方が現れるのではないかと、はらはらしながらそれを見ていた。

美於には、すでに押し込みの日取りと刻限を、伝えてある。

しかし火盗改が、どういう手筈で待ち伏せするのかは、聞かされていない。どのきっかけで、どこから飛び出して来るのか、見当がつかないのは不安だった。

ともかく、いつもの押し込みと同じ手順で、先へ進むしかない。

長次郎が、伸ばした麻縄を器用に回して投げ上げ、頭上の松の枝に鉤を引っかけた。縄を伝って、長次郎が瓦屋根のついた下屋敷の土塀に、よじのぼる。枝が、ゆさゆさと音を立てて揺れ、半助はまた少しはらはらした。

身軽な長次郎は、背をかがめて瓦伝いに十数間移動し、隣の三馬屋の塀の上に乗り移った。

黒法師一味も、長次郎と一緒に塀に沿って小刻みに走り、三馬屋の裏口に達した。

そこには、木戸と呼ぶにはあまりにりっぱすぎる、いかにも頑丈な門がある。

長次郎は、塀の上からその門の内側へ飛びおり、姿を消した。

ほどなく、閂《かんぬき》がかすかな音を立ててはずされ、木戸が開かれる。

黒法師を先頭に、一味の者が庭の中にすべり込んだあと、木戸はふたたび閉じられた。

黒法師がささやく。

「見取り図を見せろ」

半助は、懐を探って見取り図を取り出し、権左がつけた龕灯《がんどう》の明かりの中に、広げて見せた。引き込み役のふじから、何度目かに外で会ったときに、手渡されたものだ。

「この池の先に、離れの茶室がありやす。おふじさんは、躙《にじ》り口の引き戸の掛け金をはずしておく、と言っておりやした」

小さな池の向こうに、その茶室らしき建物がぼんやりと、闇にうずくまっている。

「茶室にはいれば、渡り廊下を伝ってそのまま母屋に通じる、というわけだな」

黒法師の問いに、半助はうなずいた。

「へい。母屋にはいって、広い板の間を左の方へぐるりと回りやすと、儀右衛門一家の寝所に出る、とのことで」

黒法師は、見取り図をくるりと回して見直し、それを懐に突っ込んだ。

「よし。おたよと半助は、おれと一緒に儀右衛門の寝所へ行く。小左衛門は吉兵衛、長次郎に鎌吉を連れて、店の方へ回れ。権左はここに残って、見張りをしろ」

「分かっただ」

権左は低く応じ、龕灯を黒法師に渡した。

黒法師が、小左衛門に言う。

「おめえたちは、雇い人たちを叩き起こして、ひとっところに集めろ。少しぐらい声を立てても、あわてることはねえ。これだけでかい店なら、ちょっとやそっとじゃ外へ聞こえねえし、まして隣はだだっぴろい大名屋敷だ。間違っても、血を流すんじゃねえぞ」

「へい」

「よし。先に行け」

池のほとりを回り、茶室の躙り口に忍び寄る。

引き戸も内障子も、難なく開いた。一人ずつ、茶室にもぐり込む。

半助は、できるだけ後ろに回ろうとぐずぐずしたが、しんがりをたよに取られてしまった。

小太りの鎌吉が、苦労して躙り口をもぐるあいだに、半助は背後に回した右手の甲に、たよの指が触れるのを感じた。

ぎくりとして、体を固くする。

たよは、さらに大胆にその右手に指を回し、強く握り締めてきた。

半助は、にわかに心の臓が高鳴るのを覚えつつ、しかたなく握り返した。

その夜、三河島村の揚場から船を出す、一時ほど前。

糧食を仕入れるため、千住大橋のたもとの小塚原へ向かう途中、野良着に身をやつしたたよに、一緒に行こうと呼びかけられた。

川沿いに歩きながら、たよは思いも寄らぬたくらみを、持ちかけてきた。

自分は、黒法師を父親ともかしらとも、思っていない。

母親が首をくくったのは、黒法師が引き込み役のふじに入れあげて、ないがしろにされたからだ。それがまず、許せない。

また、押し込みに際して人を傷つけるな、殺すなとくどく念を押されるのには、もううんざりした。

黒法師のやり方は、どう考えても生ぬるい。押し込むと同時に、一人か二人血祭りに上げれば、相手は縮み上がる。

そうすれば、あとの仕事がしやすくなるのは、目に見えている。

そんなことを、たよは早口にしゃべった。

そればかりか、たよは自分が父親の目を盗んで卍を名乗り、しばしば一人働きをしている、とも打ち明けた。

鎌吉から、たよが卍を自称する盗賊だと教えられ、そのてんまつを聞かされたときは、にわかに信じられなかった。

しかし、当人の口からその事実を告げられれば、疑う理由はない。

たよの驚くべき話は、それだけにとどまらなかった。

三馬屋へ押し込んだあと、引き上げるまでのあいだに隙をみて、黒法師を斬る。殺しはしないが、動けぬように傷つけて、置き去りにする。つまり実の父親を、火盗改の手に引き渡す、というのだ。

そのあと、残った者たちを自分が引き受けて、卍一味に組み直す。

それが、たよのたくらみだった。

たよは、黒法師が血を分けた娘に抱く父親の情を、まったく分かっていない。血がかよっているのか、と肌身を切り開いてみたくなるほどの、冷たさだ。

たよは、半助が自分に首ったけだと信じて、疑わないように見えた。

いっときは半助も、そんな思いにとらわれたことがあったが、今はまったく心が冷めている。

いくら口説かれようとも、今夜は自分の考えた企てどおりに事を運んで、黒法師の一味ともどもたよを、火盗改に引き渡す。

それしかないのだ。

「何してるんだい。早く中へおはいりな」

たよにせかされて、半助ははっとわれに返った。

あわてて、躙り口から茶室の中へ、もぐり込む。たよも後ろに、ついて来た。

このままでは、思ったとおりに動けない。どこかでたよを、なんとかしなければならない。

黒法師が、龕灯で渡り廊下を示し、低い声で言う。

「ざんばらの。おめえたちが、先に行け」

「へい」

小左衛門が応じ、自分の龕灯に火を入れて、渡り廊下に踏み出した。

前の四人が出て行くと、黒法師はまた声を発した。

「行くぞ、半助。おたよ」

「へい」

返事をしたものの、半助は動かずにたよの手を握り締め、そっと前に押し出した。

「おいらが、しんがりを務めやすよ」

たよは何か言おうとしたが、黒法師の龕灯がさっと動き出したので、そのままあとに続いた。

半助は、胸の高鳴りを必死に抑えながら、たよの後ろについた。

渡り廊下は、両側に小さな明かり取りの窓が、二つずつあるだけだ。曇り空でもあり、龕灯が消えたら真の闇になる。

半助は、板張りの廊下をすり足で進みながら、体をかがめて左手を板壁にすべらせた。

すると、教えられたとおり、下へ伸びる細い桟のようなものが、指先に触れた。

とっさに、それをつまんですばやく、軽く引き上げる。桟は音もなく動き、一寸ほど上がって止まった。

「何してるのさ」

たよが振り向いたらしく、ささやき声が飛んできた。

「すまねえ。板のへりに、つまずいたんで」

前を行く、小左衛門たちのかすかな火影が、突き当たりを右に曲がる。

黒法師は、同じ角を左に折れた。

その先は、板の間の広縁になっている。右側は、横長の明かり窓のついた白壁で、左側は閉じた雨戸の列が続く。

まっすぐ行くと、また突き当たりになる。

見取り図によれば、その角を右に曲がった少し先に、儀右衛門とその家族の寝所が、あるはずだ。

ふと、龕灯の動きが止まる。

黒法師の、くぐもった声がした。

「おかしい。どうも、いやな気配がする」

半助は、肌に冷たいものが走るのを感じ、思わず唾をのんだ。儀右衛門の寝所のあたりに、火盗改がひそんでいるらしい。黒法師は、その気配を察したのだ。

たよがささやく。

「気のせいだよ、おかしら。あたしが先を務めるから、あとを固めておくれな」

「分かった。ただし、手荒なことをするんじゃねえぞ」

黒法師が言うのに返事もせず、たよが先に立つのが分かった。

二人が、角を右に折れる気配を察すると、半助は身をひるがえして広縁を駆け抜け、もとの渡り廊下にもどった。

そのとたん、背後の奥の方で何かがぶつかるような、鈍い物音がした。

続いて、屋敷のあちこちから怒声が上がり、廊下の闇にこだまする。

「火盗改だ。神妙にしろ」

「もはや、逃げられぬぞ」

「手向かい無用」

「刃向かうやつは、斬り捨てろ」

案の定、屋敷の中で待ち伏せていたのだ。

屋内はたちまち、蜂の巣をつついたような騒ぎになった。

半助は板張りをすべり、先刻確かめた板壁の桟のあたりに、頭から突っ込んだ。手探りで桟をつかみ、ぐいと横へ引く。

くぐり戸が開き、冷たい外気に顔を襲われて、一瞬息を止めた。そのまま頭から、庭へ転げ出る。

すぐに跳ね起き、見取り図で覚えた庭の形を頭に描きながら、無我夢中で闇の中を突っ走った。

一度、水たまりに足を取られて、草むらに頭から突っ込んだが、体を立て直してなおも駆ける。

気がつくと、わずかに雲間が切れたらしく、星明かりが差していた。

それを頼りに、半助は松前家下屋敷の抱地と接する、東側の塀際にたどり着いた。

下生えをかきわけ、その場に這いつくばる。

背をかがめ、塀と塀がぶつかる角の下のあたりを、両手で必死に探った。土は一度掘られ、ふたたび埋めもどされたせいか、手ごたえが柔らかい。

やがてそこに、ちょうどひと一人くぐれるほどの穴が、ぽっかりとあいた。

半助は、安堵と期待に胸を熱くして、そこへ頭からもぐり込んだ。土まみれになりながら、死に物狂いで塀の下をくぐり抜け、隣の抱地の畑に出る。

とたんに、か細い女の声がかかった。

「半助さんかい」

半助は体を起こし、星明かりの下にぼんやりと浮かび上がった、ふじの土だらけの白い顔を見た。

七

「おう、おれだ。女の細腕で、よく掘ったぜ」

ふじが、しがみついてくる。

「惚れた一念だよ。夜中に掘り続けて、まるまる一月かかったんだ」

半助は、ふじを抱き締めた。

「よくやった。ぐずぐずしちゃ、いられねえ。覚悟はできてるだろうな」

「できてるよ。三馬屋の方は、どんなだい」

聞かれて初めて、落ち着きを取りもどした。

塀の向こう側から、激しい物音や人声が響いてくることに、あらためて気づく。捕り物は、まだ続いているらしい。

半助は、ふじを抱き起こした。

「知ったことじゃねえ。さっさと逃げようぜ」

半助は、ふじの手を引いて畑に踏み込み、外の道に面した西側の塀際まで、飛ぶように走った。途中、何度か蔓《つる》のようなものがからんできたが、一度も足を止めなかった。

たどり着いた先は、先刻長次郎が麻縄でよじのぼった塀の、内側に当たる場所だった。太い松が生えており、長次郎はそこから塀の外へ張り出した枝に、麻縄を引っかけたのだ。

半助は、ふじの顔を探って唇に指を当て、声を出さぬようささやいた。

松の幹を伝って塀に上がり、外の道の様子をうかがう。

星明かりの下に、人影は見えなかった。少なくとも、火盗改の御用提灯の明かりは、一つもない。手勢はほとんど、屋敷の中だろう。

半助は、長次郎が残した麻縄の先の鉤を、枝からはずした。

三馬屋の裏門には、見張りを務める権左がいるはずだが、待ち伏せと知ってすでに逃げたか、つかまったかのどちらかだ。

半助は、手繰り寄せた縄を塀の内側に垂らし、体に巻きつけるようふじに指図した。

ふじが、言われたとおりに縄を巻きつけ、塀に足をかける。

半助は、よじのぼって来るふじを、力任せに引っ張り上げた。ふじは、苦痛をこらえるように、かすかなため息を漏らしたが、声は出さなかった。

てっぺんに引き上げたふじを、そのまま塀の外へ引き下ろす。

続いて半助も、同じ縄を伝いおりた。

闇にうずくまり、十ほど数えるあいだ様子をうかがったが、人の気配はない。

この道を右へたどれば、船をこぎつけた河岸に出ることは、分かっていた。

しかしそこには、逃げ道をふさぐために火盗改の手勢がひそみ、待ち構えている恐れがある。

ふじがささやく。

「捕り手はいないのかい」

「ここには、いねえようだ。さあ、急ごうぜ」

半助はふじの手を引き、真向かいの抜け道にもぐり込んだ。別の、二つの下屋敷の塀を隔てる、幅一尺そこそこの細い通路だ。

それを抜けると、陸に上がった場所から一町ほど下流の、暗い水辺に出る。そこに群生する葦のあいだに、着替えを載せた小さな舟が、隠してあるのだ。

それに乗り込み、なんとしても逃げおおせなければならない。

そうでなければ、この一年半のあいだに黒法師を裏切り、負い目に耐えつつふじを口説き落として、欠落《かけお》ちを承知させた甲斐がない。

狭い通路を抜け、川沿いの細い道に出ると、半助は闇に目をこらして、上流を見た。

かすかに川面が光ったが、かりに捕り方がひそんでいるとしても、何も見えなかった。

「ここで待ってろ。舟を探してくる」

ふじをそこに残し、半助は葦の茂みの中へ分け入った。

くるぶしまで水につかりながら、そのあたりを手探りに探し回る。

舟を隠したとき、それと知れるように手近の葦の茎に、白い布片を結びつけておいた。

その布片が、見つからない。

半助は焦り、さらに流れに近い方に足を進めて、闇を透かし見た。

舟は、どこにもなかった。

何度も確かめたから、場所を間違えてはいない。重しを結びつけたしごきを、碇《いかり》がわりに沈めておいたので、流されることもないはずだ。

途方に暮れ、体を起こしたとき、背後に小さな悲鳴を聞いた。

半助は、急いで水辺から足を抜き、葦を分けて道へもどった。

「おふじ。おふじ、どうした」

ささやきながら、抜けて来た通路のとば口を、すかして見る。

地面に伏した、おふじらしい黒い着物の小さな体が、かすかに目に映った。

あわてて、そばに駆け寄る。

「おふじ。どうした」

呼びかけながら、うずくまったふじの背中を、強く揺すった。

生暖かいものが指先に触れ、驚いて目の前に手をかざす。

そこに、夜目にも黒ぐろと広がったのは、まさしく血だった。

愕然としたとき、どこかで声がした。

「こういう筋書きだったのかい」

抜け道の暗がりから、黒い人影が出て来た。

半助は、ぎょっとして飛びしざった。

星明かりの下に、ぬっと立ちはだかったのは、たよだった。

「お、おたよさん」

右手に、血に染まった抜き身をさげたたよは、せせら笑った。

「おたよさん、もないものだよ。ここんとこ、あたしの言うことに生返事をしたり、上の空だったりするから、変だと思っていたんだ。まさかとは思ったが、こういうことだったんだね」

半助は頭に血がのぼり、たよに詰め寄った。

「なんてことを、しやがるんだ。おふじにゃ、なんの罪もねえ。おめえ、それでも人の子か」

たよが、せせら笑う。

「とんでもない女だよ、おふじは。こいつは、おっかさんからとっつぁんを盗んだ上、今度はあたしからあんたを、横取りしたんだ」

「勝手なことを、言うんじゃねえ。よくもおふじを、手にかけたな」

半助はののしり、腰の後ろの匕首に手を回した。

「おふじは、おかしらの女だよ。それをおまえは、横取りしたんだ」

「くそ、黙りやがれ」

半助は匕首を抜き放ち、たよを目がけて突っ込んだ。

たよは一歩もひかず、手にした抜き身を腰に構え直すなり、勢いよく前へ突き出した。刃先がもろに、半助の腹に突き刺さる。

半助はたじろがず、抜き身を握ったたよの手首をつかんで、ぐいと引き寄せた。

たよの刃が自分の腹をえぐり、背中に突き抜けるのを感じる。苦痛の中にも、してやったりとの思いが突き上げ、かっと体が熱くなった。

相手の体に抱きついた半助は、匕首を立ててたよの首筋に押し当て、力任せに切り裂いた。

たよの悲鳴が闇をつんざき、二人はもつれあったままふじのそばに、崩れ落ちた。

半助は、しだいに気が遠のくのを感じながら、ふじの手を探った。

八

長谷川平蔵は、柳井誠一郎の方に乗り出し、茶碗を前に置いた。

「こたびはどうも、筋書きが読めぬのう」

「はい。黒法師は、何者かに斬られたものの、一命を取りとめました。斬った相手は分からぬ、と申しております。むろん、斬ったのは店の者ではなく、われらの手の者も覚えがない、とのことでございます」

誠一郎が応え、平蔵は首をひねった。

「斬ったのが、店の者でも捕り手でもないとすれば、一味のうちのだれかのしわざ、というこ とになるな」

誠一郎は、答えあぐねる顔つきで、唇を引き結んだ。

平蔵が、俵井小源太に目を移す。

「ほかの手下どもは、いかがいたした」

「はい。中に、少々てこずらせた者もおりますが、おおむね観念してお縄につきました。洲走の鎌吉だけは、終始手向かいをいたしませなんだ。一人、見張りの権左と申す者が逃げましたが、おっつけつかまると存じます」

平蔵は、話を変えた。

「大川のほとりで、おふじにおたよと称する女二人と、遠耳の半助の死体が見つかったそうだが、どういういきさつになっているのだ」

「はっきりとはいたしませんが、いずれは男と女のいざこざでございましょう」

「逃げる途中、半助が女二人の板挟みに悩んで、無理心中を図ったのか」

冗談めかした口調に、茶を飲み干した誠一郎が、含み笑いをして応じる。

「それなら何も、押し込みの日を選ぶことも、ございますまい」

小源太は、すわり直した。

「無理心中ではございません。傷口の具合から、おふじはおたよの脇差で刺し殺され、おたよと半助は抱き合ったまま、相討ちを遂げたものと思われます」

そう言って、饅頭に手を伸ばす。

平蔵はあらたに、茶をたて始めた。

「だとすれば、おたよがおふじを殺したあと、半助と刺し違えたとも考えられるな」

誠一郎は、茶碗を置いた。

「手下の小左衛門によれば、引き込み役を務めたおふじは、女房に死なれた黒法師の色女であった、とのこと。おたよは黒法師と、死んだ女房のあいだの娘。母親とのからみで、おふじのことを快く思っていなかったとしても、不思議はございますまい」

一度言葉を切り、さらに続ける。

「ついでに申せば、手下どもの刃物のうちで血糊がついていたのは、おたよ一人でございました。おふじと半助を刺す前に、おたよが母を裏切った実の父親を斬った、とも考えられます。そのため、黒法師はだれにやられたか分からぬ、と申したのでございましょう」

それを聞いて、平蔵は茶筅の動きを止めた。

腕を組んで、少しのあいだ考える。

「血がつながっておらずとも、黒蝦蟇の麓蔵とお美於のような深い縁もあれば、黒法師のように実の娘から憎まれる、あわれな父親もいる。皮肉なものよのう」

しばらく黙ったあと、口調を変えてあとを続けた。

「それにしても、黒法師をおれたちに売り渡した半助が、なぜ一緒にお縄を受けるのをやめて、逃げようとしたのだ」

小源太は、饅頭を食べたあとの指をなめ、平蔵の問いに応じた。

「三馬屋の庭や、松前家抱地の畑を調べましたところ、どうも半助はおふじと示し合わせて、逃亡を図ろうとした形跡がございます」

「おふじと半助が、できていたと申すのか」

「はい。半助が黒法師を売ったのは、おふじと逐電したあとを追われぬよう、われらに始末してもらおう、と考えたのでございましょう」

ふふ、と平蔵が短い笑いを漏らす。

「なるほど、知恵を巡らしたものだな。それと知らず、そのたくらみに引き込まれた鎌吉こそ、いい面の皮ではないか」

そう言いながら、小源太の前に茶碗を置いた。

小源太は、目をつぶってその茶を一気に、飲み干した。

息をついて言う。

「鎌吉によれば、おたよの正体はれいの卍と自称する、非道の盗っ人だったとのことでございます」

平蔵がうなずく。

「うむ。その話は、おれも聞いた。それがまことなら、まさに瓢簞《ひょうたん》から駒。これで、信州を騒がせた盗っ人を二人ながら、始末することができたわけだ。半助も、死んで功徳を施したことになる。おふじともども、よく弔ってやるがよい。のう、お美於」

いきなり声をかけられた美於は、躙り口の外であわてて頭を下げた。

「は、はい。そのようにいたします」

茶室の中から聞かされた話に、立ち上がることもできないほど、しんから驚かされた。あの半助の申し出に、そのような深いたくらみが潜んでいたとは、まったく考えが及ばなかった。

平蔵が続ける。

「こたびのことは、少しもおまえの落ち度ではないぞ、お美於。いわば、おまえは駒をはじき出した、上物の瓢箪よ。この次は駒ならぬ、うまい酒をたっぷりと仕込んでまいれ」

「恐れ入りましてございます」

身を縮める美於に、今度は小源太の声が聞こえた。

「日が暮れたら、〈めぬきや〉へ行くぞ。歌吉たちにも、声をかけておけ」

「はい。失礼させていただきます」

美於は、足元を乱しながら立ち上がり、躙り口を離れた。

庭のどこかから、半助に見られているような気がして、足を止める。

しかし、桜の花が散りかかるだけで、あたりにはだれもいなかった。

特別収録
対談
鬼平の凄み

諸田玲子×逢坂剛

逢坂　池波さんがお亡くなりになって、二十年近くも経つというのに、『鬼平犯科帳』は多くの支持を集めています。
諸田　私がそれを実感したのは、郷里の、ある老夫婦の家を訪ねたときのことです。その夫婦とは小説の話をしたことがなかったので、あまり読書はされないのかなと思っていたんです。ところが、私が時代小説を書いていると知った奥様から、ちょっとこちらへ、と招かれて、奥座敷の押入れを見せられたんです。そうしたら鬼平が全巻そろっていて……。しかも、読み古されて、ぼろぼろになっていました。
逢坂　何度も読んだんでしょうね。
諸田　そうなんです。ほかの本は一冊もないのに、鬼平だけがそろっているんです。私の周りには、鬼平から時代小説を読み始めたという女性が多いですね。逢坂さんと鬼平の出会いはいつですか？

逢坂　私の場合は父（挿絵家・中一弥氏）が、オール讀物に連載中の「鬼平犯科帳」の挿絵をかいていたこともあって、家に「オール讀物」が届くたびに読んでいました。でもそのときは作家になろうなんておもってもいなかったから、何気なく読んで、スラスラ読めるけど、後には何も残らないなあ、なんて思ってましたよ。重くないからスラスラ読める。無邪気な読者でしたね。

諸田　ところが、何度も読んでいるうちに、鬼平の面白さが分かってくるんですよね。何度目かで突然、アレッこれはすごいことだという感覚になるんです。

逢坂　やっぱりみんなそうなんだね。

僕も作家になって、池波さんの文体に関心がわいてきて、池波さんの小説作法とはどういうものだろうかと考えるようになった。僕の中で、池波さんの凄さは未だに解明できていないんだけど、とにかく改行が頻繁で文章にリズムがある。

一つの解釈は、池波さんが、若いころ、新国劇など芝居の台本を書いていたから、というものです。そのときに摑んだ呼吸だと思っている。脚本家が小説を書くと、台詞がいきいきとして上手い。さらに池波さんは、ト書の強さを生かしている感じがする。

諸田　時代小説って、自分が書くと、ともすれば説明過多になりがちですけれども、池波さんはそうじゃない。人物に関しても、短い言葉でパッとつかみますよね。人を描くときに、その深さというのかな、その人の背景みたいなものまでちゃんと頭にあって書いているんだなというのが伝わってきます。書くのは氷山の一角であっても。

逢坂　一瞬の行動や会話で、どんな人物かを伝える。一見スカスカに見えるんですが、行間に情報がたくさん詰まっている。だから四、五十枚の短編を読んでも、二、三百枚の長編を読んだ気がするんですよね。

諸田　人物が生き生きと動いているように読めるのは、頭にある観念だけで書いてはいないからでしょうか。

逢坂　ことに芝居の場合、俳優さんは生身の人でしょう。例えば、あの俳優はこの間女房と別れたばかりだよなとか、そんな個人の背景を考えながら脚本を書く。そういう人物造形をしていたのかもしれない。

諸田　池波さんは長谷川平蔵を主人公にして鬼平を書こうと考えてから、十年くらい後に書き始めていらっしゃいます。逢坂さんが、初めての時代小説『重蔵始末《じゅうぞうしまつ》』を書かれたときは、どれくらい時間がかかったのですか？

逢坂　私の場合は、近藤重蔵という人物を知って惚れ込んで時代小説を書こうと思った。時代小説を書くために、キャラクターを探したのではなくて、近藤重蔵を書きたかったんです。そこから、重蔵に関する資料を目につく限りとにかく集めたんです。

集めた資料を読み込んでいくと、それが非常に断片的なものであっても、あるいは断片的であればあるほど、まとまったときに一つの人間像が浮かんでくる。結果的に、『重蔵始末』を書き始めるために必要だった時間が十年でした。

諸田　時代小説は、さあ書こう、と思ってもすぐには書けませんよね。発酵させるために、時間がかかるというんでしょうか。それに捕物帳は、人間を、もっと言えば人生が何たるかを知らないと書けないと思います。
池波さんは、作家になる前にいろんなお仕事をなさっていたし、『鬼平』を作るまでにもいろいろな試行錯誤があったからこそ、あの世界ができたと思うんです。
逢坂　池波さんの時代はやっぱり戦争もありましたからね。小学校を出て、すぐ働きに出たわけでしょう。ご当人は苦労と思わなかったかもしれないけど、本当に苦労をなさった。私なんて、実生活でも、女性関係でも、ほんと苦労していないからなあ。
諸田　私、たくさん苦労しましたけど（笑）。
逢坂　でも、それが肥やしですからね。むしろ、苦労していないのは自慢じゃなくて、恥ずかしいぐらいでね。
諸田　今、私は「読者を楽しませるのが一番大切だ」という池波先生の言葉を胸に、小説を書くことが楽しい、そう感じて日々を過ごしています。お金を出して本を買ってくれた人が楽しんでくれなかったら意味がないですから。別に芸術作品を書いているわけじゃない。悩んで苦しんで小説を書くくらいだったら、イイ男を探したほうがいいもの。

寛政の時代には「武」があった

諸田　ところで逢坂さんが『重蔵始末』で描いた時代と、長谷川平蔵がいた時代は、同じなんですね。まるで池波さんに導かれたようです。

逢坂　ところが、まったくの偶然なんです。

近藤重蔵を調べていくと、彼は御先手組与力の家に生まれて、市中取締りをしたという記録があるので、火盗改に出た可能性もあると考えた。そうしたらたまたま、この時代の火盗改の長官の一人が長谷川平蔵で……。だから重蔵と平蔵がどこかで出会ってもおかしくないんだけど、だからといって平蔵そのものを登場させてしまうのは、池波さんに失礼だと思ったんです。ですから、私は名前は出したけれども、人物としては長谷川平蔵を登場させていないんです。

諸田　舞台となっている寛政という時代は、たくさんの文人・墨客が輩出されていますよね。

逢坂　大田蜀山人とか、山東京伝とかね。文化の花が咲いた時代でした。しかも文化・文政の頃よりも、古きよき江戸の香りが残っていた。

諸田　そういう文化の部分と、武士が本来持っている荒っぽい武人的な気質が、寛政の時代にはちょうどミックスされていたと思うんです。

大飢饉などもあって世の中が混沌とし、盗人も多かった時代でしたから、まだ火盗改が力を持っていたんですね。天保までいくと、町民が力を持って町奉行所が強くなってしまう。火盗改は乞食芝居で、町奉行は檜舞台という言葉もあったくらいですから。

逢坂さんの『重蔵始末』も『鬼平』も、男の強さが漂っている小説は、寛政が舞台だから成り立ったともいえるのではないでしょうか。

私が『あくじゃれ瓢六』の舞台にしたのは天保なんです。町奉行所などを舞台にした、いわゆる人情物を書こうと思うと、天保のころになってしまう。現代人に近い悩みが出てくるのは、天保になってからですから。

逢坂　なるほど、その通りかもしれないですね。幕末は別として、江戸時代も後半になればなるほど、チャンバラなんてしたことがないという侍がどんどん増えていくわけだから。

寛政の時代は、端境期《はざかいき》といえるでしょうね。ちょうどロシアの船なんかが蝦夷地に出没しだしたのも寛政だった。ラクスマンが来たりして、もうそろそろ開国しなくちゃいけないんじゃないか、という変わり目だった。

諸田　この時代を舞台にした鬼平を読んでいてホッとするのは、すべてに道理や理屈があるんです。殺す側には殺す側なりの理屈がある。

逢坂　泥棒にも三分の理というのがある。長谷川平蔵が、悪人に理解を示すシーンなんか、すごく説得力がある。

諸田　「蛇の眼」のなかに「悪を知らぬものが悪を取りしまれるか」という良いセリフがありますよね。

悪人にも、三分の理があるので、なぜこの人がこうなったのか、というところに物語がある。だからこそ、現代に生きる私たちが読んで温かな気持ちになれるんだと思います。

鬼平の江戸料理

逢坂　鬼平のもう一つの魅力といえば、食事のシーンだと思います。我々が暮らす現代で食されている料理が出てくるのは、ちょうど寛政のころからです。

諸田　池波さんは、季節感を出すためにいろんな食べ物を書いていらっしゃいますが、このころから鰻や天婦羅がはやるなど、味覚を楽しみ始めたようですね。

逢坂　ところが、食べ物で季節感を出す、という池波さんの手法を聞いたとき、ちょっと不安を感じたんです。つまり、現代の我々が食材や料理で季節感を感じられるのかどうか、と。

諸田　確かに、現代は、年がら年中いろんなものを食べられますからね。

逢坂　今回は鬼平の対談ということで、かつて私が携わった「鬼平の江戸料理を再現する」という企画に、一緒に取り組んだ「なべ家」さんにきているんだけど、今日楽しみにしてきた鮎が六月のものだとか、もしくは、鰻の辻売りの場面が出てきたときに、これが何月だというのは、なかなか伝わりにくいんじゃないかと。

諸田　そういうズレはだんだん出てきますよね。

逢坂　池波さんはね、分かる人に分かればいい、あるいは読者はそれぐらいのことは承知の上だというふうに、読み手を非常に高く買った小説を書いていらっしゃった。

諸田　とはいえ、池波さんの小説を読むことで、自然と食材と季節の関係性を学ぶことができる、という楽しみもあると思います。

逢坂　もう一つ驚くことがあるんです。鬼平の連載が始まったのは昭和四十年代前半です。当時は、長谷川平蔵という人物も、火付盗賊改という役職もほとんど知られていなかった。そしてずっと後に、松平定信の側近が書いた『よしの冊子』という本が活字になったんです。当時の噂話を集めたものなんですが、そこに、長谷川平蔵にまつわるエピソードがちょこちょこ出てくるんです。

ところが、池波さんは執筆当初、この資料を読んでいないはずなんです。

例えば、当時の火盗改というのは、ある男を勝手に捕まえて、厳しく調べて犯人じゃないことがわかったら、もう帰れと放り出してそれっきりだった。ところが、長谷川平蔵という男は、捕まえた男が無実だったとすると、「すまなかった」と言って、お金を持たせたりしたと書かれている。

また、死刑が実行される直前に、「おまえもいっぱしの大泥棒ならば、ちゃんと着替えて、きれいな格好をして死にたいだろうから」って、着物をつくってやったりしただとか。

どうせ捕まるなら、町奉行よりは長谷川平蔵に捕まりたいと泥棒たちが言っている、そんな逸話が『よしの冊子』に書かれている。

諸田　ええっ。その逸話は、まさに池波さんが描いた鬼平そのものじゃないですか。

池波さんはどうして、鬼平の実像を知ることができたんでしょうか。

逢坂　作家としての勘としかいいようがない。鬼平という人物像を考えつくしたからこそ、見えてきたのではないでしょうか。

ただ、池波さんと江國滋さんとの対談を読み返すと、池波さんも、鬼平を楽々と書いてきたわけではないことがよく分かります。

諸田　とにかく池波さんは、毎号の締め切りまでに何かを書かなくちゃいけない。書けないときにベニィ・グッドマンのレコードを聞いたり、映画を見たり、散歩をしたりしていたというインタビューを読んだときには、「あっ池波さんもそうなんだ」と気が楽になりました。

逢坂　苦しみながらも池波さんは、シチュエーションから書き始めるんですね。平蔵が市中見廻りの途中に大根河岸にある料理屋に入って、名物の兎汁で酒を飲むという場面を考える、そうすると、誰かの聞きなれた声が聞こえてくる、やがて連想が連想を生んでしだいにペンがすらすらと進んでいく――と。

私は作家になって二十七、八年が経ちますが、ようやく、池波さんがいうところの人物が勝手に動き出すという境地を知ることができた。

諸田　すごくよくわかります、なんていうと大先輩に恐縮なんですけれど、二、三枚書いて本当に筆が進まないんだけれども、あるところを超えたときに、すーっと書ける……という感覚はありますよね。

逢坂　池波さんが、五枚書けたっていうことは、次の五枚、十枚の内容が頭に浮かんでいるということなんだと、おっしゃってますが、なるほどと思う。これを読んで、そうだそうだ、と思わない作家はいないんじゃないかね。まあ、それができるかどうかは別問題なんだけれども（笑）。

池波さんの人柄

諸田　編集者から、池波先生には気難しい一面もあったと聞いたことがありますが、実際、一緒に過ごされた逢坂さんはどう感じられましたか？

逢坂　いつもニコニコ明るくて愛想のいい人とは言わないけども、そんなに気難しい人じゃなかったですよ。

ただ、たとえ世間の規範とずれていたとしても自分の意見をきちんと持ち、それを貫くところはありました。

諸田　逢坂さんの仲人は、池波さんだったとうかがいました。

逢坂　そうなんです。ですから、結婚してからは毎年、元旦に池波家に年始のご挨拶に伺っていたんです。

当時、広告代理店で働いていて、私が池波さんと親しいことを知っていた同僚から、ある依頼をされたんです。クライアントが日本酒党の人物を表彰する賞を作った。第一回目の受賞者として池波さんが候補になったから交渉してくれないか、と。

池波さんの性格を知っているから、おそるおそる連絡したんですが、「私はそういうのはやらん！」ときっぱり断られた。私が広告代理店に勤めていて、それが仕事だということはもちろんご存じなんだけど、だからといって、自分の主義を曲げるということはしない。

諸田　信念をしっかりとお持ちになっている。

逢坂　私が、ある小説誌の新人賞に応募したときも、池波さんが選考委員だったから、ちょっと甘い点をつけてくれるんじゃないか、と期待をしていたら、その池波さんからクソミソに言われた（笑）。

諸田　やっぱり、期待してしまいますよね。

逢坂　でもね、そのときに池波さんにいただいた言葉のおかげで今日の私があるわけですよ。作家としての心構えを示されたことはずっと覚えています。直木賞の候補になったときは池波さんが選考委員をしていらっしゃったから、また酷評されるのかとすごく不安でした（笑）。

なんとか二回目で受賞できましたが、池波さんらしく、「良かったな」と一言、お祝いの言葉を下さった。

では、ぶっきらぼうだからといって、人情がないわけじゃない。池波さんはパーティーが嫌いだったから、めったに出席されなかったんですが、ご自身の菊池寛賞の表彰式にはいらっしゃった。それで、会場の隅でぽつんと一人で酒を飲んでいたんです。

諸田　みなさん、池波さんが気難しいと思っているから、寄っていかないんでしょうか。

逢坂　そのとき、小学生だったうちの娘に、女房が買ってきた花束を持たせて、「あそこに立っているおじさんに、おめでとうって花束を渡しておいで」といかせた。そうしたら、池波さんが、ウワッって驚いた顔をして、照れくさそうに花束を受け取って娘の頭をなでてくださったんです。

後日、娘宛にハガキが届いて、「あの日のパーティーで一番嬉しかったのは、あなたから花束をもらったことでした」と書かれていたんです（笑）。このハガキは今でも取ってありますよ。

諸田　池波さんは頑固一点張りじゃなくて、優しさももち合わせていらっしゃったんですね。まさに鬼平ですね。

読者がシリーズものを育てる

逢坂　諸田さんは、鬼平のどの作品がお好きですか？

諸田　そうですね。「むかしの男」という作品でしょうか。

平蔵の妻女久栄には、昔惚れた男がいたんです。この男が今では悪党になっているんですが、平蔵は傷ものだと知った上で妻にした。

この地の文で、「以来、ただの一度も、平蔵は妻の過去へふれたことはない」という一節があるんです。こういうところに惹かれます。最後に久栄は、「女は、男しだいにございます」という。

平蔵がいい男だから、いい女が側にいるんだな、と。そしてこれを書かれた池波さんもやっぱりいい男だったに違いない。

逢坂　そうね。まあ、あんまりハンサムとは言えないけどね（笑）。ほんとに男っぽい男だった。まさに文士です。

諸田　あるインタビューで、池波さんは、こう語ってらっしゃいます。

「小説のなかではいくらでも裸の自分を見せることができるのに、随筆となると、どのように裸の顔を見せたらよいのか分らない。

自分の想念や言動を小説中の人物に托して表現することは、ぼくにとってずっとやさしい。誰にも悟られぬように、裸の自分が老人や女や武士や盗人に変身して表現することができるんです」と。

小説のなかに、自らを投影しているということなんですね。

逢坂　自分の考えていることを声高に述べるというのは、ちょっと衒《てら》いもあったりしてなかなかできないけど、小説の中の人物に言わせたりすることは比較的簡単にできるんです。

諸田　それはすごくありますね。特に時代物だと、自分は全然ダメなんだけど、こういう女になりたい、こうありたいと強く願うことは書けるんです。

それとともに、鬼平を繰り返し読んでいて感じるのは、シリーズものは、読者が育ててくれるんだな、ということです。自分もささやかながらシリーズものを書いていて、ひしひしと感じています。

逢坂　いや、全くそのとおりで、作家は読者からの反応がないと、やっぱり書いている張り合いがなくなって、途中で挫折するかもしれないんです。

諸田　池波さんだって、当初はそんなに続けるつもりで書いていらしたんじゃないと思うんですよね。それが続けていくと、読者の思いも、物語も膨らんで……。巻数が増えるに従って、登場人物の背景が明らかにされていくようなストーリーがはいってきます。読者に支持されると、そのキャラクターが膨らんでくる。

逢坂　何度も登場させると、自分なりに愛着がわいてきたりしてね。でも、そのキャラクターがいきなり死んでしまうことがある。

諸田　密偵の伊三次はまさにそうですね。読者にファンが多かったキャラクターで、なぜ殺してしまったんだ、という投書がずいぶんきたそうなんです。池波さんはインタビューでこうおっしゃっていました。「僕だって死なせたくはない。だけど僕は彼の逃げ道を用意しておかなかった。だから伊三次を追い込んだことを悔やみながら、もう助けようがないんだ」と。

小説を書いていると、登場人物の運命が定まってくる、と感じるときがあるんです。

自分の力じゃないものに書かされている感覚というんでしょうか。

逢坂　諸田さん、そうなるとね、作家はもう一人前ですよ。小説の怖いところに踏み込んできた証拠ですね（笑）。

諸田　まだまだです。そんな感覚はときたましか訪れてくれませんから。でも、最初にもいいましたが、最近になって池波さんの凄さを改めて感じるんです。

逢坂　私もそうです。執筆の合間になにげなく『鬼平』を手に取ると、ふっとその世界にはいって一本読み終えてしまう。何度も読んでいるはずなのに、初めて読むかのように楽しめる。

諸田　まさに、リピートに足る小説です。百年たっても色あせず、読み継がれていく小説だと思います。最初に申し上げた婦人も、押入れに鬼平だけをいれて、何度でも読む。ほかの小説に行かないで、鬼平に戻ってしまう。

逢坂　そういう読者を一人でも持ちたいなあ（笑）。池波さんは、読者を高く買っているから、そういう関係性を築くことができるんだろうか。

諸田　読者を信じて、その読者に長く育てていただけるように——。そんな作家になりたいですね。

（「オール讀物」二〇〇八年七月号）

初出一覧

寄場の女　「オール讀物」二〇一三年一月号
刀の錆　「オール讀物」二〇一三年四月号
仏の玄庵　「オール讀物」二〇一三年八月号
平蔵狩り　「オール讀物」二〇一三年十月号
鬼殺し　「オール讀物」二〇一四年一月号
黒法師　「オール讀物」二〇一四年四月号

単行本　二〇一四年八月　文藝春秋刊
地図　木村弥世
DTP組版　言語社

文春文庫

平《へい》蔵《ぞう》狩《が》り

定価はカバーに
表示してあります

2016年12月10日　第1刷

著　者　逢《おう》坂《さか》剛《ごう》

発行者　飯窪成幸

発行所　株式会社　文藝春秋

東京都千代田区紀尾井町 3-23　〒102-8008
TEL　03・3265・1211
文藝春秋ホームページ　http://www.bunshun.co.jp

落丁、乱丁本は、お手数ですが小社製作部宛お送り下さい。送料小社負担でお取替致します。

印刷・凸版印刷　製本・加藤製本　Printed in Japan
ISBN978-4-16-790744-0

（　）内は解説者。品切の節はご容赦下さい。

逢坂　剛
無防備都市
禿鷹の夜Ⅱ

冷酷非情な刑事、神宮署生活安全特捜班の禿富が帰って来た。ふた組のヤクザが仕切っていた渋谷のシマに進出を図る南米マフィアの魔の手がますます彼のもとに伸びて——。（吉田伸子）

お-13-9

逢坂　剛
銀弾の森
禿鷹Ⅲ

渋谷の利権を巡り、渋六興業と敵対する組の幹部を南米マフィアが誘拐した。三つ巴の抗争勃発も辞さぬ危うい絵図を描いたのは、なんと神宮署のハゲタカこと禿富鷹秋だった。（青木千恵）

お-13-10

逢坂　剛
禿鷹狩り
禿鷹Ⅳ（上下）

悪徳刑事・禿富鷹秋の前に最強の刺客現わる！　同僚にして屈強でしたたかな女警部・岩動寿満子に追い回されるハゲタカを衝撃のラストが待つ。息飲む展開のシリーズ白眉。（大矢博子）

お-13-11

逢坂　剛
兇弾
禿鷹Ⅴ

悪徳警部・禿富鷹秋が、死を賭して持ち出した神宮署裏帳簿。その隠蔽を企む警察中枢、蠢動するマフィアの残党。暗闘につぐ暗闘の、暗黒警察小説。（池上冬樹）

お-13-15

逢坂　剛
情状鑑定人

七年前、妻殺しと放火の罪で服役した男が少女を誘拐した。少女は無事保護されるが、情状鑑定のため、家裁調査官と精神科医が男の過去を探るうち、意外な事実が明らかに。（香山リカ）

お-13-8

逢坂　剛
伴天連《ばてれん》の呪い
道連れ彦輔2

彦輔が芝の寺に遊山に出かけたところ、隣の寺で額に十字の焼印を押された死体が発見される。そこは切支丹の伴天連が何十人も火炙りにされた場所だった！　好評シリーズ。（細谷正充）

お-13-14

逢坂　剛・中　一弥　画
平蔵の首

深編笠を深くかぶり決して正体を見せぬ平蔵。その豪腕におののきながらも不逞に暗躍する盗賊たち。まったく新しくハードボイルドに蘇った長谷川平蔵もの六編。（対談・佐々木　譲）

お-13-16

（　）内は解説者。品切の節はご容赦下さい。

乙川優三郎
闇の華たち
計らずも友の仇討ちを果たした侍の胸中を描く「花映る」ほか、封建の世を生きる男女の凜とした精神と、苛烈な運命の先に輝くあたたかな光を描く。名手が紡ぐ六つの物語。（関川夏央）
お-27-4

奥山景布子
源平六花撰
屋島の戦いで、那須与一に扇を射抜かれたことから疎まれるようになった平家の女の運命は——。落日の平家をめぐる女人たちの悲哀を、華麗な文体で描いた短編集。（大矢博子）
お-63-1

海音寺潮五郎
加藤清正（上下）
文治派石田三成、小西行長との宿命的な確執、大恩ある豊家危急存亡の苦悩——英雄豪傑の象徴のように伝えられるこの武将の鎧の内にあった人間の素顔を剔抉する傑作歴史長篇。
か-2-19

海音寺潮五郎
戦国風流武士　前田慶次郎
戦国一の傾き者、前田慶次郎。前田利家の甥として幾多の合戦で武功を挙げる一方、本阿弥光悦と茶の湯や伊勢物語を語る風流人でもあった。そんな快男児の生涯を活写。（磯貝勝太郎）
か-2-42

海音寺潮五郎
天と地と（全三冊）
戦国史上最も戦巧者であり、いまなお語り継がれる武将・上杉謙信。遠国の越後でなければ天下を取ったといわれた男の半生と、宿敵・武田信玄との数度に亘る川中島の合戦を活写する。
か-2-43

海音寺潮五郎
田原坂《たばるざか》　小説集・西南戦争
著者が最も得意とした〝薩摩もの〟の中から、日本最後の内乱となった西南戦争に材をとった作品と、新たに発見された未発表作品「戦袍日記」を含めて全十一篇を贈る。（磯貝勝太郎）
か-2-59

海音寺潮五郎
茶道太閤記
天下人秀吉を相手に一歩も引かなかった誇り高き男・千利休。二人の対立を、その娘お吟と北政所らの繰り広げる苛烈な人間模様を通して描く。千利休像を一新させた書。（磯貝勝太郎）
か-2-60

（　）内は解説者。品切の節はご容赦下さい。

加藤　廣
信長の棺（上下）
消えた信長の遺骸、秀吉の中国大返し、桶狭間山の秘策──。丹波を訪れた太田牛一は、阿弥陀寺、本能寺、丹波を結ぶ〝闇の真相〟を知る。傑作長篇歴史ミステリー。（縄田一男）
か-39-1

加藤　廣
秀吉の枷（上下）
「覇王（信長）を討つべし！」　竹中半兵衛が秀吉に授けた天下取りの秘策。異能集団〈山の民〉を伴い天下統一を成し遂げ、そして病に倒れるまでを描く加藤版「太閤記」。（雨宮由希夫）
か-39-3

加藤　廣
明智左馬助の恋（全三冊）
秀吉との出世争い、信長の横暴に耐える主君光秀を支える忠臣左馬助の胸にはある一途な決意があった。大ベストセラーとなった『信長の棺』『秀吉の枷』に続く本能寺三部作完結篇。
か-39-6

加藤　廣
安土城の幽霊（上下）
「信長の棺」異聞録
たった一つの小壺の行方が天下を左右する。信長、秀吉、家康と持ち主の運命に大きく影響した器の物語を始め、「信長の棺」外伝といえる著者初めての歴史短編集。（島内景二）
か-39-8

加藤　廣
信長の血脈
信長の傅役・平手政秀自害の真の原因は？　秀頼は淀殿の不倫で生まれた子？　島原の乱の黒幕は？　『信長の棺』のサイドストーリーともいうべき、スリリングな歴史ミステリー。
か-39-9

風野真知雄
耳袋秘帖　妖談うつろ舟
江戸版UFO遭遇事件と目される「うつろ舟」伝説。深川の白蛇、幽霊を食った男…。怪奇が入り乱れる中、闇の者とさんじゅあんの謎を根岸肥前守はついに解き明かすのか？　堂々の完結篇。
か-46-23

風野真知雄
死霊大名
くノ一秘録1
伊賀国でくノ一として修業を積んできた16歳の蛍。千利休から松永久秀を探る命を受け、父とともに旅に出る。そこで目にしたのは「死と戯れる」秘技だった。新シリーズ第1弾！
か-46-24

（　）内は解説者。品切の節はご容赦下さい。

風野真知雄
死霊坊主
くノ一秘録2
生死の境がゆらぐ乱世で、即身成仏に失敗した筒井順慶――敵対する松永久秀の率いる死霊軍団との壮絶な闘いに、16歳のくノ一・蛍は巻き込まれていく！　圧巻のシリーズ第2弾。
か-46-25

風野真知雄
死霊の星
くノ一秘録3
彗星が夜空を流れ、人々はそれを弾正星と呼んだ――。松永弾正久秀が愛用する茶釜に隠された死霊の謎。狐憑きが帝の御所で跋扈するなか、くノ一の蛍は命がけで松永を探る！
か-46-26

梶よう子
一朝の夢
朝顔栽培だけが生きがいで、荒っぽいことには無縁の同心・中根興三郎は、ある武家と知り合ったことから思いもよらぬ形で幕末の政情に巻き込まれる。松本清張賞受賞。（細谷正充）
か-54-1

梶よう子
夢の花、咲く
植木職人の殺害と、江戸を襲った大地震、さらに直後に続く付け火。朝顔栽培が生きがいの気弱な同心・中根興三郎は、無関係に見える事件の裏に潜む真実を暴けるのか？（大矢博子）
か-54-2

北方謙三
独り群《ぐん》せず
大塩の乱から二十余年。武士を辞めて、剣を包丁にもちかえた利之だが、乱世の相は大坂にも顕われる。『杖下に死す』続篇となる歴史長篇。舟橋聖一文学賞受賞作。（秋山　駿）
き-7-11

北原亞以子
恋忘れ草
女浄瑠璃、手習いの師匠、料理屋の女将など江戸の町を彩るキャリアウーマンたちの心模様を描く直木賞受賞作。表題作の他、「恋風」「男の八分」「後姿」「恋知らず」など全六篇。（藤田昌司）
き-16-1

北原亞以子
消えた人達
爽太捕物帖
「探さないで」と置き手紙を残し、忽然と消えてしまった幼馴染み弥惣吉の女房。中山道へ行方を追う爽太たちが出合ったものとは。若き爽太と江戸下町の哀歓を描く傑作長篇。（杉本章子）
き-16-6